改变，从阅读开始

风马牛集

门延文 / 著

四川人民出版社

图书在版编目（CIP）数据

风马牛集 ／ 门延文著. －－ 成都 ：四川人民出版社，
2016.5

ISBN 978-7-220-09815-4

Ⅰ．①风… Ⅱ．①门… Ⅲ．①散文集－中国－当代
Ⅳ．①I267

中国版本图书馆 CIP 数据核字 (2016) 第 105853 号

FENG MA NIU JI

风马牛集

门延文/著

责任编辑	江 澄 吴焕姣
封面设计	陆红强
责任校对	蓝 海
责任印制	祝 健

出版发行	四川人民出版社（成都槐树街 2 号）
网 址	http://www.scpph.com
	http://www.booksss.com.cn
	E-mail: scrmcbs@sina.com
新浪微博	@ 四川人民出版社
微信公众号	四川人民出版社
发行部业务电话	010-62142290
防盗版举报电话	（028）86259624
印 刷	北京易丰印捷科技股份有限公司
成品尺寸	140mm × 210mm
印 张	10.5
字 数	200 千
版 次	2016 年 6 月第 1 版
印 次	2016 年 6 月第 1 次
书 号	ISBN 978-7-220-09815-4
定 价	42.00 元

老门风马牛

刀尔登

老门出文集，自题《风马牛集》，而既道其文，又道其人，一半是谦逊，一半是骄傲。盖所谓"相及"者，总和程式有关，而老门的文或人，努力的方向，是要冲开程式的。人活在世上，且活在历史中，没有一个人，无论其高迈到什么程度，没有一件事上，是真正特立独行的，但只心里存一些念想，有一点努力，这样的人，已经罕有。

庄子说，"畸人者，畸于人而侔于天"。我喜欢庄子的，是他的不拘，所不喜欢的，是不论什么话题，他老人家说着说着，不是上了天，就是钻了地，总要落向无法分析、无法讨论、"反正我信"的境界，比如前面说的"侔于天"，便是如此，一个人，哪怕是哲学家，像子舆那样，身体有了残疾，还要感谢造物，说我的尾骨既生得跟车轮子似的，我就以精神为马，因以乘之，——这种哲学已经离开做人的本分了。古往今来，以畸人自命者，往往一眼看得出来，因为他们说大话，做些让人津津乐道的奇事，外表也讲究得很，总要有些特别之处；这是有点奇怪的，因为一个一心慕道，厌弃了世俗标准的人，又有这些形而下的造作，似乎暗示他们心中的旨归，在自己心里，也不怎么靠得住吧。而老门绝不是这种人。无论什么时候见到老门，他总是高高兴兴的，该吃的吃，该穿的穿，只有相知略深，有一天才猛然想起，这个家伙，还真是有点奇奇怪怪的。

我没有同老门谈论过《世说新语》，但我知道他是十分熟悉这本书的，《风马牛集》中，也谈到了其中的一些人物。对《世说新语》，我年轻时曾相当喜欢，现在是又喜欢又厌恶，又着迷又警惕。看到老门谈"阮囊羞涩"的故事，说"颇含行为艺术的味道"，便觉深得我心。魏晋时的一批人，其实并不浮浅，但《世说新语》择其外表漂亮的片言片行，好像他们整天以高雅为事业，其实并不如此。《世说新语》的时代，大抵是乱世，士人保身为难，发展出一整套技艺，我们在书中看到的不少人，智计有余，勇气和担当却是不足了。我读《风马牛集》，清谈之中，时有刺世之语，大概也是情不得已。

老门与我曾在大学同学。毕业后人各一方，见面的机会很少。倒是这几年中，时常在北京相见，而每次都是一大群人，喧哗热闹，所以竟始终不曾细细地聊天。这次展读《风马牛集》，便觉人在眼前了。是为序。

目　录

袖手世间

搬车记

我家楼道有一辆自行车，尘封多年，且形象丑陋。车为20世纪90年代初期生产的老式山地车，骨骼粗大，锈迹斑斑。轮胎也如耄耋老者的面庞，散发腐朽气息。让人发指的是，原配的车锁已经消失，守护此车的，是一条直径约一厘米的环形铁链，铁链交合处，是一把状似手雷的铁锁。

我自上世纪末迁居此处，它就停放这里，无人问津。它的定居史可追溯多少年？我已不得而知。

我知道，车的主人一定就在我们这一层，否则，它不会无缘无故停留这里。而且，主人一定是个破鞋自珍的人，否则，它早该进入钢厂的火炉中。

作为一个对生活充满审美期许的人，我不得不说，它的丑陋让我非常厌恶。每次与其邂逅，我的内心都充满不快，我甚至对其主人也进行了诅咒。但是，我的一腔愤慨无与诉说，每次居委会清理楼道，它都像一个有正式户口的市民，神气活现地安居在这里。

昨天晚上，我在家读晋人干宝的志怪小说《搜神记》，书中的神鬼故事让我的思想游离于阴阳两界之间。子夜一点，我有些饿了，就出门吃饭。在楼道里，我又不得不遭遇它。

人的思维在深夜是不同常时的，加之我的头脑还没脱离《搜神记》的世界。因此，注视这辆鬼魅般丑恶的破车，我决定把它搬走。

我默默走向它近前，奋力举起，往楼下走去。

我住在四楼，本想把它放置在三楼就罢了。未承想，到了三楼，竟没有安放它的地方。无奈，我又吭哧吭哧搬着它，来到二楼。在一个僻静的地方，把它放下。扭身离去时，我的脸上浮现了微笑。

近日北京暑伏天气，高温潮湿。离开这辆破车时，我发现，汗水湿透了我的衣衫。加之夜深人静，我的脊背有些僵直。

在餐馆吃饭时，我心情很好，要了一份猪耳、一份麻辣烫，还破例喝了一瓶啤酒。回家时，我在二楼主动去探视了它，脸上再度浮现了微笑。以前，我都是被动与其相遇的。

今天中午起床，洗漱完毕，我下楼吃饭。吃惊的是，在四楼老地方，我再次遇上了它。它依旧那么丑陋，那么安静，似乎一切都没发生。

我知道，它的主人在中午之前已发现它失踪，很快将它觅得，重返故园。

中午饭我吃得很郁闷。我决心已下，向古代愚公学习，今晚夜深人静时，再把它搬到一楼。

识字记

很多年前，我谈恋爱。女方只读过高中，因此非常自信。

她一般周末来看我，和我在一起时，不是大声喧哗，就是对我非礼。搞得我生不如死，非常想跳楼。不过想到跳楼会影响我住的这幢楼的声誉，邻居们也会诅咒我，也就打消了这个念头。

想了一个晚上，我决定从教化入手。我和女子谈了一次，主要意思是说人应该有点内涵，若想有内涵就得读点书。说前我紧张得要死，怕人家打我。没想到刚说完，女子就爽快答应了。到了周末，女子来看我，一进门就从书包掏出一本《女友》、一本《知音》，然后说，我开始读书啦。说罢就坐在书桌前，神情端凝起来了。

她读书时经常会找我，一般都是说：亲爱的，快告诉我这个字怎么读！亲爱的，快告诉我那个字怎么读？我则会把字的音义详细告诉她。

过了一段时间，我发现，她看的全是些乱七八糟的杂志，如此下去，内涵不仅不会增进，而且还会恶变。于是我又和她谈了一次，这次谈话前我没有紧张，结果我刚张口女子就火了。她质问：你说你说，你说我该看什么书？

又到周末了，我给她准备了一本鲁迅的《呐喊》。她又坐在书桌前，开始读书了。还是那个样子，有不识的字就喊我。

过了一段时间，她读书时又喊我问字。那个字她以前问过我了，我就有些不耐烦。数落了她几句。没承想，我刚说完，她就杏眼圆睁了，呐喊道："你别以为自己知道茴香豆的茴字有四种写法就有什么了不起！哼！小心你的狗腿！"

我知道，《孔乙己》这篇小说她已经读过了。

下棋记

下午，我坐在小区内花坛的石阶上晒太阳。懒洋洋的，很惬意。感觉美好的人生莫过如此。

就在我享受美好人生时，一个少年轩昂向我走来。左腋下夹着一块方形木板，右手提着一个破旧塑料袋子。

到了近前，少年问我："请问你会下象棋吗？"我这才注意到，那块木板是棋盘，塑料袋里装的是棋子。少年很小，称呼儿童似更确切。少年神态庄重，是那种未来器局开阔之人。

我少年时也下过几次象棋，不过每次都是怔怔地看到对方吃了我的"将"或"帅"，然后听到对方说："你输了。"至于输的原因，我从不知晓。因为，对于象棋，我仅知道棋子如何摆放，如何走动而已。

作为一个诚实的人，我不能对少年说我会下象棋。于是我就回答说："我不会下。"不过，我对少年很感兴趣，接着问他："你住哪个楼啊？"

少年显然很失望。他说了句："我住那边的地下室。"随后就走向距离我约两米，也在晒太阳的男子。

少年住的地下室我知道，是出租旅馆，多为外地旅行者或来京做工的人居住。我判断，少年是随父母自外地来的。

少年把刚才问我的话又向那个男子问了一遍。结果是，那个男子也不会下棋。我看到少年眺望远方，流露出怅然的神情。这样温暖的日子，我不忍心让少年失落。加之他的神态很吸引我，我就对少年说："来吧，咱俩下。"

少年顿时快乐起来，迅即走到我面前，放下棋盘，倒出棋子。

我俩各自摆放棋子。完毕后，少年说："红先。"随即就走出了当头炮。

我不知该如何走，就问："我怎么走呢？"少年答："你该跳马呀。"于是我就跳了一下马。

接下来我就眼花缭乱了，少年的炮和车迅速奔跑到我的底线，我没支应几步，就意识到自己死定了。我对少年说："唉，不行了。我输了。"

结果少年并没有直接将我，他开始杀我别的子，而且对我说："我不一下把你将死，我要把你的所有子杀完，再将你！"

少年的话实在让我恼火。我愤怒道："难道你和我下棋就是为了羞辱我吗？你也太不尊重我了吧！算了，不下了！"我把棋盘推了。

少年并没生气，他说："我也是自学的。慢慢把你每个子杀光，你也会进步的。"

我实在没有面子，就转移了话题。对少年说："这样吧，我找个高手跟你下如何？"

"好啊。快叫他来。"少年喜悦道。

"明天吧。明天我找高手和你下。"说着，我站了起来，往家走。

"明天几点？"少年望着我，充满期待。

"明天下午两三点，还是这里。"我边走边回答。

回到家，我给老友老杜电话。老杜聪明绝顶，1981年的内蒙古文科状元，颇精于下棋。从前我看过他与人对弈，不时把对方的棋子从棋盘取下，然后轻轻放在一边，对手的脸渐渐就红了。

我在电话里请求老杜明天下午来我这里，替我雪耻。我刚说完，老杜在电话那头笑了，而且笑的时间持续很久。老杜笑完后，就说我太可笑了，随后又说他若是来将会更加可笑。然后挂了电话。

我非常憎恨老杜的不够友善。我决定，明天下午不去花坛了。

3 月 27 日北京刮大风

　　3 月 27 日有大风这件事我 25 日就通过天气预报知道了。23 日那天也刮了一回，从夜里就开始了，树摇地晃尘土飞扬的，我朋友蓝铁荣说把他都给吓醒了。各家新闻机构也在纷纷说这件事，缘由是冷空气、植树造林、水土保持等没弄好，搞得大家又说了说环保的重要。

　　25 日我提前知道要刮 6、7 级的大风后就一直心里疙疙瘩瘩的，刮风事小，但一念及漫天的沙土冲击你的眼睛、鼻子、脖领、袖口，甚至会到你的嘴里耳朵眼里，心里就不免惶恐。想想吧，无数的被命名为悬浮颗粒物的东西在大风的指引下，进攻你的生活，这不能不说是一件可怕的事。因此我从得到刮大风的消息后就毅然决定 27 日待在家里，不跟它一般见识。

　　26 日晚我和恋人柔情蜜意地聊到夜里 1 点半，然后又磨磨蹭蹭地看看俄罗斯总统大选情况以及奥斯卡金像奖的演员和影片介绍，我的想法是晚点睡觉，明天白天刮风时我在梦乡里，省得心烦。

　　凌晨 4 点半我上床休息，刮风的事我还惦记着，甚至想到狂风肆虐时我在美美地睡大觉，我竟窃笑了一会儿——反正我要睡觉，你爱刮不刮风与我无关！！！

入睡大概是5点多了，我预计自己下午5点起床，因为我想天跟人是一样的，白天阳气旺，晚上阳气弱，傍晚风力一定会减弱，到那时我起床洗漱，然后下楼吃点东西，一定很舒服。

我的一揽子好想法在27日早晨9点钟就被刺耳的铃声给搅黄了，电话是我的哥们儿盖琪洲打来的。他说他把一个我们共同的熟人的电话给忘了，希望我能给查一下，这时的电话与花上晾衣焚琴煮鹤一样令人气恼，我匆匆把电话号码念完后就挂了电话。

挂上电话后我没有直接上床，我撩开了窗帘一角往外看，奇怪的是并没有狂风大作，怎么回事，难道不刮风了吗？我大惑不解地上了床，准备平息一下怒气继续睡觉。

在床上我酝酿了很长时间也没能入睡，我对盖琪洲进行了诅咒，不快还让我对友谊产生了些许的怀疑。但没过多久大风情结又盘踞了我的思维，我像陆游思念金戈铁马的战场一样想象着狂风给我带来的一些主观上的东西，因为我在家里，在床上，狂风与我在一定程度上就保持了一定距离，我可以以局外人的眼光审视它，琢磨它，这种感觉给我带来阵阵快意，我有了沙家浜新四军战士在暴风雨即将来临时的豪气。

天气预报终于没有出错，狂风在上午10点左右来了。

我在床上认真地倾听呼啸的风声，树在呜呜地叫唤，时而低沉，时而尖利，窗户发出嗑啷嗑啷的响动，表明风这种物质给空间造成的影响。天空中似乎有两种力量在交战，彼消此长，连绵不绝。空气本身也在流动呐喊，我幻想着来自毛乌素沙漠以及北方裸露土地的尘埃沙土如野马奔腾在城市的上空，还有工厂里的废气，我还想到了家乡在土地上耕种的农民和袅袅的炊烟，当然这个念头只是一闪而过，因为她的力量太弱了。

风间歇地同这个城市进行着搏斗，这种间歇让我有了思想的空间和艺术的美感。除了听风声我就在这空间和美感里徜徉，胡思乱想着以前今后甚而美洲飓风给那边那些家伙造成的结果，如果把一个人吹上天空，在他叽哇乱叫魂飞魄散时却落到了孤身一人在家的美丽姑娘房间会怎么样？灰头土脸走在大街上的人忽然有飘飘洒洒的美钞飞到脸上该是如何欣喜若狂。

我甚至想到了宋玉的《风赋》，宋玉这厮说风分大王之风和庶人之风，大王之风就是让人们神清气爽、浑身自在的好风；庶人之风即是叫人灰头土脸、垂头丧气的邪风。宋玉这兔崽子还胡说了大王之风和庶人之风有别的原因，无非是拣楚襄王爱听的说。不过现如今还真是令人心旷神怡遐想联翩的风不多了，除非是雨后的和风或者是到个山水明丽的地方，试看看如今的都市就知道风给庶民们带来什么了！

中午12点我爬了起来，从窗口验证我的床上思想。只见室外飞扬着白色的垃圾袋以及各种轻型的尽可以飞上天空的物品，他们都很自由地张扬着自己的个性，像怀才不遇做着明星梦的人突然有了出头露脸的机会，欢乐地叫嚣着。有的塑料袋不小心缠到了树枝上还东扑西撞地挣扎着，想摆脱羁绊获得自由。建筑物也在发出怪叫，偶尔传来清脆的玻璃碎声。一阵阵的尘土盘旋而起又归于虚无，你也不知他们从哪里来要到哪里去。只有无奈的人们才会出现在路上，这既让你想到了雄壮又让你想到了委琐，他们的头发不定时地向东南西北方向冲去，诅咒一定是路人共同的语言。

我就这样在屋里达观地看着这场大风，间接地体会着这场大风。风在与城市作对、与世人作对吗？我还看到李白苏轼等人成群结队地在云端注视着，他们在想什么？！

室内窗台上厚厚的一层土把我带回现实，我又躺下睡了一大觉。

第二天听说3名建筑工人被大风从二层楼上的工地刮了下来，死亡。此事见诸各媒体，自然真实无疑。

11 月 12 日

11 月 12 日中午，我因工作关系在外面吃了顿饭，嘴巴和肠胃感觉都很舒服。应酬结束后，我回住处休息，躺在床上昏昏欲睡。突然，肠胃一阵痉挛，右腹部发出阵阵咕噜咕噜地鸣叫，我知道事情不妙，疼痛从小腹向全身蔓延，身体在间歇地抽搐，不知是发冷还是发热。继而发生的事是我跑到了厕所，把我身体的痛苦畅快淋漓地排泄出去。

等我头重脚轻地回到床上，我发现我的身体具有一种重复制造的本能，上述的痛苦现象又继续在我的身体里出现，我不得不在床上和厕所之间奔波，当然周期是越来越长，而我的身体却是越来越虚弱。无奈，我服了黄连素在床上静卧，等待机体的转变。

下午 4 点钟，朋友坦克打来电话，说晚上要和他新结识的女友一起到我这里坐坐。坦克比我还小，竟已经谈了好几个女朋友了，今晚还要带着女友到我这个正在拉肚子的大龄青年处坐坐，我很是恼火。但想及坦克已对女友讲了，就别让坦克的面子过不去，我还是答应了，并且感到今晚是一定会破费的。

晚上6点半，坦克准时来到我这里。坦克的女友很漂亮，这似乎更加重了我的病情。7点钟，我们到楼下的餐馆吃饭，坦克兴致勃勃，天南海北地说着，他对我灰暗的脸色，只是讲了一句关心的话，就又把话题转移到能够显示他才华的领域去了。他们没有发现我的不快，这个晚上倒是因为我这个道具的介入，坦克的女友对坦克更加钟情，他们甚至有一些举动很轻浮。

滔滔不绝的坦克把这顿饭持续到将近9点，我结完账后和坦克以及他的女友走出餐馆回家。快到楼下时突然我的后背又是一阵发冷，我预感到又有一件不幸的事要发生在我身上。当我摸遍全身没有找到钥匙的时候，一种倒霉的情绪在我的全身弥漫——出门时我忘了带钥匙！

坦克对我的粗心做了轻描淡写的指责，然后，他就和女友像躲瘟神一般离开了。

我一个人在楼下兀自生闷气，诅咒中午那顿饭，诅咒坦克和他的女友，我还愤怒地向一个垃圾桶踢去，除了把我的脚硌疼以外，世界悄无声息。

我给亲戚打电话，告诉他马上去取存放在他家的钥匙。

打车往返用了将近一个小时，花了56块钱，我算了一下加上晚上的餐费共是217块钱，而今天我又坏肚子又忘钥匙，这到底是怎么了？我除了恼怒外一筹莫展。

打开门进家已是11点了，我做了40次深呼吸，平息我心中的怒气，开始洗漱准备睡觉。当我坐在马桶上进行睡觉前的最后一项工作时，我听到了咝咝的漏水声，我低头细看，发现水箱下面的上水管接口处螺丝松了。我急忙提上裤子找来扳手修理，拧了第一下，漏的水少了，当拧第二下时漏的水却多了——螺丝脱了扣，水一下子喷了出来，我脸上前胸全是水，卫生间刹那间滂沱起来。我被这突如其来的变故搞得不知所措，我清楚地记得，我是发了一阵的呆后才想起去关总阀门的。

　　处理完突发事件后我很木然，我发现先前的愤怒已荡然无存，我对一天来出现的倒霉事表现了宽容，我甚至笑了笑，说了声生活本来就该是这样的，然后就睡觉了。那天晚上，失眠的我睡得很香。

12 月 10 日购书记

前些日子，我在家看《世说新语》，里面人物的话语和行为很是让我心仪。我甚至像十七八岁的年轻人一样，把自己幻化成其中的主人公，过着任性而为的生活，这也让我萌生了好好研究研究这本书的想法，为了说明此书的妙处，我有必要摘录两节以飨诸位：

《伤逝篇》第一节："王仲宣好驴鸣。既葬，文帝临其丧，顾语同游曰：'王好驴鸣，可各作一声以送之。'赴客皆一作驴鸣。"

《任诞篇》第四十七节："王子猷居山阴，夜大雪，眠觉，开室，命酌酒，四望皎然。因起彷徨，咏左思《招隐诗》，忽忆戴安道。时戴在剡，即便夜乘小船就之。经宿方至，造门不前而返。人问其故，王曰：'吾本乘兴而行，兴尽而返，何必见戴。'"

鲁迅说《世说新语》记言则玄远冷峻，记行则高简瑰奇，可谓深得我心。

第一次看的《世说新语》，是我在书摊儿上买的盗版书，废寝忘食读过之后，我觉得有必要认真研究研究这本书。于是我就在网上订了中华书局的《世说新语注释》，浙江古籍出版社的《世说新语注》，以及三联书店的台湾蔡志忠漫画《世说新语》，学林出版社的《世说新语研究》等有关书籍。

我之所以絮絮叨叨地罗列这些书目，是因为我是个认真的人。十三年前我曾在大学里受过很好的古籍整理训练，可惜后来我没有从事这项工作。这些年我东奔西走，具体做了些什么时常自己也搞不清。自从读了《世说新语》以后，我决定与从前告别了，我知道，暌违十七年的读书生活又将回归我内心，我颇为此举高兴，虽然我无法总结出这个想法的意义来。

我决定进一步走入"世说新语"的时代，于是我继续寻找有关的书籍。

12月7日上午，我给中华书局读者服务部打电话，查询是否有《晋书》《世说新语校笺》《世说新语笺疏》以及《魏晋南北朝史札记》等书，服务部一位贾姓女士告知，除了《魏晋南北朝史札记》和《世说新语笺疏》，其余的书都可以买到。没有周一良的《魏晋南北朝史札记》让我很沮丧，因为这是一部了解魏晋历史的重要著作。

中华书局在西三环的六里桥，而我住在东三环的北边，我的住处距离中华书局至少30多里的路程。贾女士非常体谅我，她告诉我她家住团结湖，离我这里很近，为免除我的奔波，她可以把我需要的书带回家，晚上我去她家取。

我非常感激贾女士的这一善举，我和贾女士约定晚上5点

30 分，在贾女士居住的全国政协宿舍大门口见面，届时贾女士把书交给我，我把购书款付给贾女士。我们俩就晚上的交接事宜，在电话里商量了很久，贾女士是位老同志，考虑问题比较周全，这让我发自内心地赞美贾女士的古风。

下午 3 点钟，我再次致电贾女士，敲定晚上见面一事。于我个人而言，此事和国务大事没什么区别。治大国若烹小鲜，今晚拿到这三本书对我来说就像治大国一样，因为我要踏入一段尘封的历史中去，那是一段光怪陆离，让我魂牵梦绕的历史。

下午纷纷扬扬飘起了雪花，郁闷的城市渐渐地变得纯洁起来，我注视着窗外稀稀拉拉的白色，想象着贾女士即将给我带来的那个精神世界，一个和现实截然不同的世界，我的心也氤氲着暖意了。

4 点 30 分，我离开家，走在去团结湖的路上。从我的住处到贾女士的家大约 30 分钟，有 10 年没有认真读书了，所以我有些莫名的兴奋，连同这个飘雪的日子，在我看来也是那么美好——我尽情呼吸着凉爽的空气，友善地环视周遭的路人，如同一个朝圣者在路上。

神圣的东西往往以悲剧告终！

这场星期五午后的大雪，让北京市的交通瘫痪了。

12 月 7 日下午直至 8 日子夜，许许多多行走在这个城市路上的人们，只能在雪花飞扬的路上，像蜗牛一样梦想着他们家庭的温暖。

我在贾女士居住小区的门口企盼着贾女士的归来，从下午5点直至晚上8点。此时贾女士坐在单位的班车里，蠕动在三环路上，她的包里装着《晋书》10本，《世说新语校笺》上下册，宋版《世说新语》影印本上下册。可惜的是，她没有带我的手机号码，因此她不能把自己困在路上的消息通知我，我们都把见面想得简单而美好。

我是8点钟离开贾女士的家门口的，我几乎是一步三回首，直至模糊了贾女士的驻地。

在路上，我花5块钱买了两屉杭州小笼包子，车辆小心翼翼地挪动着踱步，漫天飞舞的雪花在路灯下闪着银光，我拱着身体，臀部撅起，积雪在我脚下呻吟，寒冷从四肢向身躯中心挺进。

回到家我匆匆咽下买的包子，失落麻木了我的味觉。

这天夜里10点多，我接到了老友蓝铁荣的电话，他说他是7点钟从中关村出发的，现在还在北三环的马甸桥上，前面是车，后面也是车，他笑着说他真想大哭。

第二天我见到了蓝铁荣，他说他是夜里1点30分到家的，也就是说从中关村到三元桥30里的路程，他驱车用了6个半小时。12月8日，人们的话题就是兴高采烈地诉说昨天晚上如何如何堵车，经历者的脸上和语言都透着参与的自豪和欢乐，也有人批评政府，指责狼狈的交通状况。

8日、9日是双休日，我在家守株待兔。

12月10日上午，我终于接到了贾女士的电话，她首先说明那天晚上她是 10 点一刻到的家。这个话题我已经听了很多了，我马上将主题转到了购书一事上，我知道我不能再拖了，我要马上买到我需要的书籍，否则在时间上只会离魏晋时代更遥远。

我告诉贾女士，我下午去他们那儿买书。

下午 1 点，我离开家，向中华书局进发。到了位于六里桥的中华书局服务部，我见到了期盼已久的贾女士。经过一番浏览，我选了《晋书》《世说新语校笺》《三国志》《世说新语》（宋版影印本）四套书。或许是感于这个年代还有热衷于读古书的青年，贾女士给我打了 8 折，这实在是让我喜出望外，本来这四套书我需要花 300 元，打了 8 折后我只需要花 240 元了，12 月 7 日雪夜的失落此时荡然无存了，我对贾女士交口称谢，这个结果令我更加向往魏晋时代了。

走出书店，喜悦充斥我的身心，手里提着书，我感觉回到了挥斥方遒的学生年代，浑身奔涌的是探索的欲望。

我改变了回家的打算，从六里桥乘车到了公主坟，然后坐地铁来到西单图书大厦。中华书局可以为我打折，我要把这种鼓励化为行动，再购进一批书籍，夯实我的阅读基础，让我的魏晋之旅丰富多彩。

在图书大厦，我购买了《晋书大辞典》《庄子》《菜根谭》《鲁迅选集》第二卷《沈从文散文选》以及王小波的《青铜时代》《黄金时代》《白银时代》。《鲁迅选集》第二卷里面收了《魏晋风度及文章与药及酒之关系》一文，这对我研究《世说新语》有益。《庄子》《菜根谭》《沈从文散文选》属业余阅读之类。王小波的小说一直听人说过，但从来没有看，老友老那经常在我面前谈及王小波，似乎这个世界除了王小波，没有别的作家了，所以本着学人之长的精神，我买了他的书。

付了款后，我手里已经是沉甸甸的两个口袋了，不知多少人说书籍是人类最大的精神财富，我也接受了这种见地，所以我丝毫没有觉得买书花了我多少钱，似乎手里提着两口袋金子，一时间心花怒放起来。

在四层的咖啡厅，我给女友打了电话，女友还在单位上班，我们约定今晚见面。想象着晚上和女友的缠绵，眼前又有这么赏心悦目的书籍，我有了红袖添香夜读书的幻觉……

我拿出那本《鲁迅选集》，开始看《魏晋风度及文章与药及酒之关系》，聆听着鲁迅高屋建瓴的论述，我不由得扼腕击节。

刚才在书架上看到《鲁迅选集》的时候，旁边就摆着整套的《鲁迅全集》，多少次我因为价格的缘故而却步，看完《魏晋风度及文章与药及酒之关系》后，马上买到《鲁迅全集》成了我平生唯一理想，我义无反顾地提着我的两口袋书，下楼去买《鲁迅全集》。

一套《鲁迅全集》共16本，价值人民币580元，当时我没有这么多现金了，于是就递上了我的银行卡。我感觉是这座大楼从我的卡上取走了580块钱，鲁迅是无辜的，我还念叨了一句"青山有幸埋忠骨"，不知道这算是什么通感。

此时大厦里面书的价格不再被我关注了，哲学家说，共产主义时代，劳动不是为了生存，而是人的第一需要。我又买了上海古籍出版社的《汉魏六朝笔记小说大观》，黄山书社的《陈寅恪魏晋南北朝史讲演录》。服务员帮我将手提袋由小号的换成大号的，我的双手提着两个袋子已经非常吃力了。

此时这两个袋子里装着41本书，这是我今天购书的数量。突然，我冒出了想知道今日所购之书重量的想法，而且这一念头在我看来意义重大。

和女友会合后我们一起回家。进门第一件事，就是把我的两口袋书放在旅行秤上，称得的总重量是19公斤，即38斤。我又拿出计算器计算今天买书花了多少钱，结果是人民币1082元，也就是说每斤书合人民币28.47元。继而我又像杞人一样计算出1斤书可以买20多斤好大米（我驻地的菜市场好大米1块4一斤），可以买28斤多棒子面。我像得了诺贝尔奖一样，对女友说今天我往家背回了760多斤好大米，或者是1000多斤棒子面，我津津有味地换算着这些物质，如小时候鸡兔同笼的算术题。

最后结果是女友摔门离去。

"他奶奶的，礼岂为我辈设也！"我马上想到了《世说新语》中的这句话。

第二天，我开始了读书生活。

祭蟑螂文

今年入夏，我家的厨房出现了蟑螂。

初次见到这种小东西，我并无恶意，它毕竟是动物的一种，连贾平凹都在"怀念狼"了，我又何必和这比狼渺小得多的虫子置气。过些天觉得无聊，没准它就走了，动物保护组织也不会找我的麻烦。

我没对蟑螂动武并不表明我肯定蟑螂就是好东西。九十年代初，电视上经常播放"必扑""雷达"等消灭蟑螂苍蝇这些害虫的杀虫剂广告。画面上，一个青春靓女见到蟑螂后夸张地尖叫，然后是杀虫剂对着蟑螂一喷，它们就毙命了。九十年代初的电视广告于我仅仅是理性方面的认识——我知道了蟑螂是害虫，但问题是我从来没见过蟑螂，我生活过的山东和北京都没见过这东西，基于这些渊源，我对自己家的蟑螂没有感情上的敌意，我甚至还因为目睹了它们的形状而产生了些许的快意。它们是不会在此久留的，我这样想。

过了约有一个星期了，厨房里的蟑螂不仅没有离开我家，队伍反而有增加之势。它们在厨房的柜橱内自由地爬行，行走在各种袋子上、瓶子上，它们还胆敢进入了放有勺子、铲子、擀面杖、笊篱等和我的嘴有直接关系的搁物盆里，这让我有些生气，我觉得蟑螂（此时已是蟑螂们）欺人太甚了，好歹这是我吃饭的基地，你们来我并没反对，但你们在此安营并增加了数量，这不能不让我恼火！

此时我依旧没有采取措施，迂腐的我想到了唐朝韩愈的《祭鳄鱼文》。

开一代风气之先的韩愈生在已是危机四伏的唐朝中期，他放着好日子不过却经常忧国忧民，一会儿上书让皇帝减免赋税，一会儿又上书反对皇帝迎接佛骨。结果皇帝火了，一封诏书，把他贬至距离首都长安八千里的潮州。生于公元768年的韩愈，遭贬时已经52岁了，恁么大岁数了，到潮州这种蛮夷之地不好好歇歇，到处访贫问苦，老百姓就向他念叨鳄鱼给他们造成的危害，这下韩愈又生气了，于是就写下了我中学就能背诵的《祭鳄鱼文》。在这篇千古传诵的文章里，韩刺史先是客客气气地让手下人往鳄鱼出没的江里投了一头猪、一只羊，然后凛然对鳄鱼们说——是皇帝让他到这里"守此土，治此民"的，可是鳄鱼们胆子很大，为非作歹，危害乡里，把自己的身子养得很肥，还繁衍后代。鳄鱼的行为让韩愈很是恼怒，韩愈认为他虽然驽弱，但也不能在鳄鱼面前战战兢兢，低着脑袋不敢正视，这样是会让百姓耻笑的，于自己的人格来说，也算是苟且偷生了。因此，韩愈决定和鳄鱼决出个高低。当然，韩愈是个有涵养的人，他可能已然意识到动物保护的意义，他在文章中态度祥和地告诉鳄鱼，潮州的南边就是大海，大海里有鲸鹏虾蟹等动物，他让鳄鱼们活动活动，去大海里吃那些鲸鹏虾蟹。他还为它们计算好了时间，告诉它们早上出发，晚上就可以抵达南海。并且，它们离去的日期韩愈也作了规定，让它们3天之内离开，3天不行5天，5天不行7天，7天是最后期限。如果届时还不滚蛋，韩刺史就不客气了，韩刺史要选身手高强的官吏和百姓"操强弓毒矢，以与鳄鱼从事，必尽杀乃止。其无悔！"

文章最后，韩刺史告诫鳄鱼们到时候别后悔，因为他已有言在先。

幼年诵读这篇文章时，我被韩愈认真朴拙的心态迷住了，我还常常为这位文学家的拟人笔法忍俊不已，觉得这篇文章实在是比《师说》好玩多了，所以那时候我就把这篇文章背了下来。

岁月如河。误入尘网多年后，我对韩愈和鳄鱼说了些什么早就有些模糊不清了。

眼下，我的厨房里出现了蟑螂，还对我的饮食生活造成了影响，所以我就回想起韩愈的《祭鳄鱼文》，准备模仿韩愈的《祭鳄鱼文》来写一篇《祭蟑螂文》。在这篇闲散的文章中，我想对蟑螂们说——厨房，是我做饭吃饭的地方。柴米油盐酱醋，这些和我饮食休戚相关的物品也在那里，你们是害虫，你们在这里横行必然要影响我的生活，使我的眼睛不悦，让我的女友尖叫。最可怕的是，你们把细菌遍布于杯碟碗筷米面油盐上面，这会让我生病。所以你们要离开，去你们该去的地方。最佳选择是去南边距我家不远的"永安花园"，那是富裕起来的人们住的高尚社区，有纯洁的绿地，有50多平米的宽阔客厅，有存放美味佳肴的厨房。在那里，你们可以生活得舒畅些，即使你们身上有点细菌，那些富有的人类身强体壮，他们的免疫力肯定是比我强。你们不要天天在我家待着，这样会让你们的生命历程有缺憾。自然，如果你们不愿意去我给你们推荐的那个花园，你们还可以去其他地方。世界是广阔绚丽的，你们可以跋涉去欧洲或者北美洲，那里的污染状况比中国要好多了，而且百姓富足，彬彬有礼。你们到了那儿，一定会像陶渊明笔下的武陵人去了桃花源一样，受到那里人们的欢迎。不要再纠缠在我的家里，我是个穷人，家中的颜色味道空间都不适宜你们的生存，限你们尽快离开，得其所而安居，韩愈让鳄鱼离开恶溪的期限是3—7天，你们身体小，活动灵便，我限你们两天消失，两天之后我再也不愿在我家见到你们迅疾爬行的身影。否则，这年头有各种各样品牌的杀虫剂，像我知道的就有"雷达""必扑""枪手"等，到时候我一定去超市买回来，对着你们狂喷，那一刻我会眼睁睁地看着你们毙命于我的手里而欢呼呐喊，我的女友也会支持我的举动，她会在我清扫你们尸体的时候对我这个英雄行注目礼。是非利害你们不会不明白……

就在我为自己构思的这篇小品美文掩口窃笑的时候，蟑螂们肆虐了！它们不仅没有离开，它们还在我家的厨房繁衍子嗣，一时间生机勃勃，热闹非常！而此时我还没有婚配，我还没有生儿育女，蟑螂们竟在我的家里干出这样的勾当来！

此时我的厨房大约有几十只大大小小的蟑螂，它们逶迤在厨房的器皿、灶台，以及盛放可食性物品的工具上，男男女女们无拘无束，酣畅自由。久违自然的我第一次在家中看到了交配的蟑螂，一只蟑螂爬在另一只蟑螂的背部，进行着自然法则赋予它们的神圣权利。我这才明白厨房内蟑螂生生不息的缘由了。最值得指出的是，它们的交配可以在运动中进行，蟑螂的爬行速度异常快捷，可谓是迅雷不及掩耳，当你准备消灭他时，它可以在瞬间消失，蟑螂的最显著特征就是它的运动迅速，看来仅仅依凭人的暴力灭绝他们无疑是徒劳的。

我气恼了！作为一介书生，我首先想到的是这些家伙盘踞于家中的后果。我拿出《辞海》，想查一下"蟑螂"这一害虫的具体危害。遗憾的是，当我按汉语拼音在索引中找到"蟑"这个字，然后在正文内找到"蟑螂"这个词的时候，《辞海》所能给我提供的仅仅是"蟑螂：蜚蠊目昆虫的俗称"这种解释。作为一部普及性的大型辞书，《辞海》就是这样向一个蟑螂的受害者解释蟑螂是什么的。我愈发气恼了，《辞海》让我失望而无助，《辞海》不是一部为人民服务的工具书，《辞海》的编著者也是一群书呆子。可问题是我手头没有百科全书，没有生物方面的工具书，我怎么才能知道蟑螂这一害虫对我生活的切实罪行呢？无奈之下，我翻出《现代汉语词典》，看看这种中学生用的工具书里有没有对蟑螂的解释。

奇迹发生了。在《现代汉语词典》中，我找到了"蟑螂"一词的注释：蟑螂，昆虫，体扁平，黑褐色，能发出臭味。常咬坏衣物，并能传染伤寒、霍乱等疾病，是一种害虫。也叫蜚蠊。看完《现代汉语词典》，我开始诅咒《辞海》，它耽误了我了解蟑螂的进程，《辞海》编著者是不是认为老百姓不应该称蟑螂为蟑螂，而应该叫这种虫子为蜚蠊呢？

随之而来的是恐怖和出离的愤怒！伤寒、霍乱这些和艾滋病一样让人色变的病疫已经莅临我的家中了，我还优哉游哉地想什么美文，想什么和蟑螂对话！此时蟑螂已在咬噬我的躯体，我血脉贲张，我怒发冲冠，我心里责骂自己是二十一世纪第一个东郭！

我像李逵一样迅疾跑到超市买了一瓶"雷达"并迅疾赶回家里，我将厨房内的物品转移到阳台，然后对着蟑螂，对着所有的平面和角落猛喷！什么人与自然的和谐，什么爱惜保护动植物，50年前怎么没人说？人权首先是生存权！蟑螂要让我霍乱了，要让我伤寒了，我还能和它们和谐？！这些念头闪现在我几乎疯狂的脑海里，"雷达"的气雾弥漫在我的厨房里。

……

清理完蟑螂的尸体，我想起了毛泽东的《满江红·和郭沫若同志》："蚂蚁缘槐夸大国，蚍蜉撼树谈何易。""要扫除一切害人虫，全无敌！"我稍微舒了口气，《祭蟑螂文》的事我不想再提了，我也和韩愈道了别。

梦幻拱猪

拱猪是四川人发明的游戏。规则是黑桃 Q 为猪，分值为负 100 分；方块 J 为羊，分值为正 100 分；红心为负分，其中红心 5、6、7、8、9、10 均为负 10 分，J、Q、K、A 各为 20 分、30 分、40 分、50 分；红心 2、3、4 虽没有分值，但如果得了也表明是不清白的。并且，这几张小牌在分红的时候，会令持有者心花怒放。同理，拿着黑桃小牌的人，在拱猪的时候，也会让手里有猪者胆战心惊。草花 10 为变压器，是一个两倍放大的器具，假如你是单独得到它，那就是正 50 分，如果你还得了些红心负分，或者是方块羊的正分，那就要在你得分的基础上乘以 2，变成双倍的分数。当然，如果你把所有的红心都收到自己门下，那你的分数就会变为正 200 分。猪、羊、红心 A 可以明，即告诉大家这些东西在你手里，一旦明了之后，这些正分负分的分值就变为双倍的。作为变压器的草花 10 也可以明，明过后的变压器则具有了 4 倍的功能。另外还有猪羊红心变压器全收、头明再翻倍等，想必玩过拱猪的人都知道这些。

我经常思考一个问题，那些定为体育比赛的游戏和老百姓平时热衷的游戏区别到底在哪里？体育比赛是讲究公平的，比如象棋，你有车马炮，对方也有车马炮，比的是什么？是智力。一个只想到后3步的人，一定会输给想到后7步的人。老百姓所喜好的游戏则不同，譬如玩争上游，抓了大王小王许多2的人是一定会赢的，如果你总抓臭牌，那你赢的机会就很小。在这种游戏当中，人们一方面也在锻炼自己的智力，但更多的时候，人们是希望自己来一手好牌，那样自己就会少费许多气力了，这就是玩牌人常说的手气。更多寄希望于手气，是所有参与赌博游戏人的共同心理。社会是金字塔形的，极少数强者占有社会财富的大多数，众多的普通人过的都是平淡的生活。他们艳羡强者的日子，梦想着有朝一日梦想成真，但这梦想永远不会成真，于是他们就渴望运气，而这种运气在扑克麻将等游戏中就会有，这些游戏刺激着老百姓的原因就在这里。那些游戏中抓到好牌的人是何等欣喜，这就是大家经常念叨的老天爷有眼，运气终于来了。而若让他冥思苦想，绞尽脑汁，这种游戏肯定就不会迷人刺激了。桥牌之所以列为体育比赛，就是因为它的公平，因此这种游戏老百姓喜欢的少，拱猪则不同。

我接触拱猪是进大学后的第二年，因为闲暇时间太多，就学会了拱猪，开始是坐在一边看，慢慢明白了，就成为其中的成员，乐此不疲。当时在我们的楼里是有一大批拱猪干将的，并且大家自视甚高，常常结伴厮杀，不觉东方既白。现在想来，当时 32 楼的拱猪高手有 312 室的老熊、林秃子、韩瑞峰，311 室的程力、王文光，310 室的门延文、老黄、曹道君，308 室的韩老二、范伟，307 室的范山，这些人为当时的拱猪事业作出极大的贡献，一些精彩片段和惊天地泣鬼神的妙招至今令人回味无穷，每每忆及，如沐春风，如饮甘霖，不禁心驰神往。

1985 年冬季的一天，由 312 室的林秃子、老熊配对，和 310 室的刘斌（绰号刘师培）、门延文配对在晚饭后开始了鏖战。当时两屋的人对此事极为重视，开战前由 312 室的朱娃子担任裁判，四人列队在楼下做了广播操，然后双方共同对规则进行了认定——双方共战 79 局，谁先赢了 40 局，谁为胜者。每一方出 6 毛钱的菜票交朱娃子保存，胜者将从朱娃子那里赢得输家交的 6 毛钱菜票和自己拿出的 6 毛菜票。6 毛钱是本次大赛的奖金，当时 6 毛钱在食堂可以买两份味道很好的小炒，那个日子里，我们每月的伙食费在 15—20 元之间。

在大家敲击饭盆声和叫嚷声中，我们开始了比赛。因为牵扯到双方的声誉以及 6 毛钱的美味佳肴，比赛显得异常冷峻，参战选手少言寡语，观战者也屏住呼吸，审视着变幻莫测的战局。

这种沉默持续的时间并不长久，开赛没一会儿，这些十八九岁力比多亢进的学生就对比赛进行七嘴八舌的评判。310 室的曹道君，湖北应山人，体魄魁梧，颇有一把子蛮力，对不利于 310 室的议论严加叱责，并恶语相向，文明的同学对曹氏的言语不予理睬，脾气暴烈的人则反唇相讥。当然因为比赛正在白热化状态，谁也没有注意他们的言行。

就在大家贯注比赛的时候，突然室内的桌子、书架、饭盆一阵轰鸣，众人发现老曹与308室的燕赵汉子范伟扭打在一起，两人欲置对方于死地，一时间大家放弃观看比赛，过去劝架。原来范伟贬低门延文的一次出牌，曹道君感情上不能苟同，就勒令范伟住嘴，范伟不仅没有住嘴，反而变本加厉，老曹就想通过拳脚驱逐范伟，未曾想范伟也是个刚烈汉子，二人便动了手脚，桌子上的物品跌落地上，范伟揪住老曹的耳朵，老曹薅着范伟的头发，口吐秽言，斯文扫地，如两个市井无赖不依不饶。

大家费了一番力气，分离了范伟和曹道君的纠缠，二人在撕打中竟碰掉了总裁判朱娃子的眼镜，朱娃子捡起跌碎一只镜片的眼镜，脸上立刻泛起了潮红，继而转白，大喝一声他妈的你们干嘛？不赛了！走！儒雅的河南人朱娃子从没发过脾气，重要的是他手里还掌握着310室的6毛钱菜票，于是大家对朱娃子说怎么能不赛呢！奥林匹克运动全世界还都在关注，何况我们这样的大赛，因此比赛继续进行。

这场比赛我至今刻骨铭心，当我和刘斌35比29领先于老熊、林秃子的时候，喜悦在我的身体里弥漫，这样的比分意味着胜利已成定局，我看到我的搭档刘斌的脸上也现出了按捺不住的兴奋，去学三吃小炒将是明天的事。

就在我和刘斌暗暗思考明天的事的时候，今天的事出了问题。我们 37 比 33 领先时，刹那间天翻地覆天昏地暗，刘斌连出昏着，308 室的人一路追了上来，当 37 比 37 平的时候，我突然感到体内的元气一下碰到了玻璃碴子，轰然而泄。剩下的是呆若木鸡，我和刘斌眼睁睁地看着老熊、林秃子最后以 40 比 37 战胜了我们。

比赛是晚上 8 点开始的，结束时已是子夜 1 点。奇怪的是此时宿舍里异常安静，围观者悄无声息地走了。我和刘斌木然地坐着，一动不动，同宿舍的人也沉默不语，无声地看着桌子上的纸牌发愣。

很久才有人打破沉默，此时隔壁 312 室传来阵阵刺耳的笑声，林秃子几乎笑岔了气，他们的说话声音异常清晰。晚上，我们宿舍的人一起出去喝酒到天亮。

这场比赛的结果是范伟和曹道君结仇，我们宿舍的人和 312 的人有一个星期没搭话，312 的人每次遇见我们眼神都非常暧昧。

拱猪成为那个时期我们的生活乐趣，即使时隔多年，一些经典场面仍然令人心潮澎湃，心动不已：有的让人肃然，有的让人喷饭，有的让人回味……

一次，老熊在我们宿舍吃晚饭，饭后开拱。因老熊是外人，我们暗暗害他，老熊看出端倪后愤然摔牌而去，结果有人把他的饭盆儿给藏起来了，没找到饭盆的熊氏大怒道：我的变压器哪去了！！一时成为笑谈。

拱猪也如星星之火，慢慢地向周围燎原。304 室的刘洪涛、张克宇常常为我们的游戏魅力吸引，开始是坐在旁边看，会了以后就参加了实战。渐渐他们俩觉得翅膀硬了，一天竟挑战我们宿舍。结果不知天高地厚的刘张二人铩羽而归。回到宿舍，大个子张克宇把小个子刘洪涛臭骂了一顿。此事被人刻意渲染，演绎成张克宇把刘洪涛打得号啕大哭，成为我们的谈资。

拱猪者在游戏过程中的喜怒哀乐是变幻无穷的，当你手持可以掌握主动的方块、草花大牌，同时又有很多黑桃红心小牌的时候，你拱猪、分红的心情是何等的好哇，对手们提心吊胆，生怕你把他们手里的猪或者红心大牌给捅下来，泾渭之间，几家欢乐几家愁。

拱猪需要脑筋机灵，知道得猪不利的同时，还要深刻地意识到，染上红心也是惨痛的，因此要纵观全局，不可一意孤行。有的人天性执着，以为只要把猪拱下来就立了什么大功，因此不计后果，当时同学中，宫玉国、朱娃子就是这样的人。一般明猪者手里的黑桃小牌是比较多的，他完全可以躲开拱猪者对他的进攻，而让拱猪者收获有难言之隐的人给他的红心负分。宫玉国、朱娃子两人，经常在有人明猪后激动异常，发誓要将猪拱下来，结果猪没拱下来，却因为自己的黑桃牌太大了，明猪者用黑桃小牌躲过了他们的进攻，自己反而得了一堆红心，甚至变压器，这时候他们往往气得脸色铁青，想不通一个勇敢者怎么会落得如此下场。

最有趣的拱猪是打对家，两人联手比赛，这既需要智慧也需要勇敢，经常可以打出一些出神入化的场面来。如果你有缺门，猪牌只有两三张也可以明，聪明的搭档意识到你的缺门后打出一张缺门小牌，你一下子就能将明猪出手给敌人，这在对家比赛中经常出现，让人惊叹不已。

拱猪这种游戏和"双升"（风靡全国的两副牌升级）占去了我们大学生活的许多时光，相当的女生也乐此不疲，为之痴迷，留下很多佳话，我想，许多人是可以和我一起回味这些游戏的。

梦幻拱猪！

梦幻双升

　　"双升"是两副牌升级的简称，又名"拖拉机"，这是因为人们把抓到的联对称为"拖拉机"的缘故。抓到联对的人把他的"拖拉机"开出去，常常会将对方轧得左支右绌鬼哭狼嚎，所以，用"拖拉机"这一冠名是很形象的。

　　要玩双升，必须先会玩一副牌的升级。升级是中国上上下下都热衷的游戏，我小时候玩的扑克牌游戏，基本上是争上游和升级两种。七十年代在大连，大街小巷抑或亲友相聚，玩的游戏全是升级。我一个亲戚的孩子，常常兜里揣着副扑克牌，一有时间便4个人玩起了升级，捉对厮杀，可见此游戏在当时我们国家的深入人心。

　　双升和一副牌升级，差别主要在于"对"的出现。因为是两副牌，抓到两张A、两张K等的可能性就存在了，而一旦有了对，就比单张牌的力量大。比如你出一对8，对方在没有对的情况下，他手里的所有牌都要比你的小，所以玩双升的人开始都要先拔叉（出A的意思）后出对。"对"在亮主的时候也会起到扭转乾坤的作用，譬如打到6时对方亮黑桃为主，此时你手中如果抓了一对红心6，而且手里的红心牌较好，你就可以改正对方，变红心为主。此时，对方一般会出现羞愧难当垂头丧气的表情。另外，传统升级防守方在最后被抠底时，底牌的分数是乘2倍的。双升如果被对方用"对"抠底，防守方底牌的分数是要乘4的。所以，玩双升一定要对"对"有深刻的理解，明确其伟大力量。

我玩双升始于八十年代中期，估计双升也是诞生于那个时期。不过当时一般是6个人玩，3个人对垒3个人，每人手中17张牌，底牌6张。后来慢慢变成4个人玩了，2人和2人对垒，每人手里25张牌，底牌8张。应该说4个人玩的双升游戏是最有趣、最具刺激意义的。因为4个人玩一方面可以加快出牌速度，增强游戏节奏；另一方面每个人手中的牌多了，有"对"的可能性就加大了，使得比赛丰富多彩起来。这种游戏自八十年代风靡全国，至今仍如火如荼，获得千万男女的垂青，留下许多可歌可泣的故事，成为朋友间的谈资。

我曾经对双升的产生背景作过一些主观臆测，八十年代的中国，因为结束了一个旧时代而使一切都显得意义非凡，那个时代的年轻人怀疑一切批判一切，并且凡事都上升到文化高度，文化的含义渗透到社会生活的各个领域。记得那时以天下为己任的我们，动辄就说某某文化、某某文化，行色匆匆地上午讨论中西何为体用，下午参观劳生伯的画展，晚上还要研究经济体制的改革，总之每天都指点江山，想的全是天翻地覆慨而慷的事，热切地期盼一个光辉灿烂的新文明照耀着中国的上空。当然否定旧有文化是容易的，如何建设新文化大伙只停留在口头上，见仁见智地呼搭两片嘴皮子，慷慨一番说完拉倒，谁也不负责任。倒是这个两副牌的升级，默默地成为当时文化建设的一大重要内容。因为，人们多少年一直玩的都是一副牌的升级，双升出现后无论在形式还是内容上，都较先前的升级有了质的不同，可谓"藏在水里看不见，一到中天万象明"。登堂入室，成为人们热衷的重要纸牌游戏之一。

我周围的许多人就像追求真理一样，多少年来一直酷爱着双升。大学最后两年，我们几乎每天都在双升。宿舍桌子上固定不变地放着扑克牌，这张桌子常常是干净整洁的，除了两摞纸牌像战士的步枪静静地等待冲锋陷阵以外，人们似乎已经忘却了它的书桌功能，并且这样的桌子好像麦加的石头，如果哪个人随便置放其他物品在上面，必会招致双升战将的呵斥谩骂。每日饭后，总有人高喝一声"运动啦"，马上就会有人从各个房间跑出来参战。人手多了，还会为谁作为参与者发生口舌，甚至手脚之争。因此，比赛没开始前的现场多是混乱不堪的，一俟大赛开始，参与者和旁观者的身份顿时泾渭分明，大家各司其职，或全神贯注，或品头论足，没有先前的争抢撕夺场面了。

双升带来的乐趣，以及人们为之付出的心血，我想即使让释迦牟尼评说也是几天几夜说不完的。有一次比赛从午饭后开始，直玩至次日凌晨，大家仍坚持战斗。突然，湖北来凤人杨卫和手中的牌哗啦一声落到地上，杨氏愣了一下，继而弓下身子，小心翼翼地把牌捡了起来，坐直身体，重新捋了捋牌，认真审视着，大家也盯着杨氏，等待他出牌，结果杨卫和将手中的牌往桌子上一扔，倒头在床上睡着了。众人先是一愣，随后戏言"怎么把革命同志给累成这样啦"。

重庆人林波，既是双升的参与者也是组织者。1987年夏天的一个晚饭后，刚吃完饭的林波心痒难熬，站在楼道里，模仿唐老鸭的声调叫嚷："演出开始了！"那天不凑巧，系里有活动，很多同学要去参加，林波喊了半天还差一个人，造成他的演出迟迟没有开始。这时有人告诉林波，309室的内蒙古人毛雪峰在厕所里拉屎，他今晚没事，可以让他来参加，于是林波兴致勃勃地跑到厕所门口，高喊："毛委员！毛委员！演出开始了！"林波声音甫毕，楼道里立刻传来正在出恭的毛委员的怒吼："林秃子！瞎他妈嚷嚷什么！我拉完屎就来！"重庆人林波做梦也没想到，他辛辛苦苦组织大家双升，毛委员竟给他强加了"林秃子"这一恶名，从此"林秃子"代替林波，成了他在学校里的正式称谓，直到今天他还继续被叫"林秃子"。

全世界的人们可以为一个目标走到一起。和我玩双升的人，有些至今我还不知道他们的名字，或者是只知其名而不知其人。有个叫弓洪武（音）的人，是我在北大红四楼玩双升时结识的，他和他老婆经常到这幢宿舍楼来，来了以后大家就开始比赛，至于谁是干什么的当时也没在意。我们都以为他是我们其中一位的熟人，直到多年后谈起他时，惊诧的是我们当中竟无一人认识他。他的老婆是个双升高手，这个女人留下的双升案例（就像现今的哈佛 MBA 课程案例），至今还让我们津津乐道，可我们许久没有他们的音讯了。有个河南人叫王武召，大家只知道他是北大的职工，具体什么单位谁也不了解，他也狂热地痴迷于双升，有时我们玩的时候他就在一边看，人手不够了他就加入，时时会出一些惊天地泣鬼神的妙牌，但他从不介绍自己，每次玩完了，他就无声地离开，像是武林中的冷面高手，除了打牌，他没有给我们留下片言只字。

双升的基本规则是防守方先出枪（双升人对 A 的称呼），然后出对，把自己的优势使完了就吊主，看对家有没有什么招数；进攻方在得到主动权后，也基本上是如法炮制。老友邵永海在系里作领导，双升时也总喜欢让他的对家按他的意志有计划地出牌。一次，他和自己的老婆杨三儿连手与别人比赛，他拔完枪出完对后开始吊主，他老婆杨三儿用大牌管住赢得了主动权。老邵连忙对杨三儿说："三儿，拔枪！"杨三儿的牌很糟糕，哪里有什么枪和对，就吊了张主，老邵不解，默默地注视其妻，然后又是一个轮回，杨三儿掌握出牌权，老邵继续说："三儿，拔枪！"本来就抓了一手臭牌的杨三儿，此时勃然大怒，将手中的牌扔向了邵永海的脸，作色道："你看看我手里有枪吗！？谁不知道该拔枪！"委屈的老邵媳妇刹那间泪水潸然，大家急忙临时终止比赛，哄劝年已 35 岁的高校老师杨三儿。

老百姓讲话无酒不成宴，在我们的聚会中也形成了无双升不成聚会的规矩。如果邵永海到杜若明家谈事，事毕后老邵的结束语一般是："老杜，咱们玩一会儿。"早已按捺不住的老杜马上附和。于是，或者是我，或者是张弛，或者是薄文泽，在接到老杜的电话后，立即像兔子一样向老杜这里狂奔，一时间大家磨刀霍霍，兴高采烈地投入战斗，面貌焕然一新。邵永海经常在晚饭后向他老婆申明，要趁着年轻，做出点响当当的真学问来，而要达到这个目标，必须现在就到系资料室去查阅一些书籍。随后，在老婆肃穆期待的目光中，老邵神色安详地离开了家。老邵知道，此时在杜若明的家里，已经有人在焦灼不安地洗着牌，等待他的到来了。当他闪现在老杜房间的那一刻，甚至在他特有的脚步橐橐地响在楼道里的时候，战友们就兴奋地责骂呼唤他了。而老邵的夫人，此时也在家梦想自己的夫君事业有成的那一天。

从 1990 年到 1997 年，每年的元旦前夜，我们都聚集在双升大师级人物杜若明家里，双升至天明。这个时候的朋友聚会，也是双升战士们的聚会，老杜和他的夫人王青，张弛和他的夫人李小东，薄文泽和他的夫人孙涛，绰号"老鳏夫"的沈培和单身的我，此时都心怀鬼胎，雄心勃勃地准备在比赛中一个前滚翻又一个前滚翻，过关斩将羞辱对方。酒足饭饱以后，老杜意味深长地拿出两副崭新的金鱼扑克，于是新年前夜的双升大赛就开始了。鉴于人手问题，比赛一般是每家出一名代表，两家连手对垒另外两家，我和老鳏夫沈培算是一家。通常开始是每家的女人先参加比赛，男人坐在老婆身边督战。如果女人累了，男人就兴奋地坐到了女人的位置，这种位置的转换具有很深的含义，常常在这个关口会出现形势逆转的情况，男人们则把这种逆转，归结于女人的智力水平远逊于自己。老杜的老婆王青，是个自小骄横的女人，她可以在领先的时候对自己的丈夫千娇百媚，也可以在落后的时候向自己的丈夫河东狮吼。她经常对其老公的高瞻远瞩置之不理，我行我素地出一些昏着。因此，常常需要老杜在危难时刻挺身而出，挽狂澜于既倒，而当他们稍有进步的时候，杜王氏就下山摘桃，勒令老杜坐在一边，由她领衔大战。当新一年的曙光照耀在老杜家的窗前，我们这些痴迷于双升的人，往往是脸色青灰，手如鸡爪，哈欠连天地徜徉于双升的世界里，以我们的方式迎接新一年的到来。8年里，我们的战场随着老杜家的迁徙而迁徙，德艺双馨的一代宗师杜若明同志，在物质上和精神上，都为双升事业作出了不可磨灭的贡献。直至他东渡扶桑，我们这个双升圣坛才散了伙，我也因为战友的离去而拔剑四顾心茫然。

值得一提的是，很多女子对双升运动情有独钟，如果你对牌桌前玩双升的女子表示哪怕一丝的怀疑或者不敬，那你可能已经犯了千古难恕的错误。在这项运动中，诞生了众多的居里夫人、撒切尔夫人以及麦当娜、花木兰等彪炳史册的巾帼女杰。我的女友在读书时，她们楼的女生可以连续一天两夜玩双升，她的同宿舍女子徐诗虹，因为夜以继日地双升，结果在考试时稀里糊涂地将自己的名字写成了"徐诗虫"，成为笑谈。张弛的夫人李小东在双升的时候神定气闲，以女子少有的理性统揽全局，运筹帷幄，出牌手法风云诡谲，变化多端，常常令须眉瞠目，为之击节，张李氏的出牌可编成双升牌谱，供世人学习。

俱往矣！时间不知不觉地让我们自身和环境产生了变化，我们也在这个过程中患得患失，感物伤怀。

我们常常因为颠倒了生命目标和手段的关系而自寻烦恼。

有哪一个人会在游戏的时候心事忡忡呢？

梦幻双升！

他们是这样侮辱牛的

8月3日晚上，我很晚回家，打开电视，看到了西班牙斗牛的场面。

有关西班牙人的斗牛，我是通过海明威的小说《太阳照常升起》了解的，那是个英雄主义时代，一听到与天斗与地斗的事就激动，恨不得自己也参与其中，昏天黑地地折腾。

海明威的小说只描绘了斗牛士的英雄形象，具体怎么斗牛，我一直不得其详。

就在这个晚上，我知道斗牛是怎么回事了。

西班牙人是在极其不公平的条件下斗牛的，这种血腥游戏在满足人杀戮本能的同时，牛付出了屈辱的代价。

我有以下证据说明，在这个游戏里人与牛是不平等的：

首先，斗牛是在一个圆形的场地里进行，场地四周是高约1.5米的屏障。斗牛过程中，如果人被牛追赶，出现险情时，人可以越过这个屏障逃出斗牛场。就是说，人可以中途因危险而退出。相反，牛不能离开场地。即使凭借自身的跳跃本领，牛也不可能翻越这一屏障。

其次，在这圆形屏障的里面，还立有几面墙，每面墙宽约2米，高1.5米左右。重要的是，这些墙与屏障之间仅有不到50厘米的距离，一旦被牛追逐出现危险，人可以藏身于此，但因屏障与墙之间的间隙过窄，牛无法进入间隙报复斗牛者。

第三，在这场角逐中，牛只有一头，而和牛相斗的人却有7名。斗牛开始时，两个人先后扯着一块红布，在牛的面前晃来晃去，激起牛的恼怒。然后是一名长矛手骑马入场，马全副铠甲，四条腿都有铠甲护围。长矛手持矛扎向牛的后背，牛开始流血。牛因疼痛向马冲去，尽管两只牛角奋力顶向马身，但因沉重铠甲的庇护，马和长矛手只是在牛强大的力量冲击下，位置挪动几步而已，丝毫没有损伤。接着是三位花标手依次出场，每位花标手手拿两只花标，在逗引牛追逐自己时，侧身闪过，奋力将花标扎向牛的背部，这个过程看似危险，但因为花标手行为是主动的，他只不过需要找准机会，将花标插入牛背，如果出现异常，他可以翻越屏障逃脱，或者窜入墙内藏匿，危险几近于零。

最后，是全场的主角斗牛士入场，他用红布或远或近地戏弄着公牛，并不时做一些所谓高难度的动作，显示他的勇敢，取悦观众。从公牛奔入场内到斗牛士入场，这期间已经有两名助手、一名长矛手、三名花标手在和公牛过招。自长矛手的长矛刺向公牛，牛的后背就开始汩汩冒血，体能开始消耗，随后又有花标刺入牛的身躯，血继续从牛的身体往外流溢，最终是斗牛士在公牛身体重创的情形下杀害公牛。

在人与牛的决斗中，牛唯一的优势是力量远大于人，但在不可逾越的屏障面前，在长矛、花标的锋利刺杀下，在火红颜色的羞辱下，在斗牛士长剑的利刃下，在观众期待血腥的呐喊声中，我感觉牛的唯一力量优势也仅仅是给表演增加光彩的道具而已。西班牙人早已设好了一个阴谋——其实这项运动诞生时就暗含了这个阴谋，那就是，他们要看到牛在历经折磨后，惨死在人的刀剑之下。牛是可怜的，它不了解人类的阴谋，它只是因为恼怒红色就充当了人杀戮的对象。

所以，我至今也难以决断，西班牙斗牛是一种比赛？还是一种游戏，抑或是一种体育活动？因为我丝毫看不到人和牛的公平搏斗，我看到的只是人对牛这种自然界生灵的亵渎和侮辱。在不公平规则背后，人在为屠杀的快感寻找借口。并且在这血腥过程中，斗牛者和观众达成卑鄙的默契，共同上演充当世界统治者的可怜悲剧。

比赛开始时，我看到一头剽悍的公牛，气势汹汹地从一个通道急速跑入斗牛场，然后停下，左顾右盼，一副等待的模样。这时候，斗牛的人陆续出场了，他们如出一辙地利用一块红布充当道具，进行着人与牛的较量。

可能牛和红色天生就有不共戴天之仇，一见到这种颜色它就开始愤怒，就发了牛脾气，倔强地伸出他那一对牛角（或许牛认为自己这样可以一往无前），固执地要把出现在自己眼前的这种颜色消灭才后快。我想，西班牙人正是了解了牛与红色的这种关系，才诞生了西班牙斗牛这一项目。

那天晚上，我看到的西班牙斗牛士名叫何塞·斯米兰，这是一个非常英俊的西班牙男人，解说员说斗牛士有无穷无尽的智慧。就在他的6个帮凶完成了长矛捅、花标扎的规定动作后，在公牛上演流血、奔跑、践踏、愤怒等一系列走向死亡的前奏后，这个叫斯米兰的斗牛士来到了斗牛场，为了显示斗牛运动的丰富多彩，他眼神忧郁，如同一个演员在调动观众的情绪。他展动着手中的红布，惹公牛发怒，公牛愤然扑向红布，他就洒脱地扭动身躯，自由地转换红布的方向。他还时而远远地蔑视公牛，时而走到公牛面前显露对公牛的不屑，他甚至一条腿跪下，用目光审视公牛。为表现他的英勇，他还装模作样地视公牛如无物，背对公牛，像妇人那样在场地扭捏走动。

我目不转睛看着这个小丑和公牛的游戏，我知道牛是不可能从背后袭击他的。牛是非常温驯的动物，在没有遭到攻击时，牛是不会伤害对方的。

知晓公牛脾性的斯米兰就是这样戏弄着公牛，为他的表演制造悬念。只有在他手中的红布遮挡、挑逗牛的视线时，牛才会发怒，才会追逐这块令它不快的天敌，而它庞大的身躯无法跟上斯米兰的转动，它只有发疯一般蹦跳、踏蹄，除了野蛮的力量，它别无长物。

血依旧默默地流着，突然，它盲目的头颅撞到斯米兰，一时间它仿佛找到了宣泄的对象，他的双角将斯米兰轻飘飘地挑了起来，适才得意扬扬的斯米兰在空中显得很单薄，随即摔到在地下，公牛的两角也刺向斯米兰的身体。

立刻，从四面八方跑来一群帮凶，他们将斯米兰从牛蹄下抢出，仓皇逃跑。此时的斯米兰失魂落魄，脸上的得意荡然无存。

公牛依旧茫然地站在场地里，恢复了平时安详善良的眼神，刚才发生的事情似乎与他无关，只是后背的伤口还在静静地淌血。

公牛不知自己如何来到这里，不知还要发生什么，它就这样茫然站在这里，血从伤口流出，渐渐变暗。

斯米兰没受到什么伤害，他又从场外走进了场内，公牛依然在一个位置上固执地站着。

斯米兰再次用红布挑逗公牛，公牛似乎有些疲倦，默然地对待斯米兰的举动。

斯米兰恼羞成怒了，他没有想到公牛在精神上是如此蔑视他。他使尽奇技淫巧，让公牛配合他的表演——为了取悦看客，他必须让自己的表演精彩。

公牛终于被红布再次激怒，它奔扑着，践踏着。斯米兰手中的剑刺向牛的颈部。解说员解释剑要从右肩胛骨刺入，这样可以刺中牛的心脏。

可惜斯米兰这一剑刺歪了，没有刺中。

剑插在牛的颈部，疼痛令公牛焦躁，它匆匆在场地里徘徊。此时斯米兰又换了一把剑，他又走到了公牛近处，因为没有红布的骚扰，公牛根本就没有注意斯米兰靠近的目的。

斯米兰再次挥剑刺向公牛，公牛突然身体倾斜，靠向场边围墙，随之前膝弯曲，公牛跪下了，我紧紧地盯视着公牛，它的双眼依旧是那样的清醇善良。

　　公牛倒下了，公牛终于被刺死了。

　　我知道，我再也不会观看西班牙人斗牛了。

　　在此后很长时间里，我都在想一个问题——西班牙人为什么要斗牛？牛与西班牙人的祖先有什么渊源？虽然我没弄明白西班牙人为什么斗牛，但我知道，西班牙人肯定不会斗狮子、斗老虎。因为狮子、老虎的凶猛灵活是人类一直畏惧的，如果把斗牛场的公牛换成了老虎或狮子，那斯米兰这种所谓的英雄肯定是不敢进入的，这些猛兽锋利的牙齿会让他心惊肉跳。同样，西班牙人也不会斗猪、狗、羊这样的动物，如果是那样，人自己也会很羞愧。如果把牛换成猪的话，第一个长矛手上来就会轻易将它杀掉，杀戮的气氛就不会浓烈，丧失了欣赏价值。西班牙人既要追求血腥，又要在刺激的外表下保证人的安全，所以他们只有选择牛。

　　人是万物的灵长，万物都在人面前低头称臣，这是有无数事实可以证明的。人之所以称王称霸，并不在于体力有多强大。像我们幼时下斗兽棋，狮子吃老虎，老虎吃豹，豹吃狼，这是生物链的循环。人是不参与这个循环的，人有高级的头脑，他们利用自身的头脑掌握了许多称之为规律的东西，以此辖御世界。老虎比人力气大，闪展腾挪比人灵活，徒手格斗，人是制服不了老虎的。于是，人就挖陷阱，里面布满机关。自以为是、君临上界的老虎只要掉进陷阱，人就可以优哉游哉地寝其皮、用其骨了。再后来，人又发明了枪，老虎更不是人的对手了，人随时随地可以消灭它。最后，人还把这些曾经吃过人的老虎、狮子、豹等动物代表装入笼子，供人参观。老虎、狮子咆哮也罢，愤怒也罢，最后的胜利还是属于人的。虽然一对一打斗，人在很多时候不是动物的对手，但笛福早就在《鲁宾孙漂游记》里面说过了，"自从发明了枪，懦夫都可能变成勇士。"人可能就是这样想的，只要我的这个脑袋还好使，动物再凶残，也得在我面前俯首称臣。

这就是迄今人类和自然界共处的法则。尽管人类中的一小撮也羞羞答答地扬言，应该平等地与自然和谐相处，对自然要有感恩之心，但面对亘古至今人类绵绵不绝的欲望，这也不过是鳄鱼的眼泪罢了，人是要永远主宰这个世界的。

所以，每每听到"以人为本"这句话，我就会发笑。

遇见了米卢蒂诺维奇

3月底4月初的一个下午，我遇见了米卢蒂诺维奇。我实在不能确定具体在哪一天遇见了他，我所能精确的时间，只能到这一程度，这种感觉就像中国人对中国足球的看法，总想说清楚却总说不清楚。

3月底4月初的那个下午，我去看一个熟人，聊到将近4点，我告辞回家。从熟人家住的那幢楼出来，穿过马路就到了昆仑饭店，我从昆仑饭店向东走，就在这时候，对面过来了米卢蒂诺维奇。

认识米卢蒂诺维奇是在电视上，当时他还没确定担任中国足球队的教练，但我对他的印象很好，原因是他有一张关中汉子一样朴实憨厚的脸，总是面带笑容，头发梳理得像个典型发展中国家的人，鬓角向上微微弯曲，让人感到很容易亲近。另外，还因为他是南斯拉夫人，他的老乡桑特拉奇，带着我的老家山东足球队获得了国内联赛的冠军，齐鲁大地一片欢腾，这让我也很高兴。桑特拉奇很厉害，米卢蒂诺维奇也一定不是孬种，所以一见到他，我的脸部就呈现了笑容。

现实中的米卢（媒体上这样称呼他），跟我在电视上看到的没什么区别，牛仔裤，紫色圆领毛衣，黑白相间的头发，非常有个性的鬓角，一张随时准备微笑的脸。他注意到了我专门给他的微笑，然后他那张准备微笑的脸上，也对我绽开了兄长般厚道的笑容，我们的微笑相隔有 10 米，在这 10 米之间，我们微笑着相互注视并前行，仅此而已，然后是擦肩而过，我向东他向西。

我是从外貌上喜欢米卢的，其余实在没有什么，因为到今天，我还从未踢过足球，我对足球的规则一窍不通，我连什么是越位都不知道，所以我见了米卢蒂诺维奇只有微笑——我不是足球迷，我不懂足球规则，我对足球冲不冲出亚洲漠不关心，我甚至认为出不了亚洲很正常，没什么大惊小怪的。

我不关心足球阻挠不了全体中国人让中国足球走向世界的信心，连我这个不关心足球的人都在大街上邂逅了米卢，中国足球又怎么会走不到世界去呢？

我不关心足球是有历史渊源的——在我来北京之前，我从未看过足球比赛。少年时代，我的老家没有人踢足球。与足球的无缘决定了我今生不会迷恋上它，我所了解的足球仅仅是一些皮毛，我从不敢在人们面前提及足球，每当人们说起足球，我就很惶恐，很羞赧，仿佛我做了什么亏心事一样，我不懂足球，我不能为中国足球走向世界摇旗呐喊。我似乎觉得，就是因为我不关心足球，中国足球才没走到世界的。

偶遇米卢勾起了我的足球意识，我的足球史是非常可怜的，我只看过 1986 年、1990 年、1998 年的世界杯足球赛决赛。1986 年我在大学读书，世界杯期间，我的同学每晚热血沸腾，杀声震天，受集体无意识影响，我也充作滥竽，和大家一起喊叫着，人家骂我也骂，人家叫好我也叫好。1990 年我工作了，住集体宿舍，所以我还得陪着一群人喊叫。1994 年我没有工作，所以那一年的比赛我就没看，但我也知道这件事，因为我听到了别人的叫嚷声。1998 年我还是单身，而我周围的人都娶妻生子了，男人们不能在家看足球，于是就来我这里，我只能又和他们一起看了一个月的世界杯。1999 年，我的好友张越自山东来，他是个狂热的足球迷，他请我陪他去工人体育场看甲 A 北京国安对上海申花的比赛，结果是国安队 0∶1 负于申花队，观众们不住地骂傻逼傻逼，那天日头奇毒，晒得我头昏脑涨，我也不知这傻逼傻逼的是骂谁。回顾我的足球历史，有一点是肯定的，就是我对足球的了解从来都是被动的，本来我不想看，可别人偏要看，因此我不得不看。我的这种被动心态也决定了我对足球的浅薄是必然的，如果主动的话，我不可能时至今日还不懂什么是越位。

可能是因为对咱们国家的足球事业没付出什么心血的缘故，我对中国足球的输赢一直很淡然。我非常反感那些把足球的发源地说成是中国的人，足球和我国古代的蹴鞠绝没有什么必然的联系，这就像飞机火箭和爆竹没什么关系一样。体育的目的是强身健体，所以，足球暂时赢不了也没什么大惊小怪的。但问题是现在人们太关注足球了，而我们干足球这个活的人偏偏不争气，搞得球迷动不动就泪洒"金州"！我们国家的传统体育项目很多，比如武术、踢毽子、摔跤、拔河什么的，现代体育的项目也很多，比如篮球、乒乓球、体操什么的，应该说可玩的种类太多了，可我们那么多国人竟钟情于不是我们强项的足球，真是让人不解。同时，我也经常想一个问题，为什么西方人不热爱咱们的拔河，如果拔河比赛向五大洲转播，全世界人民为之呐喊哭泣，那会是什么样子。看来这件事我也只能张一张幻想的翅膀。我承认体育的本质是强身，但毋庸讳言，体育这种纯粹的强身活动也是具有侵略性的，为什么奥运会的项目多是西方人的运动项目，为什么美国的篮球风靡全世界，说穿了是因为人家是强国，他们掌握了舆论，他们一天到晚告诉我们足球好玩，篮球好玩，于是我们不练武术了，不拔河摔跤了，我们去踢足球，但又踢不好，所以我们就生气，就骂娘。我们按照他们的规则行事，我们的先天又不足，我们怎么能把这件事做好！我真想对球迷们说别瞎起哄了，干点别的吧，找些能让咱们提气的项目去爱，别在足球那儿找气受。我知道，我的这些想法只是一厢情愿，他们知道了我的这些想法准会打死我。若是按照我的想法去做，不是等于说他们误入迷途很久了吗？所以我只能把自己的鬼主意憋在肚子里。

　　我把关于足球的想法憋在心里，时间久了我也很委屈。但少数只能服从多数，所以我眼睁睁地看着队员们召妓，眼睁睁地看着裁判吹黑哨，眼睁睁地看着无形的手在制造丑闻，眼睁睁地看着和足球有关的人拿着球迷给他们的钱为非作歹，眼睁睁地看着球迷们的热血一次次地冷却黯然……所以我遇见了国际友人——我们的国家队教练米卢我只有微笑，我能说什么，他又会回答我什么！宏观的他不懂，微观的我不懂，我们只有在微笑的注目中擦肩而过，完成了一个中国公民和一位中国友人的偶遇，米卢向西我向东。

　　晚上，我把遇见米卢蒂诺维奇的事跟我的老友张越说了，他在电话那头很激动。作为一个球迷，他自然希望遇上了米卢的是他不是我……挂上电话后，我又想起唯一一次在工人体育场看球听到的叫骂声，他们说的傻逼是谁呢？说不清。

一条街的晚上

　　这条街的西头是城市的一条主干道，西边是城市的绿色公园，街长近 1 公里。

　　内蒙古人吴连锁是在夕阳余晖映红天际的时候来到这条街的。吴连锁对夕阳是熟悉的，他的老家内蒙古鄂托克旗临近毛乌素沙地，那里只有简单的麦子、玉米、杨树和丑陋的杂草，其余就是夏天暴烈的太阳和冬天紧绷的寒风。因为周而复始屈指可数的几样东西，吴连锁对太阳是关注的，太阳出来他爬起，太阳落下他睡觉。但这三天吴连锁没有重复以往十八年的法则——他在路上，在去城市的路上。前天他离家到了呼和浩特，昨天搭上火车来北京，他准备在北京挣钱回家娶媳妇，这件事目前是他的唯一大事，可大事还没有实施他已经遭遇了三次夕阳，这一自然规律意味着他要吃饭睡觉了，前天、昨天和夕阳遭遇吴连锁是在候车室和火车上，今天的夕阳他在路上，所以他不能吃饭睡觉，他的心在阵阵的发紧。

　　吴连锁左肩背着行李，里面是一床花被、一床褥子和一个枕头，右手提着一个蛇皮编织袋，装着几个烙饼和毛巾等物品。编织袋里还有一个不锈钢的保温杯，那是他们乡的副乡长孙国胜来村里处理吴连锁家和邻居闹宅基地纠纷时落下的，吴连锁据为已有。孙国胜去过呼和浩特和北京，所以每次吴连锁用这个杯子喝水心里就有变化，他认为这个杯子是联系城市的标志。

吴连锁同村的吴七十在北京的饭馆里打工，每月挣三百块钱，这个数字比吴连锁全家的收成还高。吴连锁这次来北京就是投奔吴七十的。吴七十他爹告诉吴连锁，吴七十在北京东三环的一个饭馆打工，吴连锁从火车站出来后发现"东三环""吴七十""饭馆"这些出发前闪闪发光的词汇在他到了北京后让他黯然沮丧，因为北京人可以告诉他东三环在哪里，但吴七十和饭馆他们就无法给他明确的答复，怎么北京人不认识吴七十呢？这让吴连锁想不明白。

他换了三趟车，每趟车售票员都因为他的行李让他买两张票，这时候吴连锁就成了众人视线的焦点，这目光让吴连锁很不舒服。一次转车时后面人踩了他的脚后跟，火辣辣的疼，吴连锁只能漠然忍耐着。疲倦和陌生让他麻木，找不到吴七十，他对明天一派茫然。

在一个叫呼家楼的地方吴连锁下了车，行人告诉吴连锁那条南北马路都叫东三环。至于吴七十和他打工的饭馆，行人面带笑容地答复他他们也不知道，茫然四顾后吴连锁决定向北走，沿途他向经过的饭馆询问吴七十，结果是徒劳的。吴连锁一会儿恨吴七十他爹没有说清楚吴七十详细的地址，一会儿恨这个城市的人不认识吴七十，就这样他看到了夕阳，他走到了这条街的东口。

在东三环和这条街的交接处，吴连锁决定停下来考虑考虑晚上怎么吃饭睡觉的事，挣钱娶媳妇这件大事现在让步给吃饭睡觉这件事，而且牵扯到今后的吃饭睡觉，所以吴连锁觉得应该停下来。

在农业展览馆围墙外的人行路边上，内蒙古人吴连锁开始了思考，周围是快速的车流和匆匆的行人，灯光刺激着吴连锁的双眼，什么时候夕阳消失他也没察觉，白昼与黑夜的交接让吴连锁很突兀很诧异，他加速了思考的进程。

经过漫长的无序思考，吴连锁终于作出了决定——今晚就找份工作！地点就是马路西边的这条街。除了穷一点吴连锁觉得自己没有什么不足的地方，这是到北京后他对自己的总结。小的时候他经常愚弄那个现在躲在东三环不知哪个饭馆里的同村小子吴七十，吴七十能在这里打工他吴连锁就不能？吴连锁的脸上浮现了一丝淡淡的微笑。

就在内蒙古人吴连锁准备在这条街讨生计的这个晚上，一个叫郑南方的北京人也溜达在这条街上。

郑南方今年41岁，是一家大学的社会学系教师。他结婚10年了，妻子是一家进出口公司的翻译，两个人生活得波澜不惊，祥和平淡。儿子今年8岁，上小学二年级，住在郑南方岳父岳母处。郑南方和妻子除了周末去那里和老人孩子团聚外基本上是各过各的，4天前妻子去外地出差，郑南方每星期三有课才去一次学校，所以他天天待在家，晚上看电视、看光碟，凌晨三四点钟睡觉，中午一两点起床，日子过得悠哉游哉，既不思考明天也不追忆过去，时间就这样在他恍恍惚惚的生活中逝去。

　　这天是礼拜六，郑南方下午3点左右喝了一杯牛奶，吃了一个鸡蛋，接了三个电话，一个是岳父打来的，问他晚上是不是过去和他们吃饭，郑南方知道岳母家的晚饭时间固定在6点半，这是北京新闻开始的时间，岳父岳母和儿子郑阳会一边吃饭一边盯着电视，谈论着家国事，郑南方在脑海中闪动了一下这个情景就以今晚有客人来访拒绝了去岳父岳母家的聚会，因为晚上6点半他根本就不饿。一个电话是陌生女人打来的，找一个叫邱小钢的陌生男人，郑南方知道这个女人打错了电话，但女人不熟悉的悦耳声音勾起了他沉寂多年的年轻好奇心，他亲切地问对方在哪里，找邱小钢有什么事，那边年轻的声音显然没有时间和他这种好奇周旋，不到半分钟这个电话故事就结束了，放下电话郑南方有些怅然失落，糨糊一般的头脑刚想清醒就又回归了混沌，只有继续用遥控器快速地跳跃着频道，内蒙古、重庆、山东、浙江、新疆，这些地理概念完全失去了它们的意义，新疆的雪山和浙江的河水流到一块了。最后一个电话是妻子的，她在某个地方的声音就像她还在这个城市，询问儿子的情况以及郑南方的晚饭问题，这种话题对他们来说就和亘古不变的死亡呀爱情呀什么的话题一样，既永恒又无聊，所以和妻子的对话持续了不到两分钟就平淡终止了，郑南方继续在祖国的省市自治区之间选择电视节目。

　　吴连锁如一只饥饿的猫，故作镇定地在这条街上寻求可以让他活着的机遇。在一家经营涮羊肉的餐厅门口，他用模仿的连他自己都不能揣度的音调问一个女子有没有工作可做，他努力的笑脸遭到了这个女子的鄙夷，也许是她生怕这个人会和她成为一个阶层，她以命令的语调告诉他："没有！没有没有！"吴连锁听后马上收起他绽开的那张脸，他要节约奉献的情绪，把幸福的感觉给下一个机会，他继续往东移动步履，眼睛游移在路边的每一个店铺。

　　他疲惫的笑脸在一家水果店前再一次开放了，矮个子剃着平头的胖主人没有正面回答吴连锁求职的咨询，而是与吴连锁进行了对话，他周围坐着的两个男人也用琢磨不定的眼神看着吴连锁，眯眯微笑的眼睛让吴连锁心里惶惑不安。

　　"从哪儿来呀？"店主目光游离在店外熙熙攘攘的马路上，似乎根本就不是在和吴连锁对话。

　　"内蒙古。"吴连锁眼睛看着店主，就像士兵看着连长。

　　"内蒙古什么地方？"

　　"鄂托克。"

　　"鄂托克在哪儿？"

　　"在，在……"吴连锁还从来没有想过鄂托克在哪儿，他心里说鄂托克就在鄂托克，怎么还在哪儿？这个问题让他的大脑急速运转，他有些羞赧地盯着店主，似乎还没开始工作他就犯下了错误。

"你从哪儿坐车来的？"坐着的一个男人有些生气地问。

"从包头，从包头。"吴连锁经人发问恍然明白了店主问他鄂托克在哪里的答案，"鄂托克离包头近。"吴连锁又把笑容给了坐着的那个男人，感激他的提示。

店主继续着散淡的发问，吴连锁把姓名、年龄、学历、家中人口、家庭关系、本地特产等店主问的都一一做了回答，坐着的那两个男人也问了他路上的情况，诸如吃了什么？坐的什么车什么的，随着这几个人的询问，吴连锁的内心也涨起了希望，他想也许今晚他就在这里卖水果了。

"来北京干嘛来啦？"店主继续着询问。

"打工。"

"不是打闷棍来的吧？"店主微笑地看着吴连锁，坐着的两个人也开始放肆地笑起来。

"北京有什么好的？一天到晚往这儿跑。我要是生在内蒙古，打死我都不出来！吃羊肉，骑马，多他妈滋润！跑这儿，挤得个贼死。你说你跑这儿干吗！？北京都是他妈你们外地人给弄坏了。"店主的目光又转向了坐着的人，"这几个月地下通道老他妈有打闷棍的，提着个手袋，里面包着根钢筋，看一人过来上去就一下，他妈被打的还以为得罪人了呢。死了十好几个，有的兜里才一两百块钱就让人黑死了……逮着喽一审，操！内蒙古的！死定了！！"

吴连锁一脸懵然地看着店主和旁边的两个人，有些不知所措。他感到他们在抱怨他，似乎他给他们添了麻烦，但缘由他不得而知。

"想打工是吧，我告诉你，到东头的歌厅找去，伺候伺候鸡，挣了钱你还舒服。呵呵……"店主和那两个人暴出快活的笑声。吴连锁还是不明白他们的意思，但他隐隐约约感到他们在嘲弄他了，他的脚定在那里，想走又有些挪不动。

"还看什么？哪有工作给你，我他妈都下岗了，走吧，走吧！"

吴连锁在人们的注视下走出水果店，暧昧的灯光映着他苍白灰暗的脸。饥饿被一种情绪冲淡了，他感到了一种在家乡从未有过的感觉，这是一种非常不痛快的感觉。这种感觉一会儿让他的血液涌到头顶，一会儿又让他的心沉落，这个滋味很难受。这种感觉让他忘却了周围的景致，他木然地移动步伐，他的目的模糊了，他的心也模糊了。

郑南方是在看完了新闻联播后决定出去走走的。除了星期三到学校上两节课，他每天都在躺着，睡觉躺着，看电视躺着，看书躺着，除了拉屎撒尿不是躺着一天到晚都在躺着。他觉得自己就像步履蹒跚的大熊猫，眼睁睁看着自己在退化。生活是那么的无奈和周到，明天、明年甚至生命的最后都是那么清晰，一点变化没有，至于自己是谁，他也不太清楚。郑南方每天都在期待奇迹发生，他甚而希望妻子有了外遇，看看那时生活会有什么景观产生，但问题是这些想法一点产生的基础都没有，搞得他连想都懒得想了。

郑南方拖着僵硬沉重的身躯走出家门，他从 15 楼乘电梯来到楼下，向北走出了小区来到这条街，林立的店铺和往来的车流刺激着郑南方麻木的身躯和眼睛，他感受到了生活的热闹，他新奇地注视着所能看到的一切。一家音像店的门口贴着一个叫谢霆锋的香港歌手的海报。他知道这个叫谢霆锋的人和一个叫王菲的女人在一起，至于他们唱过什么歌抑或音色如何他是毫无所知的，即使听过也会马上忘掉的，他早已过了追逐流行音乐的年龄。但他还是走到那张海报前，饶有兴味地看着，他还走进音像店对流行乐坛进行了巡礼，自然结果依旧是茫然不知所云。

出了音像店他继续向西走，在马路北边的一家宾馆入口处，一个女子叫住了他，吓了他一跳。女子站在一棵树的阴影下，一张灯红酒绿的脸夸大地对着郑南方微笑："先生，到我们那儿去玩玩？"

微笑意味深长地在女子的面容上持续着，郑南方的身体瞬间紧张兴奋起来。晚上和妻子遛弯儿的时候经常可以看到花枝招展的女子徜徉在这条街上，她们用美丽的青春和张扬的活力赢取生活的资本。这条街周围有很多宾馆饭店，四面八方的流动人口聚集在这里，尤其是靠青春吃饭的女子，她们的出现已经成为这条街夜里的景致。每次散步妻子见到这些和平常人格格不入的女子，就会感叹一番，妻子往往从生命的尊严开始，居高临下地怜悯这些女子的人生，那时候郑南方也会附和一些肯定妻子见地的言语，但他总觉得自己的附和有时言不由衷，他感到在他内心深处有一种东西是和这些女子们吻合的，他隐隐感到了，并且这种东西每当他和这些女子擦肩的时候它们就阵阵地涌动，他甚至觉得难以遏制，冥冥中和这些女子是不是有些默契呢？他确切地希望有一天他能够和这样的女子有某种交流。只是没想到今天晚上他渴望发生的事情不期而遇了。

郑南方怔怔地注视着女子，停住了脚步，他的话语凝结在喉头怎么也发不出声音。女子并不在意他的窘相，再一次问他是否需要去她们那里玩玩儿。

郑南方从突兀中转过神来，他迅疾走到树荫下，他的面目顿时模糊起来。

"去哪儿玩儿呀？"为人师表的大学副教授郑南方平时抑扬顿挫的语言此时开始狎昵起来。

"不远。就在京信大厦东边，挺近的，去吧大哥！"女子鼓励着郑南方。

"都有什么好玩的？"郑南方觉着自己很容易进入角色。

"您想玩什么就有什么呗。走吧大哥，我们那儿的小姐可漂亮啦！哪儿的都有。保证让您满意！怎么样？"女子的声音如醇酒灌入郑南方的肚子，他的血液在体内快速运转开来，精神也开始亢奋，但对下一步他则心存芥蒂，女子指引的道路让他兴奋，女子说的地方却让他惧怕，恐怖和兴奋搅和在自己身体内使他无所适从，他知道自己必须马上作出抉择。

"你们那儿我就不去了。到我家吧，就我一人在家。"他诚恳地看着女子。

"去您那儿？别啦，嫂子会吃醋的，"女子咯咯笑了起来，毋庸置疑地说道，"还是去我们那儿，不远！打车5分钟就到了！走吧。"

女子丰满半裸的胸脯抓住郑南方的眼神，女子要他去的地方也激荡着他的情怀。不过这种情怀伴随着恐怖让他举步维艰，他感到此时的困难不亚于他所研究的社会学课题。

"还是去我家吧。我们家真的没人，你放心。"

"行啦行啦，您不去算了。"女子收敛了妩媚和祈求，断然从树荫下走到光亮处，张望着南来北往的人流。

女子的前恭后倨让郑南方有些恼怒，但他的确不想就这样结束这个故事，所以他继续在树荫下向女子发出邀请："咱们聊聊吧，不去我们家咱们一起吃个饭也行，北边有个'金山城'，那儿的饭不错。走吧？"郑南方恳求着，大学老师郑南方什么都忘了，只想和这个风尘女子走进一个未知世界。

"不去！"女子斩钉截铁。

郑南方像个被恋人抛弃的青年，一脸无辜地等待眼前的这个女子能够让他进入她的世界，女子似乎把他忘得一干二净，他孤零零地站在被枝叶遮挡的树下，像一条从垃圾堆里爬出的狗。

无望的他费了很大力气才从树下走了出来，风流的狂想消失了。郑南方慢慢腾腾地走在这条街上，他的心里很不好受，他镇定地做着深呼吸，想驱赶自己的不快情绪，他很沮丧，空气弥漫着炭渣的味道，夜色显得很脏，他不知道自己该干点什么。

吴连锁目光沉滞地注视着马路两边的餐馆商铺，他希望这些地方在今天晚上能给他一碗饭，一个睡觉的地方，先前水果店主人对他的侮辱蔑视已经不重要了。

就在他带着沉重的使命在这条街寻觅时，一个女子的尖叫惊醒他的思绪，女子的尖叫是冲他而来的。他木然地看到一个美丽的姑娘在对他吼叫，姑娘美丽的脸因愤怒扭曲了，但他很长时间不明白女子的吼叫谩骂和他的关系。

原来是他肩上的行李撞了迎面而来的这个姑娘的身体，他没有发现这种行为给姑娘带来的损失，但他还是让自己的脸做出诚恳卑微的笑容以减轻姑娘的怒火。

他诚恳卑微的笑容是徒劳的，姑娘似乎把有生以来的愤怒都发泄在他身上。

"你丫他妈的眼瞎啦！看什么呐你？！瞪着眼往我身上撞！"

姑娘的声音压住了喧嚣，引起路人的注意。和姑娘同行的男子用鹰隼一样的眼光盯着他，吴连锁神情紧张地看着，脸上依旧是企求卑微的笑，他似乎知道，他马上就要为自己的行李碰了这个姑娘承担后果了。

姑娘同伴在吴连锁乞求的笑容里突然出拳，重重地打在吴连锁的左腮上，然后是一句咒语。吴连锁尚未反应过来，兔起鹘落间男子已拉着姑娘离去，姑娘边走边回头把咒骂送给他……

事件在瞬间发生并结束，当吴连锁用手抚摩自己的左腮时，路人们好像已经忘却了刚刚发生的事情，只有马路对面的郑南方远远地看着对面的吴连锁，他目击了适才的全过程，目击过程的人只有他还驻足在这里关注着吴连锁。从事社会学的郑南方知道如果吴连锁不是来自穷困地区，那个男子是不敢蔑视吴连锁的，吴连锁那张农民的脸和穷困的穿着是男子敢于向他出拳的直接原因，但为什么穷困的人要遭受欺凌这是郑南方不能了解的。在吴连锁仅仅感到疼痛的时候，郑南方却在感受屈辱，他想杀掉那个男子和姑娘，可这仅仅是念头而已，他依旧站在马路对面看着擦去嘴角鲜血的吴连锁，先前遇见风尘女子的沸腾热血又一次激荡在郑南方的身体。

他穿过马路，向吴连锁这个陌生人走去。

"没事吧你？"郑南方向吴连锁问候。吴连锁对陌生的郑南方依旧报以惊恐的眼神，他还没有从刚才的突发事件中走出来，他似乎在回味刚刚发生的一切。

"用纸擦吧，别用手了。"郑南方从裤兜掏出一张面巾纸递给吴连锁，吴连锁接过，雪白的纸立刻殷红，他仍然陌生地看着郑南方。

渐渐地吴连锁嘴角的血止住了，郑南方看着吴连锁血液凝固的嘴角和黑青的脸，他所希望的愤怒和委屈神色没有出现在吴连锁的脸上，吴连锁仍然戒备地看着郑南方，迷蒙的光线使得他的脸惶惶忽忽的，吴连锁对这个城市的一切都不信任了。

在郑南方的一再坚持下，吴连锁和郑南方在这条街的一个川菜馆吃了顿饭，席间吴连锁简单回答了郑南方对他的询问。饭后，郑南方让吴连锁去他家住一个晚上，吴连锁死活拒绝了，他离开这条街，在附近的一个工地睡了一夜，蚊子叮得吴连锁手脚脸上全是红疙瘩，第二天他就在这个工地找了份捆钢筋的工作。

郑南方和吴连锁分手，回家继续躺着看电视。

六朝如梦

爱竹子的人

竹子身材颀长、消瘦、洁净,用途不是太大;摇曳生姿的,很像绰约的女人,所以文人都喜欢。赞美竹子,杜甫唱:"绿竹半含箨,新梢才出墙。雨洗娟娟净,风吹细细香。"活脱脱是把竹子女人化了。至于苏东坡唱的"宁可食无肉,不可居无竹。无肉令人瘦,无竹令人俗",则是形而上地做出主观判断,把喜欢竹子上升到伦理层面,有些言语霸权,不如陆游的"好竹千竿翠,新泉一勺水"那么温润。后世还有很多人赞美竹子贞节的,纯粹是他妈的瞎扯淡,他们是要用孔教道义戕害竹子的好身段。

有一个人是不问缘由地热爱竹子,这个人就是东晋的王徽之。

王徽之是王羲之的第三个儿子,史书上说他"卓荦不羁",一天到晚不好好上班,时不时地还说些莫名其妙的话嘲弄领导。他在桓冲将军手下担任骑兵参谋时,有一天桓冲问他:"你在哪个部门工作啊?"王徽之答:"我也不知道是什么部门,有人牵着马走来走去的,可能是管马的吧。"桓冲又问:

"你那里有几匹马呢?"王徽之答:"'不问马',我哪里知道有几匹马。"桓冲继续问:"马最近有死的吗?"王徽之答:"'未知生,焉知死!'"王徽之说的"不问马"是《论语·乡党》里的话,马厩着火了,孔子只问死没死人,不问马的情况。"未知生,焉知死"见《论语·先进》,是子路问询死亡时孔子的回答。王徽之断章取义,用这些话应对上级,这在当时是很时尚的,就和现在白领喜欢看话剧一样。

王徽之不喜欢工作,唯独喜欢竹子。他听说有个读书人家里有一片好竹林,就前去观看。读书人早就知道王徽之大名,赶紧洒扫屋子,准备了饭菜,在厅里恭候。王徽之来了以后,也不和主人打招呼,径直来到竹林边观赏,边看还边发出啸咏声。啸咏也是当时的时尚,名流们聚会时激动了,就会吹口哨,发出尖厉的声音,称为啸咏。

王徽之就这样边赏竹子边啸咏。主人觉得冷落了自己,有些失望,不住对自己说,他啸咏完了就会来问候了。没想到的是,王徽之赏够了竹子,招呼也不打就要坐着轿出门。主人出离愤怒了,命令下人关上大门,不许他们出去。

主人的这一举动倒让王徽之很欣赏,马上下轿,和主人一起喝酒去了。

还有一次,王徽之临时借别人的房子住,刚安顿下来,他就让仆人在院子里种竹子。仆人说就住那么几天,何必麻烦。王徽之又是啸咏了良久,然后指着竹子说:"何可一日无此君!"

我觉得男人都应该种竹子。

阿堵物与孔方兄

我注意到，"钱"和"人民"这两个词在我们的语境里寓含着褒贬。钱有贬义，人民有褒义，公开场合没见过谁赞颂钱的，也没见过谁诅咒人民的，而且这些都是大是大非问题，马虎不得。不过，我也真没见过哪个人深夜在床上诅咒金钱，赞美人民的，这很奇怪。

《世说新语》中有这样一则："王夷甫雅尚玄远，常嫉其妇贪浊，口未尝言'钱'字。妇欲试之，令婢以钱绕床，不得行。夷甫晨起，见钱阂（阻碍）行，呼婢曰：'举却阿堵物。'""阿堵"是当时方言，"这个"的意思。"举却阿堵物"意即"拿开这个东西"。王衍，字夷甫，西晋人，世家子弟，西晋末年官居太尉一职，相当于宰相。不过他对做官没兴趣，喜欢清谈，史书说他"妙善玄言，唯谈老庄为事"。结果官场中人都仿效他，不安心工作，上班时间都在谈深远的哲学问题，一直谈到国家灭亡了。把钱称为"阿堵物"的典故即出自王衍。"阿堵物"含轻蔑意，说钱不好的清高之人动辄就"阿堵物"如何如何，一脸不屑的样子，好像钱和他有杀父之仇似的。

西晋还有个叫鲁褒的人，《晋书》把他收在隐逸列传里。此人因为当时的人爱钱非常愤慨，写了一篇《钱神论》，把钱这东西漫骂了一番就从世界消失了。在《钱神论》中，鲁褒说："钱之为体，有乾坤之象，内则其方，外则其圆。"世间人对钱的态度是"亲之如兄，字曰'孔方'。钱多者处前，钱少者居后。处前者为君长，在后者为臣仆"。"孔方兄"的典故就是这样来的。鲁褒认为钱"危可使安，死可使活，贵可使贱，生可使杀。是故忿争非钱不胜，幽滞非钱不拔，怨仇非钱不解，令问非钱不发"。总之，钱是万恶之源，人世间的丑事都是钱闹的。

多年前我还是个学生，到山西旅行，在五台山脚下的民居前看到一则对联，右边那联我没记住，只记得左边一联，理直气壮地写着"世路难行钱作马"七个字，当时我很震惊，因为在这之前我也一直断定钱不是个好东西，心想，这户人家怎么能这样无耻？后来工作了，钱总不够花，单位也不给分房子，急得脸上老起疙瘩。有个年轻后生，比我还晚到单位两年，没想到分房时居然有他的没我的，我相当气愤，想把单位的楼炸掉。一个年长同事关怀我，语重心长地对我说："有钱能使鬼推磨。人家那个后生给领导送钱了，你没送，自然不给你房子。"我满腹狐疑地望着他，第一次体会到，人对钱的态度可以是当面一套背后一套的。

现在我知道了，钱其实是个好东西。没有钱，我想吃炸糕人家不会卖给我，如果我去抢就得进班房。没有钱，我想去美国看我侄子人家不会让我上飞机，如果我游泳去就得累死在太平洋里。所以请大家注意，世界上第一篇赞美钱的文章即将面世，在这篇文章中，"阿堵物"将更名为"阿堵神"，"孔方兄"将更名为"孔方爹"。还有就是，这篇文章的作者就是我本人。

鄙吝之心

　　1848 年，清末思想家黄遵宪出生。其父黄鸿藻追慕东汉人黄宪（字叔度）的声名，为儿子起名"遵宪"，字"公度"。

　　黄宪的事迹，史籍叙说甚简，《后汉书》有《黄宪传》，仅述其籍贯和家世，说他"世贫贱，父为牛医（给牛治病的兽医）"。他曾应官方征召到了京城，但什么也没干又回去了，死时 48 岁。

　　他的"光辉形象"都是通过朋友之口传扬的。周乘说："我一段时间见不到黄叔度，则鄙吝之心已复生矣。"郭泰说："叔度汪汪如万顷之陂（池塘），澄之不清，扰之不浊，其器深广，难测量也。"荀淑誉其为颜回再生，担任太尉的陈蕃更是感叹："如果黄叔度还活着，我这个位置就该是他的了。"而周乘、郭泰、荀淑、陈蕃四人，都是当时士大夫中的翘楚，以"铁肩担道义"之本色享誉士林。

　　黄宪并无显赫事功传诸后世，那后世为何会仰慕其为人呢？明末清初的王夫之在其《读通鉴论》中的一段话似乎可为注脚，王夫之说："伤宿蠹之未消，耻新猷之未展，谓中主必不可与有为，季世必不可以复挽，傲岸物表，清孤自奖，而坐失可为之机，则黄宪、徐穉、陈寔、袁闳之徒是也。"政治黑暗，皇上昏昧，奸臣弄权，国家毫无前途，一派末世之象。聪明的读书人明哲保身，必然遗世独立，孤芳自赏，以不作为完善自身人格，黄宪等人就是此类。

王权时代，天下为一姓所有，董仲舒说："唯天子受命于天，天下受命于天子。"生民与百姓都是帝王家的私产，作为个体的读书人，其社会角色的确立，除了仕途显达别无他径，这种主流价值观在政治昌明、社会进步的太平时代是可以为读书人接受的。一旦天下动荡，执政者昏聩，善恶黑白颠倒，进退出处就成为读书人面临的难题。东汉桓帝、灵帝时期，外戚宦官当权，"亲其党类，用其私人，内充京师，外布列郡，颠倒贤愚，贸易选举"。读书人报效帝国的志愿遭到排斥，奋而抗争则罹杀身之祸，黄宪的好友，身居太尉要职的陈蕃，也在抗击宦官的斗争中身首异处，这就是当时的现实。

作为读书人的黄宪，自然不会在这波诡云谲的世事沧桑中不作选择。子云："邦有道则仕，邦无道则可卷而怀之。"所谓"卷而怀之"，就是收敛个人澄清天下之雄心，在社会这个彰显个体生命价值的舞台刀光剑影、虎狼肆虐的时候，独善其身，求全性命，因此，黄宪选择了不仕。当然，这种远离政治角逐的人生选择是需要智慧与勇气的，是世事洞明后的超越，是回归生命大道的哲学情怀，所以郭泰才会称许他"其器深广，难测量也"。周乘几日不见黄宪则生"鄙吝之心"，深意就在这里。

中国正史中，常为逸民隐士设传，究其根本，即是读书人在政治黑暗、世事动荡情态下的全身之策。王夫之解释黄宪的不仕是因他"耻之如浼焉"（以与肮脏的政治集体合作为耻），有一定道理。

避讳

中国人讲究为尊者讳，为贤者讳，为亲者讳，于是就出现避讳。避讳约出现于周时，《礼记》中有"文王之祭也，事死者如事生，思死者如不欲生。忌日必哀，称讳如见亲"。避讳先是礼仪，帝制以后成为制度。秦始皇原名嬴政，称帝后"车同轨，书同文"。正月的正与嬴政的政音同，所以就下令把正月改为了端月，所幸秦朝短命，否则我们今天还得称正月为端月。

唐朝以前，人们把夜壶称伏虎，因其嘴朝上开，形似蹲伏的老虎，故名。伏虎也称虎子，高祖李渊建立唐朝后，李渊的祖父名李虎，他觉得让自己的先人和夜壶同音实在不雅，就下令将天下的虎子易名为马子，以至现在杭州人仍称马桶为马子。清朝雍正年间，为表示对大成至圣先师孔丘的尊敬，皇帝下令天下丘姓一律在丘字旁加右耳，改姓邱，这就是现在邱姓由来。

避讳分公讳、家讳两种，公讳为国家之讳，家讳为家族之讳。六朝时期，世家大族势力兴盛，尤重家讳，公众场合提及对方长辈的名讳是非常不敬的。《世说新语·方正篇》中有这样一则："卢志于众坐问陆士衡（陆机字士衡）：'陆逊、陆抗是君何物？'答曰：'如卿于卢毓、卢珽。'士龙（陆云字士龙）失色，既出户，谓兄曰：'何至如此，彼容不相知也。'士衡正色曰：'我父祖名播海内，宁有不知，鬼子敢尔！'"

陆逊、陆抗为东吴名臣，陆机祖父、父亲。卢志为羞辱陆机，故意以其父祖名讳相问。陆机反击，提到的卢毓、卢珽是卢志的祖父和父亲。余嘉锡在《世说新语笺疏》解释说："六朝人极重避讳，卢志面斥士衡祖父之名，是为无礼。此虽生今之世，亦所不许。揆以当时人情，更不容忍受。"

桓玄是桓温的儿子。有个叫王大的人来拜访他，桓玄设酒款待。酒有些凉，王大又一时忘了桓玄的家讳，就对下人说："把酒温一下，把酒温一下。"桓玄听罢，立刻一把鼻涕一把泪地哭了起来，因为王大犯了桓玄的家讳。还有个叫王舒的，朝廷任命他为会稽内史，他三番五次上书拒绝，请求异地安置，原因是其父名王会，会稽一词犯了他的家讳。无奈之下，朝廷将会稽更名为郐稽，他这才上任。

"皮里阳秋"是成语，意为表面不作评论，其实内心有褒贬。此语出自《晋书·褚裒传》。褚裒字季野，有识见，时人桓彝评价他说："季野有皮里阳秋。"此处"阳秋"本当为"春秋"，因孔子作《春秋》，寓含褒贬。东晋简文帝司马昱的母亲郑太后名阿春，当时人为了避讳，就将"皮里春秋"说成了"皮里阳秋"。

中国历史上避讳的事例举不胜举，有兴趣可翻阅近人陈垣的《史讳举例》，言说详尽。唐太宗李世民即位后，世人为了避讳，把观世音菩萨更名为观音菩萨。看来神仙也敌不过世俗的权力，所以我们对避讳的看法应当是"皮里阳秋"的。

武人曹景宗

曹景宗是南朝梁武帝时期的武将，也是个有趣的人。

少年时候，他喜欢走马射猎。经常和众少年黑云压城般奔驰在山川田野，追逐獐鹿。有一次，发现一群鹿，他率人追赶。追上后，鹿群和马队纠缠在了一起，他弯弓欲射，有人阻止，怕误伤马和人。他全然不顾，结果是箭不虚发，每只箭都射到鹿上，人马无恙。还有一次，随他爸爸远行，遭遇上百名劫匪围攻。他沉着镇定，拔箭便射，每箭必中，劫匪四散奔跑。自此，曹景宗以英武勇敢著称。

少年时，他还是个志存高远的人。读了战将司马穰苴和乐毅的故事，他眺望着远方，怅然说："大丈夫应该这样啊。"

历史总会在兵荒马乱的时候给剽悍之人提供机遇。南北双方频繁的战争给了曹景宗驰骋疆场的机会，他投身军旅，开始了铁马生涯。公元497年，曹景宗率两千士兵大破北魏四万进兵，一时声名大噪。齐末，国内大乱，萧衍起兵后，曹景宗作为部将，攻城略地，围攻首都建康时，他披甲征战，立了大功。梁朝建国后，曹景宗以军功封侯。

武人的功勋，多是乱世的硕果。武人一般都肉体强悍，内心没有畏惧感，凭着自然本能认识世界。世道乱了，王法不灵了，弱肉强食的自然法则就彰显了。既然枪杆子里面出政权，那枪杆子里面再多出点金银财宝、香车美色，也就没什么了。曹景宗的军队里，多是鸡鸣狗盗的亡命徒，每克一城，士兵都要掠夺财物，欺男霸女，曹景宗从来不予禁止。他本人也酷爱女色，遇到有姿色的女人，就强占为己有。《南史·曹景宗传》说他"妓妾至数百，穷极锦绣"。

曹景宗还是个喜欢热闹的人，"性躁动，不能沉默"。建国后，他身居高位，每次出行，都是仪仗扈从，戒备森严。不过，这种阵势让他很不舒服。后来外出时，他就不要警卫跟随，自己一个人坐在车上，拉开车窗的帷帘，张望过路的风景。手下人担心他的安全，就劝说："您现在是大官了，走在路上让那么多人看到，这很不体面。"史书上原话是："左右谏以位望隆重，人所具瞻，不宜然。"

曹景宗听罢大怒，说："老子从前在老家，骑着马像闪电一样飞奔。弟兄们弯弓搭箭，驰马射鹿。渴了喝鹿血，饿了吃鹿肉。你们知道鹿血什么味道吗？甘露一样啊！你们知道喝了鹿血什么感觉吗？两耳生风，鼻子冒火啊！'此乐使人忘死，不知老之将至！'如今老子阔了，倒动弹不得了！在车里拉开窗帘你们这帮王八蛋都说不行！我就得像个新媳妇那样闷在车里你们就高兴了！靠！这日子还过得有什么意思，不如死了！"

曹景宗嗜酒，每喝必醉，醉了就口无遮拦。一次，曹景宗凯旋回京，梁武帝设盛宴款待，兴高采烈的时候，梁武帝提议大家赋诗。当时的规矩，作诗要有韵脚。因为曹景宗是粗人，为照顾他的面子，就没给他韵脚。没想到曹景宗很恼火，头扭到了一边，满脸发紫。梁武帝发现后，就替他圆场，说："老曹，你是个多才多艺的人，何必去在乎作诗这样的小事。"曹景宗当时喝多了，跟梁武帝较上了真，死活非要作诗。当时只剩下了"竞""病"两个韵，曹景宗操起笔来，当即挥毫，诗曰："去时女儿悲，归来笳鼓竞。借问行路人，何如霍去病。"武帝和群臣们看了惊叹不已。

就是这首诗，为后世留下了"诗惊四座"的典故。范文澜也在《中国通史》中称之为"南朝唯一有气势的一首好诗"。

在背叛中享受生活的将军

　　陈伯之是武人。幼年颇有一把子蛮力，十几岁时，喜欢腰上别着把刀，在乡里到处晃悠。夏季，邻居家的稻谷熟了，他去偷割，被邻居发现了。邻居喝道："兔崽子，你干什么呢！"他答："你家今年收成不错，我割一担不碍什么的。"邻居愤怒走到近前。他马上从腰间拔出刀来，指着对方鼻子说："你别不识相啊。"邻居被他的暴力震慑，只能站在一旁，目睹他的行为。割完稻子，陈伯之挑着徐徐往家中走去。成年后，陈伯之做了土匪。一次在江中劫船，被船夫把左耳砍掉了。因为已落草为寇，他也就没把自己的脸面当回事。

　　后来，世道乱了。同乡王广之在部队里做将军，他前去投奔。当兵和当土匪的区别在于，军人抢劫合法，土匪抢劫不合法，于是陈伯之更加勇敢了，最终他也做了将军。

　　陈伯之不识字，发达后，有什么公文诉讼，都是幕僚拿出方案，他在上面画个圈而已。他每天的主要工作就是结党营私，征逐酒肉。《梁书·陈伯之传》中说："伯之每旦常作伎，日晡辄卧。"用现在话说就是，陈伯之每天早晨起来，都要看歌女表演，傍晚五点左右，他就上床睡觉了。

对陈伯之来说，抢掠和从戎目的都是一致的——无非个人的荣华富贵。不幸的是，他生活在乱世，经常改朝换代。作为有奶便是娘的武人，为保住个人荣华，陈伯之选择的生存法则就是不断地叛变。

齐朝末年，萧衍在雍州（今湖北西北部）起兵，沿长江向首都建康（今南京）进发。当时陈伯之任江州（今江西）刺史，受命抵御萧衍。萧衍派人劝说陈伯之投降，允诺灭齐以后加官晋爵，陈伯之答应了，投靠了萧衍。梁朝建立后，皇帝萧衍以陈伯之培植私党，贪赃枉法为由，欲削弱他的权力。陈伯之眼见自己的荣华富贵要保不住，就叛逃到了北方的北魏。

公元 505 年，梁朝任命萧宏为元帅，率军进攻北魏。北魏令陈伯之带兵抵抗。两军对峙时，丘迟的一封信再次诱发陈伯之叛变，这就是历史上著名的《与陈伯之书》。

丘迟是文人，擅长诗与骈文。钟嵘《诗品》中评价他的诗"点缀映媚，似落花依草"。梁军攻魏时，丘迟担任主帅萧宏的计室（掌管文书）。在《与陈伯之书》一文中，丘迟妙笔生花，软硬兼施，恩威并作。他先是将陈伯之奉承一番，说他"勇冠三军，才为世出"，具有"鸿鹄"一般的远大志向。萧衍起兵后，他能够"因机变化"，弃暗投明，成为梁朝开国功臣，因而"朱轮华毂，拥旄万里，何其壮也"。至于后来的叛梁投魏，丘迟阐述这是因为陈伯之不注意自身修养，听信小人谗言所致。继而，丘迟告诉陈伯之，皇帝萧衍具有博大仁慈的胸怀，在他叛逃后，既没挖他家的祖坟，也没杀他的家人。目前梁王朝上下一心，众志成城。你陈伯之怎么能厚着脸皮，给异族卖命呢？

晓之以理后，丘迟又动之以情。"暮春三月，江南草长，杂花生树，群莺乱飞。"丘迟为陈伯之描绘了江南美好的春天，勾起陈伯之乡愁的记忆。

最终，陈伯之"拥众八千归"。回到故国怀抱，继续享受荣华富贵。

后世人多不相信丘迟一封信就能让陈伯之投降。陈是不识字的武人，不可能阅读丘迟的信。使者一边念，一边讲解，陈伯之也只能明白个大概。在我看来，陈伯之的行为就像时下跨国公司 CEO 的跳槽一样，在不断地叛变过程中，实现了自己人生的价值。

诗人皇帝

皇帝作为职业，有权利，也有义务。很多人想当皇帝，看中的都是皇帝的权力，诸如财富荣耀美人什么的。如果皇帝的含义就是日理万机、宵衣旰食，那我想打死也没人愿意做的。历朝历代，开国皇帝都是夺了别人的江山才坐到这个位子上的，后世子孙，无非享受祖上余荫罢了。南朝陈后主陈叔宝，因为是皇帝的嫡长子，就顺理成章地做了皇帝。

不过，陈叔宝只愿意享受皇帝的权力，不愿意承担皇帝的义务，因为，他最大的爱好是文学与女人。他经常在宫廷举办诗歌聚会，江总、孔范等十人都在邀请之列。他们因为诗作得好而得到重用，陈叔宝称谓他们这个群体为"狎客"。他宠爱的张贵妃、孔贵嫔、龚贵嫔等美人也要出席聚会。为营造快乐曼妙的气氛，男女间杂而坐。题目定好后，诗人们须迅速作出诗来，迟则罚酒。诗歌完成后，女人们按照曲调吟唱。史书中说他们每每"从夕达旦，以此为常"。

从陈叔宝传世的诗文，不难看出他是颇负艺术才情的。如"天迥浮云细，山空月明深"，"水映临桥树，风吹夹路花"，

"故乡一水隔，风烟两岸通"。意境悠然，耐人寻味。不过，在他生活的那个时代，宫体诗盛行，诗歌多描述闺阁之情，缱绻缠绵，文辞艳丽。陈叔宝自然也是此中高手。

> 丽宇芳林对高阁，新妆艳质本倾城。
> 映户凝娇乍不进，出帷含态笑相迎。
> 妖姬脸似花含露，玉树流光照后庭。
> 花开花落不长久，落红满地归寂中。

这是他的《玉树后庭花》，写女人的美貌风情，以及美丽不得长久的无奈与凄楚。因为他是皇帝，江山最终断送在他的手里。所以后世将《玉树后庭花》作为"亡国之音"的同义词。唐人杜牧有"商女不知亡国恨，隔江犹唱后庭花"。宋人王安石有"六朝旧事随流水，但寒烟芳草凝绿。至今商女，时时犹唱，后庭遗曲"。说的都是他醉心情色，葬送江山的故事。

艺术的炽烈风情最终遭到了政治铁蹄的践踏。公元589年，隋朝军队攻入了陈朝的都城。隋军占领皇宫后，陈叔宝躲进了一口井里。隋军获知他的藏身之处，来到井口，呼喊他出来。他以为隋军没有发现，就藏在井下，默无声息。隋军继而威胁道："再不出来，就往下扔石头啦！"他闻听赶忙说："千万不要！千万不要！我出来，我出来。"隋军放下绳索，拉他出井。往上提的时候，发现绳索异常沉重。拉上以后发现，陈叔宝竟是和他的张贵妃、孔贵嫔一起拽着绳子上来的。

作为俘虏，他来到了隋国的都城长安，成了大隋帝国的子民。热爱诗歌依旧是他炽烈的情怀，在皇帝举行的宴会上，他用擅长的形式赞美了他的国王："日月光天德，山川壮帝居。太平无以报，愿上东封书。"他仍不失诗人的纯真，曾向国王反映说："您每次举办宴会，我都因为没有具体的官职而局促不安。您看能否给我个职位，哪怕是封号也好啊。"皇帝对他的回答是："陈叔宝，你也太不要脸啦！"

陈叔宝卒于公元604年，活了52岁，属于自然死亡。

地域歧视

近些年，互联网上、手机短信里，谩骂羞辱河南人的事情很多，深圳一家公安机关甚至打出了"坚决打击河南籍敲诈勒索团伙"的条幅。谩骂羞辱的原因，无非是诈骗抢劫什么的。在我看来，因少数人的问题而否定一个地域是荒唐愚蠢的。试想想，我们距离"华人与狗不得入内"的历史并不遥远，若这样的历史再次重演，我们会是何种心情？

地域歧视古今皆有。"非我族类，其心必异。"究其本质，就是地域歧视。远古称北方为"狄"，称南方为"蛮"，用的都是"犬""虫"这样的偏旁，这和现在骂人为猪狗性质是一样的。魏晋时期，中原一带认为自己是天朝上国，把别的地方都看作蛮荒之地。当时，中原人称江南之人为"貉子"——貉子是一种外形似狐狸但比狐狸小的哺乳动物，栖息于山林中，昼伏夜出。《三国志·魏书》中说："中原冠带呼江东之人皆为貉子，若狐貉类云。"《世说新语·惑溺篇》中有这样一则故事：西晋初年，吴国将领孙秀归降。晋武帝司马炎为笼络孙秀，就把自己的表妹蒯氏嫁给了他。蒯氏性格偏狭，动辄就骂孙秀为貉子。孙秀觉得受了侮辱，就不再和蒯氏同房了。西晋灭吴之后，吴人陆机到首都洛阳做官，中原人常常借故羞辱他。一天，陆机去拜访王济，当时中原的贵族喜食奶酪，这种食品江南没有。王济就指着几案上的奶酪，傲慢地问陆机："你们江南有这东西吗？"搞得陆机很愤慨。"八王之乱"后，陆机投奔成都王司马颖，任河北大都督。司马颖宠幸宦官孟玖的弟弟孟超时为陆机属官，孟超纵容部下抢劫，被陆机抓获。孟超找陆机要人，见面后指着陆机鼻子说："貉奴，能作督不！"鄙视之意淋漓尽致。

被称为貉子的江南人也不甘示弱，他们称北方人为"伧父""伧奴""伧鬼"。"伧"本有粗野、鄙陋的意思，江南人以此称谓中原人，发泄他们的不满。《世说新语·雅量篇》有"昨有一伧父来寄亭中"的句子，刘孝标注引《晋阳秋》曰："吴人以中州人为伧。"所谓中州，就是中原。此类的例子当时很多，东晋在建康（今南京）立国后，吸收江南人在朝中为官。一天，陆玩去拜访丞相王导，王导用奶酪招待他。陆玩是吴地人，没吃过这东西，结果回家就病倒了。第二天，他给王导写了封信，信中说："昨天奶酪吃多了，通夜委顿。民虽吴人，几为伧鬼。"

产生地域歧视的原因，不外政治、经济、文化等方面。一般说，发达地区会歧视落后地区，城市会歧视乡村。人有势利的一面，所以地域歧视也在所难免。不过，有地域歧视心理的人往往目光短浅，缺乏历史的深刻。诞生杜甫、白居易的河南，唐宋以前一直是中国的政治经济文化中心，我不知道那时候的人是否还敢说河南的半个不字？任何地域的兴衰都有其自然规律，既然帝王将相也不是天生有种，我们又何必为一个地区的暂时落后而心存歧视呢。

掉书袋

中国人称引经据典为掉书袋。掉书袋一词出自宋朝马令的《南唐书·彭利用传》，文中说彭利用"对家人稚子，下逮奴隶，言必据书史，断章破句，以代常谈，俗谓之掉书袋"。在汉语语境里，掉书袋含贬义，颇类女人吊膀子，有卖弄之嫌。不过太阳底下无新事，学问之道常常是以知识怀疑知识，或是以知识诠释知识的过程，看看李商隐、辛弃疾诗词中的用典就知道了。

《世说新语·文学篇》中有这样一则故事：郑玄为东汉学者，《十三经注疏》中的《诗经郑笺》就出自此人。郑玄家的奴婢也喜欢读书，一次，郑玄交代一个丫鬟去办件事，结果很不如意。郑玄就用鞭子抽她，丫鬟觉得委屈，就替自己辩解。郑玄越发生气，令人把她拽着扔进了烂泥里。这时，有一个丫鬟过来，见此情景不解，问道："胡为乎泥中？"泥中丫鬟答："薄言往愬，逢彼之怒。"

"胡为乎泥中"出自《诗经·邶风·式微》，意思是"为什么在泥里啊？""薄言往愬，逢彼之怒。"语出《诗经·邶风·柏舟》，意思是"我要上前申诉，却正赶上他发怒"。对语言的理解需要依凭共同的知识背景，如果不是郑玄家的婢女，怎么能说出如此雅训的话？换言之，若仅是一人如此说，另一人懵然不知，又怎么能有这样的趣味？

再看另一例子：习凿齿与孙绰都是东晋文人，两人并不熟悉。有一次，在桓温家相遇。桓温对孙绰说："你能不能和习凿齿聊聊啊？"孙绰很自负，说道："蠢尔蛮荆，敢与大邦为雠？"习凿齿听罢回击道："薄伐猃狁，至于太原。"

这一问一答又是用典。《诗经·小雅·采芑》一诗记述了西周时期周宣王讨伐楚国的事情，其中有"蠢尔蛮荆，大邦为雠"的句子。"蛮"是对南方人的蔑称，"荆"是楚国的别称，"雠"同"仇"。习凿齿为荆州襄阳人，孙绰这样说的意思是："你一个愚蠢的南蛮子，还配与我对话！"

习凿齿也没示弱。他回答的"薄伐猃狁"句出《诗经·小雅·六月》，"猃狁"为北方少数民族，《六月》一诗记述了周宣王讨伐猃狁的故事。孙绰为太原人，当时属于北方边远之地。习凿齿所说的"薄伐猃狁，至于太原"，意思是："我要讨伐你这个北方佬，已经打到你的老巢太原！"

为不失斯文，两人可谓掉尽了书袋。

文人讲风雅，斗嘴也须有书卷气，书袋要掉得有水银泻地、香象渡河那种境界并非那么容易，弄不好就会出丑，书袋没掉成倒把裤子给弄掉了。明人张岱《陶庵梦忆》里记有这样一则趣事——张岱去一个读书人家做客，天黑辞行，主人说：

"不必着急，看了'少焉'再走吧。"张岱不解，主人笑着解释道："本乡有位乡绅，喜掉书袋，苏东坡《赤壁赋》中有'少焉，月出于东山之上。'他就把'少焉'当成月亮了。"

"少焉"为副词，有不久的意思。乡绅用来借代月亮，可谓焚琴煮鹤，花上晾衣，煞尽了风景。

喜欢怪力乱神的干宝

　　魏晋志怪小说发达。鲁迅在其《中国小说史略》中云："中国本信巫，秦汉以来，神仙之说盛行，汉末又大畅巫风，而鬼道愈炽；会小乘佛教亦入中土，渐见流传。凡此，皆张皇鬼神，称道灵异，故自晋讫隋，特多鬼神志怪之书。"所谓志怪，即记录神仙鬼怪的事迹。干宝的《搜神记》就是当时著名的志怪小说。

　　干宝，东晋人。少年时勤学博览，"好阴阳术数"。《晋书·干宝传》中，载有两则他亲身经历的奇异故事。一则为：干宝父亲宠爱家中一个侍女，他妈妈对此非常嫉恨。父亲过世落葬时，他妈妈将这个侍女也推入墓中。过了十余年，他妈妈也死了。因父母要合葬，就把父亲的墓室打开，结果发现侍女伏在棺材里，尚有气息。干宝将侍女载回家中。过了一天，侍女苏醒了，告诉家人，在墓中"其父常取饮食与之，恩情如生"。家中发生的吉凶之事，干宝父亲也一一告诉她，结果与实际情况完全一致。侍女还说，墓地生活挺舒适的，她和干宝父亲结了婚，两人还生了孩子。另一则为：干宝的哥哥患病气绝，但身体没有僵硬，过了几天，人苏醒了，说起"见天地间鬼神事"，像是在做梦，并没觉得自己死了。

　　干宝是相信鬼神存在的，所以他才"撰集古今神祇灵异变化，名为《搜神记》"。书中故事共四百六十余则，大多采自以往典籍，如班固《汉书·五行志》、司马彪《续汉书·五行志》，以及《史记》《西京杂记》等书。少部分由其本人创作。书中故事内容虽神奇怪异，但也寓有世俗情感价值取向。如卷十六中一则：吴王夫差有女儿紫玉，才貌俱美，与男子韩重相悦，私订终身。韩重外出游学，行前让父母向吴王求婚。吴王不许，紫玉气绝身亡。三年后，韩重还家。闻知紫玉事后，到紫玉墓前哭吊，哀恸凄婉。紫玉自墓中现身，二人叙述身世不幸及相思之苦。随后，两人来到墓中，居留三日三夜，行夫妇之礼。三日后，韩重返回阳间，紫玉以明珠相赠。这样的故事看似离奇，但不失为人间男女生死与共的情爱范本。

　　也有一些故事极富夸张，诙谐幽默。卷十九中记有一个叫狄希的人，善于酿酒，饮后能醉一千日。一个叫刘玄石的酒徒，找狄希索酒喝，狄希让他喝了一杯。回家后，刘玄石醉死过去，家人以为他已身亡，就哭着把他埋葬了。过了一千日，狄希估计刘玄石酒该醒了，就去他家中探望。进门问候，家人说刘玄石已死三年。随后众人赶到墓地，破墓开棺。打开棺材，发现刘玄石刚睁开睡眼，感慨道："快哉！这酒喝得舒服啊。"看到狄希，刘玄石对他说："你做的什么酒啊，喝了一杯就醉成这样。太阳快落山了吧？"众人听后哈哈大笑。没想到的是，刘玄石体内的酒气又冲入众人鼻中，众人也醉卧了三个月。

渐入佳境

《太平广记》记载，东晋哀帝兴宁年间，瓦官寺初建，向众生化缘。当时最多的捐款不过十万，唯独顾恺之说他要捐一百万。他让瓦官寺给他提供一面墙壁，开始创作壁画。"闭户不出一月余，所画维摩一躯工毕。将欲点眸子，乃谓僧众曰：'第一日观者，请施十万。第二日观者，请施五万。第三日观者，可任其施。'及开户，光照一寺，施者填咽（拥挤），俄而及百万。"此事成为绘画史上一件盛事。

顾恺之在绘画上的最大贡献是他的"传神"主张。史书记载，他画人物像，曾数年不点瞳仁，人问缘故，他说："四肢的美丑，无关于人的奥妙。传神写照，全在眼睛里。"嵇康《送秀才入军诗》中有这样的句子："目送归鸿，手挥五弦。"顾恺之从绘画角度总结说："画'手挥五弦'容易，画'目送归鸿'困难。"他认为"目送归鸿"意在象外，要把这种意蕴通过绘画表现出来是十分困难的。

他的绘画也洋溢着"传神"这一理念。《世说新语·巧艺篇》记载，他在给谢鲲画像时，把谢鲲画在了岩石上。别人不解，他解释说：“谢云：‘一丘一壑，自谓过之。’此子宜置丘壑中。”谢鲲是当时的名士，爱好老庄，寄情山水，狂放不羁。有一次，皇帝问他：“你和庾亮有什么不同？”谢鲲回答：“正襟危坐，作百官的楷模，我不如庾亮。归隐山水，纵意丘壑，我胜过他。”顾恺之把谢鲲画在山岩之上，正是谢鲲寄情山水追求的惟妙写照。

殷仲堪一只眼瞎了，顾恺之要给他画像，他死活不干。顾恺之劝他说：“你不用怕。我只画你的瞳仁，然后用飞白的方法拂掠，你的眼睛就会像轻云蔽日一样啦。”飞白是书法的一种，笔画中露出丝丝白地，如枯笔书写。顾恺之用这种方法画殷仲堪的眼睛，果然非常有神。

生活中，顾恺之是一个富于智慧、幽默豁达的人。《晋书·顾恺之传》说他“好谐谑”。他曾是桓温的幕僚，桓温死后，他去桓温墓地拜谒，作诗云：“山崩溟海竭，鱼鸟将何依？”有人和他开玩笑，问他，以前桓温很看重你，能把你哭桓温的样子描述一下吗？顾恺之答道：“声如震雷破山，泪如倾河注海。”

桓温死后，顾恺之又在殷仲堪手下任职。有一年，他自荆州回江南探亲，殷仲堪送了他一条帆船。结果行至一个叫破冢的地方，遇到风浪，船翻了，所幸没有人员伤亡。他在给殷仲堪的信中说：“地名破冢，真破冢而出。行人安稳，帆船无恙。”他把“破冢而出”寓含的死里逃生和“破冢”这个地方联系在一起，显得机智诙谐。

通常，吃甘蔗都是从根部往上吃，顾恺之不然，他是从梢部往下吃，他解释说："这叫渐入佳境。"

顾恺之在他生活的东晋就名声煊赫了，宰相谢安非常欣赏他的绘画，称其为"苍生以来，未之有也"。

江郎才尽

"江郎才尽"说的是南朝文人江淹，少有文才，后来才思衰退，无佳句传世，世人谓之"江郎才尽"。关于这个典故，《南史·江淹传》中有两个版本的传说：一个版本说，江淹自宣城太守位上离任，途中在禅灵寺借宿，夜间梦见了张协（西晋时期文人），张协对他说："我从前送过你一匹锦缎，现在你还给我吧。"江淹就从怀里掏出锦缎，还给张协，自此文才一蹶不振。另一版本说，江淹曾在一个叫冶亭的地方借宿，晚上梦见了郭璞（也是晋时文人），郭璞对他说："我有一只笔放在你这里很多年了，今天就还给我吧。"江淹从怀中掏出一只五色彩笔，递给郭璞。"尔后诗绝无美句，时人谓之才尽。"

"江郎才尽"的故事，钟荣《诗品》中也有记叙，内容同《南史》后一版本。

江淹字文通，生于公元444年，卒于公元505年，生平经历南朝宋、齐、梁三朝。江淹父亲早逝，幼时家贫，靠砍柴维生。有一天上山砍柴时，拣到一件貂皮，江淹很高兴，准备拿到市场上卖掉。他妈知道后对他说："儿啊，你是个有才华的人，怎么会一直穷困呢？还是留着吧。等将来你发达了，就穿上它。"看来自古都是知子莫若母。

长大后，江淹出来工作，因为性格的缘故，一直和同事搞不好关系，经常丢了工作。在担任建平王刘景素的幕僚时，还卷入一桩案子，被投进了监狱。经过百般申辩，才给放了出来。出狱后，江淹被发配到现在的福建浦城，担任县令。南朝的时候，浦城还是个穷山恶水的不毛之地，据他在《代罪江南思北归赋》中交代，当时的环境是"共魍魉而相偶，与蟏蛸（一种蜘蛛）而为邻。秋露下兮点剑舄，青苔生兮缀青衣。步芜庭兮多蒿棘，顾左右兮绝宾亲"。偏远荒芜的环境，凄苦哀凉的心情，渺茫无望的未来，天底下最倒霉的事情也莫过于此。杜甫说"文章憎命达"，既然人生不能畅快，郁闷无奈的江郎只有写作了。悲愁失意、牢骚满腹，成了他此间创作的主旋律。流芳后世的《恨赋》《别赋》也写于这个时期，"黯然销魂者，唯别而已矣"。不知被多少暌违故土，流离他乡的游子在心中吟诵，洒下泪水。

王朝更替，到了齐朝的时候，江淹的好日子来了。他被召回朝廷，做了高官，再也没有什么愁心的事了。此时的江淹非常满足，他在《自序传》中感叹说："人生当适性为乐，安能精意苦力，求身后之名哉？"

——可算出头了，得好好快活快活，以前写那些酸文醋字真是太可笑了。江淹内心一定是这样想的，所以，江郎的才就尽了。

酒徒刘伶

刘伶这哥们儿是个活宝，他一辈子什么也没干，就是喝酒，然后写了篇《酒德颂》，然后就死了。

据说刘伶年轻时也做过几天官，朝廷还把他请去咨询治国安邦的大计，结果刘伶支支吾吾也说不出个所以然来，中心思想是这世界本来没什么要紧的事情，都是好事者管来管去把这个世界管坏了。朝廷听了很撮火，感到让这样的人做官一定不会为百姓造福，就让他回家了。

回到家乡的刘伶一天到晚游手好闲，经常提着一壶酒，坐着鹿拉的车子，四处逛悠。他还让一个下人扛着把铁锹跟在后面，叮嘱下人说："我要是死了，你就挖个坑把我埋了，省得麻烦。"有一天老刘又喝多了，站在大街上胡说八道，一个年轻后生看不惯，就说了他几句。自我感觉良好的老刘根本没把后生放在眼里，继续在那里信口雌黄。后生实在忍不住了，撸起袖子，气运丹田，上来就要痛打老刘。老刘这才清醒了些，和颜悦色地对后生说："您看我这个鸡胸脯，哪能受得了您的老拳？"血脉贲张的后生顿时泄了气，垂头丧气地走了。

刘伶时常昏天黑地地喝酒，喝到兴致还把衣服都脱了，光着屁股在屋里晃来晃去。有人来他家，看到了老刘的裸体，就笑话他这样不雅。老刘回答道："我把天地当成了房子，把房子当成了裤子，你今天怎么跑到我的裤裆里来啦？"说罢老刘笑了，还是不穿裤子。

伊壁鸠鲁说"智者从不进行任何与搏斗有关的行动"，看来这刘伶还是个智者。

兴许常常酗酒的缘故，老刘有时也会转氨酶升高，浑身不自在。有一次酒后很不舒服，觉得口渴，就让老婆给他去拿酒解渴。这次老婆实在出离愤怒了，拿起榔头把家里的酒缸全砸了，连酒壶酒杯也给砸了。完后一把鼻涕一把泪地对刘伶说："你喝得太凶了，根本就不是养生的办法，这次必须彻底戒掉！"老刘见老婆急眼了，也严肃了起来，对老婆说："你说的很对。不过我自制力很差，这样吧，我求神灵帮助我，这次一定戒掉。你马上去买供奉的酒肉吧！"

老婆把酒肉买了回来，供在案子上，然后点好了香烛。刘伶来到案前，双膝跪下，祷告道："天生刘伶，以酒为命。只有喝酒，才能没病。老婆的话，怎么能听！"说罢捧起案上的酒狂饮，烂醉如泥。

刘伶写过一篇《酒德颂》，是他唯一传世的文字。

孔融的非正常死亡

一个聪明人，注定是要挑剔他生活的这个世界的。这不需要理由。

为后世贡献"孔融让梨"故事的少年孔融，十岁那年随父亲来到帝国都城洛阳。当时帝国士人的黑老大是一个叫李膺的人，此人号称"风格秀整，高自标持，欲以天下名教是非为己任"。说白了就是好为人师，一天到晚绷着个脸，看谁都有错误，就他自己正确。年轻的读书人偏偏吃他这一套，把能到李膺府上坐一会儿称为"登龙门"。

暴得盛名后的李膺，变得谨慎谦虚起来。他命令门人，只会见名流和自家的近亲，其余一概不见。这天，少年孔融施施然来到李家门前，庄重地对门人说："我是李大人的亲戚。"门人禀告后，孔融来到李家客厅。一照面，李膺发现自己根本不认识孔融，问道："你和我是什么亲戚关系啊？"孔融答："我的祖上孔丘和你的祖上老子有师生之谊，所以我们是通家之好啊。"老子原名李耳，孔融这番话无可挑剔，顿时李膺和在座的客人对孔融刮目相看起来。过了一会儿，一个叫陈韪的到了，众人对他称赞孔融的机智。陈韪很是不屑，说："小时了了（聪明灵俐），大未必佳。"陈韪话音刚落，孔融答道："想君小时，必当了了。"弄得陈韪很尴尬。

《后汉书·孔融传》中说他"幼有异才"，东汉末年是乱世，军阀们打来打去的，"融负其高气，志在靖难，而才疏意广，迄无成功"。说到底他是个眼高手低的人，只能坐而论道，不能建功立业。从史料看，他曾经担任过北海国的相，还担任过青州刺史，但一有流寇侵犯，他都是丢盔弃甲逃走，老婆孩子也成了人家的俘虏。

公元196年，曹操迎汉献帝于许昌，开始了他"挟天子以令诸侯"的政治生涯，孔融也来到许昌。用鲁迅的话说，"曹操是一个很有本事的人"。而孔融呢？是一个文人，而且是一个刚直自负、才华横溢的文人，所以鲁迅说"他专喜和曹操捣乱"。战乱时期，粮食短缺，曹操下了禁酒令，孔融就给曹操写了封亲笔信，名为《难曹公表制酒禁书》，说什么女人也可以亡国，你为什么不禁婚姻呢？曹操要远征辽东的乌桓，孔融认为这是兴师动众，劳民伤财，就又给曹操写了封表示反对的信。总之都是洋洋洒洒，慷慨激昂，言辞只合逻辑必然性，不合现实必然性，搞得政治家曹操很恼火。

中国帝制时期，把不从实际出发，只从道德伦理角度议论问题的人称为言官或者清流，清人李鸿章对他们的评价是："此辈……不考究事实得失。国家利害，但随便寻个题目，信口开河，畅发一篇议论，藉此以出露头角，而国家大事，已为之阻挠不少。"

最终，孔融因为阻挠曹操的大事，让曹操杀了，时为公元208年。

一个恃才傲物、不谙世事的文化人生活在乱世是可悲的。其实，孔融是个很不错的文学家。他死后，曹丕向全国悬赏孔融的文章，有上交者"辄赏以金帛"。曹丕还在《典论》一文中，把孔融列为"建安七子"之首。在我看来，曹操杀孔融是不对的。孔融若活在今天，会是个很好的时评家，每天褒贬时事，像我们生活中的一面镜子。

学驴叫

文学史上有"建安七子"的说法，王粲即"建安七子"之一。

王粲生于东汉末年，当时天下大乱，军阀们都想自己说了算，然后想干什么就干什么。于是就今天我打你，明天你打我，弄得全国都不得安宁。王粲出身于煊赫家族，祖上很多人都很体面，加上王粲自己又是个聪明人，所以他实在没有理由窝窝囊囊一辈子。为了实现人生理想，王粲大老远跑到湖北荆州，投奔军阀刘表。没承想刘表是个以貌取人的势利小人，他看王粲长相丑陋，待人处事也不那么练达，就不重用他，害得王粲在荆州郁闷了十六年。看来自古长相不好的人就吃亏，后来出现的整容事业不知让多少丑陋者晚上蒙着被子笑半宿。

虽然王粲的抱负在荆州不能伸张，可他也没有闲着——他在荆州吟诗作赋，以此抒发自己心中的块垒。王粲留传后世的代表作有《七哀》和《登楼赋》，《七哀》之一的"出门无所见，白骨蔽平原。路有饥妇人，抱子弃草间。"可以和曹操的"白骨露于野，千里无鸡鸣。生民百遗一，念之断人肠。"媲美，经常被历史书引用，作为叙说战争离乱的通用语。《登楼赋》中的"虽信美而非吾土兮，曾何足以少留"以及"人情同于怀土兮，岂穷达而异心"，也经常被那些客居他乡，抑郁失意的人吟诵得泪流满面。

盼星星，盼月亮，公元 208 年，大英雄曹操统帅千军万马攻克荆州，愤怒青年王粲的苦难生活结束了。

跟着曹操回到中原故土的王粲过上了舒心幸福的生活。他成了上等人，经常和曹操的儿子曹丕一起玩。闲暇无事，就一块喝喝酒，赏赏花草树木什么的，有时候因为一块玛瑙，一只仙鹤，一棵柳树他都要写篇赋。

不过王粲先生毕竟是一个志存高远的人，一个充满人文关怀的人，虽然被御用了，但他还是会在一些时候表露出他的苦闷来。为了表明他不是一个随波逐流的人，他就经常学驴叫，以此显示他的卓荦不群。

史书上并没有详细描述他是怎么学驴叫的，不过他的葬礼倒是耐人寻味。公元 217 年，王粲先生与世长辞了，太子曹丕率领一干人等出席了他的葬礼，曹丕神色感伤地对大家说："王粲先生生前喜欢学驴叫，为了表达我们对他的哀思，就让我们每人学一声驴叫来为他送行吧。"于是大家就各学了一声驴叫，王粲先生也在驴鸣声中入了土。

亏了没活在那个鬼世道

公元 464 年农历五月，南朝宋的第四任皇帝刘骏驾崩，他十六岁的儿子刘子业继位。刘子业做皇帝的唯一缘由是因为他是皇帝的长子，这就是那个时代的逻辑。

或许是熟悉了父亲君临上界的威仪，刘子业认为皇帝是无所不能的。自即位始，就开始了他的暴虐荒淫生涯。为皇父居丧期间，他母亲王太后病危。王太后让他前去探视，他摇着脑袋说："病人住的屋子鬼多，太可怕了。我才不去呢！"他妈妈得知后大怒，对宫女说："拿刀来，剖开我的肚子！看看我怎么生了这样一个儿子！"不久王太后就气死了。

他的姑姑新蔡公主嫁给了宁朔将军何迈。新蔡公主貌美，他不顾人伦，设计将公主骗入宫中，霸为己有。然后将新蔡公主更为谢姓，封为贵嫔，让宫女们称她为谢娘娘。对外则宣称公主暴亡，将一名宫女毒死，置入棺材，抬至何迈家。何迈知悉后又愧又愤，暗中招募武士，准备刺杀他。没想到事情泄漏，他就将姑父何迈打入狱中戕害。

刘子业召集王妃公主们来到皇宫，聚在一间屋内，命左右宠臣赤身裸体进去淫乱。一位王妃死活不从，他威胁说："你若不从，我就杀了你的三个儿子。"王妃依然不从，他就下令手下去到王妃家中，杀了她的三个儿子。

叔祖刘义恭看他荒淫无道，暗中联络大臣，准备废掉他。他得到通报后，即刻率兵围攻刘义恭住宅，杀了刘义恭和他的四个儿子。《南史·刘义恭传》记载，刘子业"断析义恭肢体，分裂腹胃，挑取眼睛以蜜渍之，以为鬼目粽"。他深恐诸王谋取帝位，就将诸王召回都城，看押在皇宫里。湘东王刘彧肥硕，他就称他为猪王，让人挖了一个深坑，注满污泥浊水，剥了刘彧的衣服，驱入坑中。还在坑边安置一个木槽，放上烂菜叶，让刘彧模仿猪的样子吃食。一天他突发奇想，将刘彧双手双脚捆上，中间穿过一根木杠，令手下人抬着刘彧去御厨，名曰杀猪。还是另一位王爷劝阻了他，他才说缓日再杀。

关于刘子业的荒淫，蔡东藩的《南北史演义》有详尽描绘。蔡氏书中材料均取自正史，可谓确凿。

他的荒淫很快就有了报应。465 年 11 月，刘彧秘结他的左右，刘子业身首异处。

如果评选中国古代的暴君，刘子业一定是赫然在列的。"敲剥天下之骨髓，离散天下之子女，以奉我一人之淫乐，视为当然。"这是明人黄宗羲在《原君》一文中，对皇帝残暴举动的探溯分析。大而化之，是可以这样说的。不过，刘子业把人性之恶发挥得如此淋漓，则实在耐人寻味，不是我这篇短文能说尽的。

我有一姜姓友人，从事历史研究。若干年前，他和我聊天时，曾说及史书中的刘子业事迹。老姜对皇权专制的形而上分析我现在没印象了，只记得他说的这番话："他妈的，亏了没活在那个鬼世道！要活在那时候，抢咱的老婆不说，还得把咱杀了，你说这叫什么世道！"写此文时，我想到老姜说的话，就记录于后。

浪子回头

　　三国时，吴国阳羡（今江苏宜兴）有个叫周处的后生，凶蛮霸道，横行乡里。当地河中有一条蛟龙，山上有一只老虎，经常侵害百姓，阳羡人称他们为"三害"。一个有计谋的人撺掇周处去除掉蛟龙和老虎，他的目的是让他们自相残杀，减轻祸害。周处听信别人的话，就上山把老虎杀了，然后又跳入河中，捕杀蛟龙。三天三夜过后，依旧没有周处的消息。乡人以为周处死了，就欢天喜地，饮酒庆贺。没承想到了第四天，周处回来了。闻知乡人庆贺的缘由，周处反省了自己，他决定悔过自新，做一个有益于人民的人。随后，他去拜访了吴郡的名人陆机、陆云兄弟，见到陆云后，他说出了内心的迷惘："我想痛改前非，做一番事业，可以前的好时光都虚度了，现在还来得及吗？"陆云的回答自然是让周处信心倍增，他说："古人云，朝闻道，夕死可矣。一个人，就怕没抱负，不怕没前途。好好干吧，前途是光明的。"周处听从了陆云的话，奋发向上，最终死在了战场。

　　这是一个典型的浪子回头的故事，见于《世说新语·自新篇》。《晋书》中有《周处传》，也提及这段故事。《晋书》中说他听了陆云的话后，"励志好学"，"言必忠信克己"，然后就做了官。西晋灭吴后，周处曾在朝廷任御史中丞，刚烈正直，不畏强权。梁王司马肜违法，他严加纠劾，因此遭到皇室贵胄的嫉恨。公元296年，西北爆发了齐万年叛乱，朝廷下令周处随军出征。

实际上，周处受命出征是朝臣对他的阴谋报复。《晋书·周处传》记载："朝臣恶处强直，皆曰：'处，吴之名将子也。忠烈果毅。'乃使隶夏侯骏西征。"周处同乡孙秀知道他此去凶多吉少，劝他说："卿有老母，可以此辞也。"周处回答："忠孝之道，安得两全。既辞亲事君，父母复安得而子乎？今日是我死所也。"

周处踏上了征途，而这次军事行动的总指挥，就是梁王司马肜。关于他征前的心境，《周处传》说："处知肜不平，必当陷己。自以人臣尽节，不宜辞惮，乃悲慨即路，志不生还。"此前，中书令陈准曾向朝廷建议，司马肜和夏侯骏都是贵戚，没有带兵经验，而且与周处有积怨，让周处随他们出征，对周处不利。但朝廷没有接受陈准的意见。

当时，齐万年军队有兵七万。司马肜、夏侯骏令周处率五千人出战，周处力陈不利形势，二人不从，逼迫周处进攻。最终周处身死沙场。

这就是一个回头浪子的人生结局。

没回头之前，周处是横行乡里的恶霸，恃强凌弱是他的人生法则，按此法则走下去，周处会有两种结局：一是成为黑社会老大终了一生；一是犯上作乱或与人结怨，身首异处。回头之后，周处的处世法则是"忠信克己""忠孝之道，安得两全"，人生观由"利己"而转为"利他"，所以他才会明知前途凶险却"悲慨即路，志不生还"，最终死于奸人之手。这，就是历史中经常弥漫的令人窒息的困惑。

好在，周处死后获得了荣誉，朝廷追赠他为平西将军。宜兴市现在有周王庙，就是为了纪念他的。京剧有《除三害》，也是根据周处的故事编写的。

六朝的男风

中国史籍中，同性恋的材料颇丰。因男权社会之故，此类材料多以男性为主。《汉书·董贤传》载，董贤"为人美丽自喜，哀帝望见，说（悦）其仪貌"。因此对他"宠爱日甚"，"出则参乘，入御左右，旬月间赏赐累巨万"。一日午睡，哀帝先醒，董贤身体压住了他的袖子，哀帝怕惊动董贤，"乃断袖而起"。"断袖"后来则成为同性恋的代名词。

魏晋南北朝时期，男风盛行。《晋书·五行志下》云："自咸宁、太康（均为晋武帝年号）之后，男宠大兴，甚于女色，士大夫莫不尚之。"石季龙娶郭荣妹为妻，因宠爱娈童郑樱桃，杀害郭氏。后又娶清河崔氏，郑樱桃进谗言，石季龙又杀了崔氏，事见《晋书·石季龙传》。

北魏汝南王元悦，"为性不伦，俶傥难测"。一个叫崔延夏的人，教他服药求仙之术，最终元悦"断酒肉粟稻，唯食麦饭。又绝房中而更好男色"。元悦之好男风，《魏书·郦道元传》也有记载，元悦任司州牧时，宠爱丘念，"常与卧起。及选州官，多由于念。念匿于悦第，时还其家，（郦）道元收念付狱。悦启灵太后请全之，敕赦之"。

西晋文人张翰，也好男风，有《周小史诗》云："翩翩周生，婉娈幼童。年十有五，如日在东。香肤柔泽，素质参红。团辅圆颐，菡萏芙蓉。尔形既淑，尔服亦鲜。轻车随风，飞雾流烟。转侧猗靡，顾眄便妍。和颜善笑，美口善言。"若说张翰诗中的男色还含蓄蕴藉，那南朝梁太子萧纲的《娈童》诗则艳帜招摇——"娈童娇丽质，践董复超瑕。羽帐晨香满，珠帘夕漏赊。翠被含鸳色，雕床镂象牙。妙年同小史，姝貌比朝霞。袖裁连璧锦，笺织细重花。揽裤青红出，回头双眄斜。懒眼时含笑，玉手乍攀花。怀猜非后钓，密爱似前车。足使燕姬妒，弥令郑女嗟。"

明代冯梦龙有《情史》一书，其《情外篇》专记历代同性恋之事。东晋权臣桓玄有宠男丁期，"丁期婉娈有容采，桓玄宠嬖之。朝贤论事，宾客聚集，恒在背后坐。食毕，便回盘。与之。期虽被宠，而谨约不为非。玄临命之日，期乃以身捍刃"。

南朝宋人王僧达喜欢同族少年王确。《宋书·王僧达传》记载，王确"美姿容，僧达与之私款"。誉为六朝第一文人的庾信，也有"断袖之癖"。庾信喜欢一个叫萧韶的人，《南史·萧韶传》云："韶昔为幼童，庾信爱之，有断袖之欢。衣食所资，皆信所给。遇客，韶亦为信传酒。"

南朝陈时人韩子高，"容貌美丽，状似妇人"。陈文帝爱慕其容貌，召入后宫，"未尝离于左右"。韩子高原名蛮子，文帝以为俗气，更名为子高。文帝病逝前，唯韩子高一人陪侍身边。明代根据二人故事，作《男皇后》一剧，剧中陈文帝感于韩子高与自己的情意，欲封他为皇后。

同性恋风气，自古有之。明朝中后期以至民国，此风更盛。正史野史、笔记小说，记述很多。西方基督教文明中，同性恋是禁忌，二十世纪之后才得以开禁，这与中国的风习颇为不同，实在值得方家研究。

陆机之死

公元 261 年，陆机生于三国时期的吴国。其家世赫奕，祖父陆逊为吴国丞相，父亲陆抗为吴国大司马。《晋书·陆机传》记载："机身长七尺，其声如钟。少有异才，文章冠世，服膺儒术，非礼不动。"出身豪门，才华丰赡，加之修身齐家治国平天下的儒学熏染，英雄横空出世，似在转瞬之间。

无奈，天不佑陆机。公元 280 年，吴国被西晋王朝所灭，陆机的两个兄长也在抵御晋军进攻中阵亡。陆机时年 19 岁，作为遗民，他"退居旧里，闭门勤学，积有十年"。此间撰写《辨亡论》一文，对吴国灭亡原因进行剖析，盛赞祖上勋业，对前辈功业的自豪感溢于文中。

以陆机的身世与个性，隐逸山泉或者埋首乡里都是不可能的，名门望族之后的世家情结一直澎湃在他的血液中。于是，他离别故乡苏州，来到帝都洛阳，时为公元 289 年。

此时的西晋王朝，王室争权逐利。陆机先后担任吴王司马晏、太子司马衷、权臣杨骏的属官。司马衷登基后，他与皇后外甥权臣贾谧交好，为贾谧组织的文学团体"二十四友"之一。"八王之乱"爆发后，赵王司马伦辅政，陆机任其参军，司马伦密谋篡位，陆机参与了九锡文及禅位诏书的拟定。司马伦事败，陆机又转投成都王司马颖帐下。公元303年8月，司马颖授权陆机为总指挥，率20万大军讨伐长沙王司马乂。

无奈，天又不假幸运与他，陆机大败而归，司马颖听信谗言，杀了陆机，其弟陆云和他的两个儿子同时被杀。《晋书》如此记述陆机死时情景："是日昏雾昼合，大风折木，平地尺雪，议者以为陆氏之冤。"

后世史家以"功名心强烈、不甘寂寞"为由解释陆机罹难原因，《晋书》本传也说他"好游权门"。于我看来，这些多是儒家信徒的道德褒贬。曹操、司马懿等人据国家为己有，其功名心想必比陆机强烈千倍万倍。曹操说："设使天下无孤，当不知几人称王，几人称帝。"以曹操的这种逻辑诠释，陆机无非是个失败的草寇罢了。若说归隐山林可以保身全命，又如何解释嵇康这样的达人死于司马昭的刀下？实际上，天下动荡的时候，以正常的道德标准评判世人多是虚妄的。孔子说："道不行，乘桴（竹筏）浮于海。"这也只能在平安时期说说而已。

其实，陆机是以文章之名流传后世的。他和弟弟陆云来到洛阳后，司空张华感叹道："平吴之利，在获二俊。"张华还赞誉其文章说："人之作文，常患才少，至子为文，乃患太多也。"文人孙绰评论说："陆文若排沙简金，往往见宝。"钟嵘在《诗品》中评论其诗"才高辞赡，举体华美"。另外，陆机有《平复帖》传世，为历史上保存最久的文人书法作品。书家评论其字云："笔法圆浑，高古奇伟，翩翩自姿，连属无端。"1956年，此帖由张伯驹捐赠故宫博物院，为故宫镇院之宝。

　　"学好文武艺，货与帝王家。"诛心之论，以文人从政绝无好下场解释陆机的命运，似乎更合理些。

顽主皇帝

"南齐天子宠婵娟，六宫罗绮三千。潘妃娇艳独芳妍，椒房兰洞，云雨降神仙。纵态迷欢心不足，风流可惜当年。纤腰婉约步金莲，妖君倾国，犹自至今传。"此词为五代人毛熙震《临江仙》二首之一，说的是南朝齐国皇帝萧宝卷与宠妃潘玉儿之事。

皇帝这个职业，最大的好处是想干什么就干什么，所以法国皇帝说：在我死后，哪管洪水滔天。萧宝卷生在帝王家，从小就能吃上炸糕，加之当时是乱世，士大夫自身都难保，也就没人教育他怎么做皇帝，于是他就撒着欢儿地玩。

小的时候，他喜欢捉老鼠，夜幕降临后，就率领太监们四处搜寻，捉到后就欢快无比，"以为笑乐"。十七岁那年，他爹死了，他不得不做皇帝。守灵期间，他嫌麻烦，就谎称自己喉咙疼，不为他爹哭丧。一个大臣来吊唁，哭得死去活来，帽子掉到了地上，他觉得滑稽，哈哈大笑，对身边人说："怎么一只秃鹫在哭啊？"

登基后，因为忙于玩耍，他每天天亮才能就寝，起床一般都是在下午。大臣找他说国事，他懒得听，几句就打发了。他喜欢跑马，领着一干人在院子里东突西撞，狂呼呐喊。玩腻了跑马，他又爱上了音乐，组织了一支乐队，每天演奏，他还把北方胡人的音乐引进宫廷，显得很另类。

宫廷里玩够了，他就去城外远足。每次出行，道路两侧都要戒严，沿途居民必须迁往他处，"犯禁者应手格杀"。一个孕妇因待产没有躲避，他就命令手下剖腹看看是男是女。

他有一个小伙伴，叫王宝孙，是个年龄比他还小的太监。王宝孙有时骑着马奔入殿内，为他不和自己玩儿呵斥他一顿。有时王宝孙会对他说："宝卷，某某某真不是东西，该杀！"他就下令把那人杀了，以彰显友谊。

他这一生最闪光之处是爱上一个叫潘玉儿的女人，为博美人一笑，他用尽生命全部智慧。他给潘玉儿造了三座宫殿，"皆匝饰以金壁"，他还让人用金子做成莲花，铺陈在地上，潘玉儿在上面凌波微步，他就说："此步步生莲花也。"

潘玉儿外出游玩，他就让她乘着可以躺下睡觉的轿子，自己骑着马跟在后面，别人议论这样太过分了，他也不以为意。他还在宫廷里设置了集贸市场，潘玉儿任经理，他当管理员，有什么纠纷他就带着当事双方到潘玉儿那里裁夺。潘玉儿对他要求很严格，"帝小有失，潘则与杖"，为了爱情，他都默默承受了。

他一直不知道庙堂是被很多人觊觎的神器，当皇帝不到3年，他就让人杀了，享年19岁。如果不做皇帝，他或许会是个贾宝玉式的人物。

裸体这件事儿

在我还是个愤怒青年的时候，我曾策划在北京二环路上裸奔，我还策划千禧日在家门口的朝阳公园裸游。其实，作为一个胆小鬼，这些仅仅是我人生路途上的一抹幻想而已。迄今为止，我只在北京怀柔的二道关水库裸泳一次，还有就是，有时洗完澡，我会独自裸体在室内溜达一会儿。

不过，上溯1700年，在可怜的我生活的这块土地上，先贤们实践了我的幻想。《世说新语·德行篇》中，刘孝标注引王隐《晋书》云："魏末，阮籍嗜酒荒放，露头散发，裸袒箕踞。其后贵游子弟阮瞻、王澄、谢鲲、胡毋辅之之徒，皆祖述于籍，谓得大道之本。故去巾帻，脱衣服，露丑恶，同禽兽。""竹林七贤"中的刘伶，也是一名裸体爱好者，《世说新语》中说他"恒纵酒放达，或脱衣裸形在屋中"。《晋书·王忱传》云："（王忱）性任达不拘，末年尤嗜酒，一饮连月不醒，或裸体而游，每叹三日不饮酒，觉形神不复相亲。"岳父家有丧事，王忱喝得醉醺醺前去吊唁，岳父在哭啼，王忱"与宾客十许人，连臂被发裸身而入"，绕着棺材转了三圈，扬长而去。

山水诗的开山者谢灵运也喜欢裸体,《南史·谢灵运传》记载,他曾"与王弘之诸人出千秋亭饮酒,裸身大呼"。

阮籍、刘伶为"竹林七贤"中人,阮瞻、王澄等人也出身显贵,是当时有名的士大夫。谢灵运更是"王谢"后人,名动天下。作为时代话语的霸权者,他们均以裸袒身躯为"得大道之本",当别人讥讽这种离经叛道的举动时,阮籍回答:"礼岂为我辈设也。"他还说:"上乎无下,下乎无上,居乎无室,出乎无门,齐万物之去留,随六气之盈虚。"刘伶回答:"我以天地为栋宇,屋室为裈(裤子)衣。"谢灵运回答:"我自己想干什么就干什么,关你们什么事?"

服饰是文明的标志,不顾文明与教化,裸袒纵酒,人们不禁要问:"给个理由先!"

后世给了很多理由:政治黑暗啦,思想禁锢啦,社会动荡啦,道德沦丧啦,玄学兴起啦,等等。总之,裸体只是表象,裸体有深意存焉,用时尚话说,这是行为艺术。

梁启超在《清代学术概论》中,将一个国家、一个时代的思潮分为启蒙期、全盛期、蜕分期、衰落期。他说:"启蒙期者,对于旧思潮初起反动之期也。旧思潮经全盛之后,如果之极熟而致烂,如血之凝固而成瘀,则反动不得不起。反动者,凡以求建设新思潮也。"一个时代的政治、思想、伦理对个体产生挤压时,个体就会产生逆反的、怪异的行为,以此逻辑,裸体的意义,就是对世俗规范的反动。

卢梭说:"人生而自由,却无处不在枷锁中。""FKK"是德语裸体运动的缩写，中文为道德计，译作"天体文化"。1893年，德国人海因里希·普都尔写了名为《裸体人——未来的欢呼》一书，号召人们摆脱现实生活束缚，以裸体的形式回归自然，所以德国出现了天体浴场，很多人裸体行进在山间原野，感受阳光花草与身体的关系。

或许，裸体就是对自由的渴望，对生命枷锁的挣脱吧。

名人效应

2003年，美国前总统克林顿来到中国四川，先是演讲一番，然后手握毛笔，神色肃穆地在"剑南春集团拓展全球市场启动仪式"的牌匾上，点上"劍"字里面那最后一捺，然后就拿着钱走了。以现代理论阐释，酒厂出钱让克林顿千里迢迢来点这个"点"，用的是克林顿的名人效应。我家邻居——下岗职工老王，即使倒贴钱，人家酒厂也不会叫他来点这个"点"的。原因者何？非名人也。

东晋开国宰相王导，就是个通晓名人效应的人。一年临近年底，财政部门来报，国库里只剩下几千匹粗布了，把这些粗布拿到市场上去卖，怎么也卖不出去。王导闻听此事，非常焦灼，经过一番思量，他让裁缝用这些粗布给朝中每位高官都做了一套服装，并且规定，无论居家，还是办公，都要穿这套衣服。王导本人也不例外，上朝啦，待客啦，出席宴会啦，外出散步啦，一律穿这套粗布服。都城里的人看丞相穿了这样的衣服，也纷纷去市场购买，结果粗布价格暴涨，国库积压的粗布几天就卖光了。

东晋另一位宰相，大名士谢安也深谙名人效应的三昧。他的一位同乡，从广东辞官回来，当时广东还是蛮荒之地，这位同乡为官一任，只得到了五万把蒲葵扇。途经都城时，本想把这五万把扇子卖掉，权充俸禄。结果天天跑到街上叫卖，一个主顾也没等来。无奈之下，找到谢安哭诉。谢安听了之后，对同乡道："好啦。这事儿你不用管了，包在我身上。"从此以后，谢安不管到哪儿，都手持一把蒲葵扇，夸张地摇来摇去。士人们注意到他们的宰相随时都摇着一把蒲葵扇，显得很是潇洒，于是纷纷效仿。那五万把扇子不仅很快售罄，而且还脱销了。

书法家王羲之也有类似的事情。夏天，他在街上遇到一位老妇，正在烈日下卖扇子，显得很可怜。王羲之径直走到老妇跟前，话也不说，在每柄扇子上都写了几个字。老妇不知他是何人，顿时面露愠色。王羲之说："老婆婆，不必生气。有人来买扇子，你就告诉他这上面的字是王羲之写的，每把都能卖一百块。"不出所言，人们竞相来买老妇的扇子。

当然，这名人效应能成事，也能败事。有个叫裴启的年轻人，写了部名为《语林》的笔记体小说，很受人们欢迎，坊间纷纷传阅。谢安读了此书后，很不以为然，就在一次公开场合说："《语林》这本小说，不怎么样。"结果《语林》就没人看了。南朝人檀道鸾在其《续晋阳秋》中评论此事说："谢相一言，挫成美于千载；及其所与，崇虚价于百金。"

木屐

六朝士人好穿木屐。《急就篇》颜师古注云："屐者，以木为之，而施两齿，所以践泥。"干宝《搜神记》记载，男女所穿木屐原本不同，男为方头，女为圆头，西晋惠帝元康年间以后，女人穿的木屐亦改为方头了。

当时习惯，士人在正式场合着履。非正式场合——居家或游玩则穿木屐。《晋书·谢安传》记载，淝水之战获胜的消息传到京城建康时，谢安正与人下棋，看罢战报，他神色镇定，继续下棋。客人问战况如何，他缓缓答道："小儿辈大破贼！"下完棋，他走回内室，过门槛时，"心喜甚，不觉屐齿之折"。《世说新语·忿狷篇》中有这样一则："王蓝田性急。尝食鸡子，以箸刺之，不得，便大怒，举以掷地。鸡子于地圆转未止，仍下地以屐齿碾之。"《南史》中说宋武帝刘裕"性尤简易，尝著连齿木屐，好出神武门内左右逍遥"。南朝宋时文人谢灵运喜爱山水，他发明了一种便于登山的木屐，"上山则去其前齿，下山去其后齿"。后世人将这种木屐称为"谢公屐"。

文明社会之后，服饰的实用功能倾然淡化，寓含其中的审美取向日益彰显。"奇装异服"往往成为一个时代人们追求独特精神气质的外在体现。魏晋以降，以无为本的玄风畅行，士大夫多宽衣博带，遗落世事，逍遥于邈远的世界。颜之推在其《颜氏家训》中如此描述当时的时尚："贵游子弟，……无不熏衣剃面，傅粉施朱，驾长檐车，跟高齿屐，坐棋子方褥，凭斑丝隐囊，列器玩于左右，从容出入，望若神仙。"在当时，脚着高齿木屐，是名士遗世旷达的特征之一。《世说新语》中有这样一段故事：祖约好财，阮孚好木屐，大家对二人的喜好一时难判优劣。一天，客人去拜访祖约，祖约正在家料理收藏的财物，看到客人来了，祖约赶忙收拾。有两个小竹箱一时没来得及收好，祖约就仄斜着身子挡住箱子，神情很是不安。又有客人到阮孚家造访，阮孚正给木屐打蜡。见到客人来，阮孚也不客套，依旧专注地保养着木屐，还感叹道："不知人这一生能穿多少双木屐啊。"神色显得很闲畅。于是人们判定阮孚优于祖约。

这个故事颇为意味深长。一个爱财，一个爱木屐。二者均为身外之物，以此判定优劣似乎非常困难。但放在当时玄学兴盛、士大夫追求闲适放达、不为外物所累的背景下，喜欢作为承载士人洒脱形象的木屐，自然比喜欢赤裸裸的金钱境界更高一些，这就是人们判断二人高下的思想基础。

穿木屐，会让人显得很闲适。现在，很多人在家也穿木屐，只是没有底下的两道横齿而已。据说木制拖鞋比橡胶塑料制品更保健一些，不易传染细菌。所以，我建议大家也不妨穿穿木屐。

木犹如此

桓温生于公元312年，卒于公元373年，为东晋时政治强人。

英雄人物的生平多附会一些灵异之事。《晋书·桓温传》说，桓温未满周岁时，大人物温峤见到他，说："此儿有奇骨，可试使啼。"桓温哇哇哭后，温峤断言："真英物也。"其父桓彝因温峤的品鉴，为儿子起名为桓温。成年后的桓温，"豪爽有风慨，姿貌甚伟"。好友刘惔评价说："桓温双目像石英一般棱角分明，胡须似刺猬鬃毛那样扎撒着，必是孙权、司马懿一类人物。"

桓温自己，也为后世留下这样的名言："既不能流芳后世，不足复遗臭万载邪！"以当今话说即是，不能流芳后世，还不能遗臭万年吗！

公元327年，发生了苏峻叛乱。桓彝时任宣城太守，在抵御叛军围攻时城陷身亡。杀害桓彝的凶手，是一个叫江播的人。这年，桓温十五岁，自此他"枕戈泣血，志在复仇"。三年后，江播死。江播的儿子江彪担心仇家报复，将兵刃置于手杖中，以备不测。桓温化装成吊唁的宾客，混入江播灵堂，亲手杀掉江彪。江彪的两个弟弟逃遁，桓温又追杀了二人。在当时，替父报仇是作为美德传诵的。此事为桓温赢得了赞誉。英雄就这样为自己的出场拉开帷幕。

公元 345 年，桓温担任荆州刺史，开始了他人生的辉煌。公元 347 年，他率军征服了位于今天四川的成汉帝国，俘虏成汉皇帝李势，将其押赴京师，这年桓温 36 岁。随后，他三次北伐，时间分别是公元 354 年、356 年和 369 年。第一次北伐，他的铁蹄踏入霸上（今西安东），与前秦帝国首都长安（今西安）仅一河之隔。第二次北伐，他的军队占领了洛阳。洛阳为西晋时都城，东晋帝王先祖的陵寝坐落于此。桓温在洛阳拜谒了先帝，修复了毁坏的陵墓。第三次北伐，在一个叫枋头（今河南浚县西南）的地方，桓温的军队遭到重创，仓皇逃回南方。

关于桓温北伐，田余庆先生在其《东晋门阀政治》一书《桓温的先世和桓温北伐问题》一章中，有过精到论述。桓温北伐之目的，并非统一国家版图，而是觊觎东晋皇位。这一点，明末王夫之在其《读通鉴论》中亦有论断，他说："桓温之北伐，治存乎篡也。"

英雄的功名，得缘于时代的风云际会。汉末天下大乱，群雄并起，曹操说："设使天下无孤，当不知几人称王，几人称帝。"一代雄豪就在这样的背景下横空出世。到了桓温时代，东晋帝国已偏安江南一隅几十年矣，士大夫早已忘却祖辈被胡人逐出中原的耻辱，把酒清谈，浮华相扇。此时的桓温，若是在帝国内部犯上作乱，偷窥神器，必然落得乱臣贼子的骂名。英雄与枭雄的区别在于，英雄是识时务者，顾及个人的声誉。桓温北伐，收复祖先失地，抚慰流民对故土的梦想，必然为他个人的勃勃野心罩上华丽光环。

遗憾的是，就在光环闪耀于他四周、皇帝的宝座指日可待时，死亡逼近了他。

公元371年，桓温废黜当时的皇帝司马奕，立司马昱为帝，其权力达到顶峰。公元373年，司马昱崩，司马曜继位。已在病中的桓温，要求朝廷赐给自己"九锡"。所谓"九锡"，是皇帝赐给大臣的九种器物。中国历代权臣逼迫皇帝禅位与己，其前兆都是朝廷赏赐"九锡"。

病入膏肓的桓温，皇帝的梦想愈发迫切。史籍中说，他"累相催促"，要求朝廷赐予"九锡"。

就在等待中，桓温闭上了眼睛。皇帝的宝座，仅成为他的梦想。

"出师未捷身先死，长使英雄泪满襟。"时间，常常会成为击败英雄的致命武器。《世说新语》记载，桓温北伐时，途经一个叫金城的地方，他曾在该地为官，并种下柳树。故地再来，昔日的柳树已十围粗了。目睹此景，桓温"慨然曰：'木犹如此，人何以堪。'攀枝执条，泫然流泪"。

风流，就这样被雨打风吹去了。

那些愤怒青年们

战国、魏晋和晚明是中国愤青的多产期。《晋书·列传第十九》就是专门为愤青们设置的，阮籍、嵇康、刘伶、谢鲲、胡毋辅之、毕卓、王尼、羊曼、光逸等榜上有名。大愤青阮籍、嵇康、刘伶暂且不说，这里说说几个小愤青。

当愤青并不难，只要进入了青春期，对现有社会秩序产生这样那样的不满，感到自己的幸福愿望没有满足，愤怒了，就会成为愤青。愤青分两种：一种是行为愤青；一种是文化愤青。行为愤青以行为艺术表达对社会的愤怒；文化愤青以文字等精神符号表达对社会的愤怒。王羲之《兰亭集序》中的一段话，或许是很好的注脚，他说："夫人之相与，或取诸怀抱，悟言一室之内；或因寄所托，放浪形骸之外。"谢鲲、胡毋辅之、毕卓、光逸这些人，就是些怪诞的行为愤青。

魏晋的行为愤青有两个特点：酗酒和裸体。有一天，谢鲲、胡毋辅之、毕卓等人又聚众喝酒，喝多了就觉得什么都束缚不了自己，索性脱了衣服，赤身裸体地喝。一连几天，大家都是在屋里裸身纵酒，还干了什么史书上也没说，我想他们至少是要睡觉的。

就在这些愤青们昏天黑地的时候，他们的好友光逸来找他们。或许事先得到吩咐，门卫不让光逸进去。光逸急死了，就在门外大声嚷嚷，勒令他们赶紧来开门。光逸的叫嚣是徒劳的，深宅内的人并没听到光逸的呐喊。无奈之下，光逸发现了墙边的狗洞，就将头顺着狗洞往里伸，大声叫喊屋里的人。胡毋辅之听到了喊声，说："肯定是他妈的光逸，别人谁会钻到狗洞里喊咱们呢。"于是就打开门，让光逸进来一起痛饮。

胡毋辅之的儿子胡毋谦之也是个愤青，一喝多了就直呼他爹的名字，胡毋辅之也不以为怪。有时候胡毋辅之喝酒不叫胡毋谦之，胡毋谦之就会愤怒："胡毋辅之！你真是太不够意思了！喝酒不叫上我！"胡毋辅之马上意识到自己做得太不对了，道歉说："真不好意思。来来来！我给你满上。"爷俩就喝到酩酊大醉为止。

这些纵酒放诞的愤青们还觉得自己这样挺美，毕卓解释说："一手持蟹螯，一手持酒杯，拍浮酒池中，便足了一生。"另一个愤青张翰义正词严道："使我有身后名，不如即时一杯酒。"看来谁都要为自己的行为提供阐释。

高堂明镜总在那里照着。人都容易感喟生命苦短，希望有生之年尽量让自己多快意一些，实际上这很难办到，所以他们就走入了酒乡，这也没什么错。

南朝四百八十寺

皇帝作为一种职业，其岗位职责是清晰明确的。因为世袭的缘故，有些人阴差阳错地做了皇帝，这实在是一桩造化捉弄的事情。唐肃宗李亨，酷爱下象棋。天宝之乱西逃途中，他最大的快乐是和爱妃张良娣下棋，前方的军情战报，他毫无兴趣。明熹宗朱由校，爱干木匠活儿，喜欢做个家具，盖个房子什么的。当时清兵压境，农民起义，官员向他汇报这些事情，他都很厌烦。所以他死后不久，明朝就亡了。

梁武帝萧衍是南朝梁国的开国君主。公元 502 年即位，549 年辞世，在位 48 年，活到 86 岁。史书称他"英武睿哲"，建国后，开创了多年未有的太平气象，以致"五十年来，江表无事"。可就是这样一位文治武功的皇帝，后来笃信了佛教。建寺院，造佛像，礼遇僧侣，广开法会，一时间宝刹庄严，香火缭绕。首都建康"佛寺五百余所，僧尼十余万，资产丰沃。所在郡县，不可胜言"。唐人杜牧的"南朝四百八十寺，多少楼台烟雨中"，说的就是当时的盛况。

公元 511 年，萧衍向全国发布了《断酒肉文》，号令所有僧尼不得饮酒吃肉，僧人素食的传统由此开始。公元519年，萧衍受菩萨戒，法号冠达。他在皇宫里过起了居士生活，吃斋念佛，吟诵佛经。"日止一食，膳无鲜腴，惟豆羹粝饭而已。"有时候因事错过了午饭，他就喝水漱漱口，一天什么都不吃了。公元527年，他几乎每天早晚都去同泰寺（现南京鸡鸣寺）诵经礼佛。有一天到了同泰寺后，他对侍从说："我准备舍身为僧，不再当皇帝了。"侍从听罢，苦苦哀求，结果他在寺内待了四天才回到宫中。过了两年，他决定到同泰寺出家。当时习俗，出家人只有用钱才能赎身，大臣们就集资一亿钱，替他们的皇帝赎身。公元546年，83岁的萧衍再次出家，这次群臣用两亿钱将其赎回。一年后，萧衍又决定出家，这一次他在同泰寺住了37天，朝廷又出资一亿钱赎回了他。

佛国距离现实遥远，佛陀的智慧自然让萧衍不忍目睹尘世的凡庸。结果，侯景之乱爆发了。

公元549年，侯景叛军攻克都城，包围了萧衍的皇宫。史书中关于萧衍与侯景的见面是意味深长的。侯景派手下人去见萧衍，萧衍说："侯景在哪里？请把他叫来。"侯景进殿，"以甲士五百人自卫，带剑升殿"。拜见后，萧衍说："卿在军中日久，很辛苦吧。"侯景默然，没有出声。萧衍又问："卿何州人，怎么敢跑到这里呢？"侯景又是默然，不敢仰视，汗流满面……从皇宫出来，侯景对人说："我常年出入战阵，刀剑相逼，从来没有害怕过。今天见了萧公，莫名其妙地恐惧起来，难道是天威难犯？我不能再见到他了。"

萧衍被软禁在皇宫，每日仍然"斋戒不废"。关于萧衍之死，史书说："疾久口苦，索蜜不得，再曰：'荷，荷。'遂崩"。有人据此说他是饿死的。

　　在我，是不相信这一说法的。以他与侯景对话时的恬淡安详，以他对佛国的向往，对他来说——死亡就是还乡。

旁若无人

晋朝的时候，士大夫都崇尚老庄哲学，以无为本。大家都说些玄而又玄的话，行为上也怪异另类。

有个叫王平子的人，他哥哥王衍是当时的太尉，执掌政权。有一年，王平子要去荆州担任刺史，王衍率领首都的高级官员为他送行，一干人等挤满了道路，大家纷纷和王平子把手话别。就在这个时候，王平子发现路旁院子里有一棵大树，大树上驻扎着一个喜鹊窝。刹那间王平子眼里就没有了送行人，他来到大树下，脱下鞋子和外罩，往手上吐了两口唾沫，飕飕飕爬上了树。

到了树梢，王平子抓到了小喜鹊，他扬扬手，笑眯眯地对着树下的人做鬼脸。就在他要下来的时候，贴身穿的小褂被树枝刮住了，怎么扯也扯不下。王平子索性脱了小褂，光着身子下来了。

回到地上，王平子双手捧着小喜鹊仔细把玩，神态自若，周围的人好像根本就不存在了。

还有个叫王徽之的人，是王羲之的儿子，一天到晚没个什么正经事，就愿意种竹子。他在山阴县住的时候，一天晚上突降大雪。王徽之看到皑皑白雪心生感慨，马上叫下人斟了酒来，一个人在屋里踯躅彷徨，吟诵左思的《招隐诗》。忽然，王徽之想到了自己的好朋友戴逵，戴逵当时在剡县，离王徽之这里还有很远的距离。王徽之根本就不管这些，他命令下人备船，深夜冒雪向剡县前进。

经过一个晚上的水陆跋涉，第二天早晨来到剡县。到了戴逵家门前，王徽之突然停住了，他告诉下人，不和戴逵见面了，原道返回。下人很是不解，就问他原故。王徽之说："我本来是乘兴而来，兴尽而返，见不见戴逵根本就无所谓。"

王徽之"雪夜访戴"的故事一直被后世的中国人传诵，人们总要在这个故事里体味一种境界。我有一个董姓同学，20世纪80年代，我们曾在一个宿舍生活了四年，毕业后董同学去了广东，我们远隔两地，各自消耗着生命。

21世纪的一天，董同学突然给我电话，说要来看我。我的身体在董同学的到来之前一起都在燃烧着，我确定他到北京的具体时间后，就在餐馆定下了丰盛的美酒佳肴，准备和老友一醉方休。

就在我等得心急火燎的时候，我接到了董同学的电话，他说："对不起啦哥们，我在飞机上邂逅了一个美女，今晚我要和她过夜，你别等我了。"

千万不要做好事

《世说新语·贤媛篇》里有这样一则故事：三国时，吴国有个叫赵姬的女人，闺女出嫁前，她神色凝重地叮嘱道："到了婆家，你可千万不要做好事。"闺女不解，思考后小心翼翼问母亲："您不让我做好事，那我可以做坏事吗？"母亲立刻正色道："好事都不能做，更何况是坏事！"

赵姬说的这番话很复杂，既有哲学问题，又有道德问题，还牵扯到心理学问题。为形象起见，举一篇茨威格的小说说明。

1938 年，茨威格写了一部小说《同情的罪》——奥匈帝国年轻的军官霍夫米勒偶然结识了贵族姑娘艾迪特，艾迪特下身瘫痪，不能行走。霍夫米勒对艾迪特的不幸深表同情，经常怀着悲悯的心灵去探望她，抚慰她。时间久了，艾迪特爱上了英俊善良的霍夫米勒，她认为霍夫米勒是出于对她的爱才到自己家里来的。后来，艾迪特向霍夫米勒表达了对他的爱意，霍夫米勒随即陷入苦恼当中，因为他的初衷与艾迪特希望的结果南辕北辙。

生活里常有这样的事，第一次为一个人提供帮助时，他会对你心存感恩。第二次，他的感恩心理就会淡化，到了 N 次以后，他简直就理直气壮地认为这都是应该为他做的，甚至当没有了这种帮助时，他会对施助者心存怨恨。这或许就是人们说的，一个人做一件好事并不难，难的是一辈子都做好事的难处。

余嘉锡在其《世说新语笺疏》中为赵姬的话语心生感慨，他说："盖古之教女者之意，特不愿其遇事表暴，斤斤于为善之名，以招人之嫉妒，而非禁之使不为善也。"好事不是不可以做，怕的是他人习惯了这样做，甚而认为天生就该这样做。最可怕的是，说话管用的人把做好事者当典型，号召大家来学习，搞得做好事的下也下不来，坏也坏不了，苦不堪言。

其实，好与坏的标准都与不同价值体系相关。我有一老友，从不许儿子拾金不昧，他告诉儿子，路上看到别人丢失的东西，不要捡。儿子不解，问，若是不捡，被别人捡到据为己有怎么办？老友说，那是别人的问题，人人都不捡，失主自然会自己找到的。古人所谓夜不闭户，路不拾遗，看来就是老友的境界，不过这在现代社会很难了。所以老子说"不尚贤，使民不争"，看看评选先进惹来的麻烦就知道了。

清谈

　　清谈，是魏晋时期士大夫们对老、庄、周易中的哲学问题进行研究阐释的学术交流方式，东晋又加入了佛教的内容。当时研讨的问题都很玄妙，像"有"与"无"哪个是本，哪个是末啦，语言能否完全表达意思啦，圣人有没有情感啦等，总之都是些玄而又玄的问题，所以后世称这一时期的哲学为玄学，而这些玄学问题多是通过清谈的形式交流的。

　　贵族们聚会，一般都要清谈一番。西晋的高官王衍、王戎、乐广，东晋的宰相王导、谢安，甚至皇帝司马昱，都酷爱清谈。《世说新语·文学篇》载："殷中军为庾公长史，下都，王丞相为之集，桓公、王长史、王蓝田、谢镇西并在。丞相自起解帐带麈尾，语殷曰：'身今日当与君共谈析理。'既共清言，遂达三更。"殷中军（殷浩）是当时的清谈名家，他到首都来，丞相王导就为他召集个哲学讨论会，而且一直谈到三更。

　　有时候，清谈者执意己见，常常会反目相向。一次，孙盛到殷浩家清谈，两人你来我往，争论激烈。下人给把饭送了上来，他们也顾不上吃，奋力挥动着麈尾（清谈的道具），口若悬河，互不相让。麈尾毛都掉进了饭菜里，二人也不管不顾。从白天一直争吵到日暮，谁也说服不了谁，殷浩对孙盛说："你甭作那犟嘴的马，我一定要给你戴上嚼子。"孙盛反唇相讥道："你也别倔，我一定要给你这牛鼻子套上环。"

那时的士大夫都热衷于清谈，谁不能说两句就觉得头都抬不起来。如果只勤于本职工作而不出席清谈沙龙，大家就会觉得这个人很粗鄙。倘若在清谈沙龙中语惊四座，往往是获取功名的捷径。

有个叫张凭的乡下后生，和同乡来到京城后，扬言要和清谈大家刘惔聊聊，结果是同乡"共笑之"。张凭没有在意同乡的耻笑，来到刘惔家。起初刘惔对他很冷淡，寒暄几句，就把他晾在了一旁。过了一会儿，几位清谈高手来这里聚会，大家就某个哲学问题高谈阔论起来。期间某个问题大家感觉解释得不尽人意，这时坐在末座的张凭插嘴阐发了，并且阐发得"言约旨远"，顿时一座皆惊。刘惔赶紧把他让到上座，叫他和大家一起清谈。当天晚上，刘惔让张凭在家中留宿，第二天一早，刘惔带上张凭来到丞相府上，一进门就喊："我带了个人才来啊。"结果张凭就做官了。

后世有"清谈误国"的说法，明末顾炎武把清谈视为"亡天下"的洪水猛兽；清人赵翼《廿二史札记》中有《六朝清谈之习》一文，也历数了清谈的不是。其实在当时，有关清谈的争议就见诸史书。王羲之曾对谢安说："虚谈废务，浮文妨要，恐非当今所宜。"谢安答："秦任商鞅，二世而亡，岂清言（即清谈）致患邪？”把清谈看作亡国的原因，好像没有现实的必然。

　　抽象的、形而上的探讨是必要的，只是公务员去干这个似乎不妥。

让我们也"啸"吧

中国的古人常用啸来表达情绪。《诗经·小雅》中即有"啸歌伤怀，念彼硕人"的句子。许慎《说文解字》中说啸为"吹声也"，《毛诗》郑笺解释啸为"蹙口而出声也"，可知啸即吹口哨。

魏晋时期，啸很风行，不过当时的啸与现今的口哨差别很大。《世说新语·栖逸篇》中，记叙了阮籍到苏门山拜访一位得道高人的故事，文中说高人之啸"嗒然有声，如数部鼓吹，林谷传响"。这说明当时的啸声绵长响亮，且音域宽广，音色纯正。《晋书·刘琨传》记载，刘琨"在晋阳，尝为胡骑所围数重，城中窘迫无计，琨乃乘月登楼清啸，贼闻之，皆凄然长叹"。可见没有相当的功力，是达不到如此效果的。

那时的士人，还把啸当成时尚，如果谁能在公开场合啸几声，大家都会觉得这个人挺酷的。周顗去见宰相王导，进门后什么也不说，先"傲然啸咏"了一阵子，王导也不生气，还笑眯眯地看着他。谢安的弟弟谢万，率军北征，一路上他不考虑军事问题，只是在指挥部里没完没了地啸，结果大败而归。谢万的伯父谢鲲，也是个放浪任性的人。有一次他要调戏邻居家的姑娘，姑娘正在织布，看他要非礼自己，就将手中的梭子击向谢鲲，结果把他的门牙给打断了。谢鲲也没当回事，出来后得意扬扬地说："犹不废我啸歌！"

当时最牛的啸人要数阮籍了。《晋书·阮籍传》说他"嗜酒能啸，善弹琴"，他的《咏怀诗》里有很多是讲他自己如何啸的，像"月明星稀，天高地寒。啸歌伤怀，独寐无言"等。司马昭执政的时候，每次举办宴会，出席者都神情肃然，生怕惹什么娄子。唯独阮籍在座的时候，能够"箕踞啸歌，酣放自若"。

西晋有个叫成公绥的，专门写了一篇《啸赋》，把人为什么要啸，啸的意境，啸的表现力等等洋洋洒洒地铺排了一番。古人认为，弦乐不如管乐，管乐不如人声，越天然的声音越美好。金石丝竹之器因人工雕琢成分浓郁，往往丧失了自然的本质。啸为人声，清新自然，所以《啸赋》中说："……声不假器，用不借物，近取诸身，役心御气。动唇有曲，发口成音，触类感物，因歌随吟。"这段文字足以说明啸的个人化与自由的特性。

古人认为啸具有养生的功效。嵇康在其《幽愤诗》中云："永啸长吟，颐性养寿。"很多道家人物都有啸的习惯。

啸的益处这么多，我们也应该不时啸一下。

人生贵得适意尔

西晋，客居帝都洛阳的江南人张翰，见秋风起，忽然忆及故乡苏州的莼菜羹和鲈鱼脍，喟叹道："人生贵得适意尔，何能羁宦数千里以要名爵！"叹罢，立即驾车返回故乡。

自张翰以后，"秋风起"与"莼鲈之思"便成为中国文化乡愁的象征，烙印在历代文人的心灵。唐人唐彦谦诗云："托兴非耽酒，思家岂为莼。可怜今夜月，独照异乡人。"（《客中感怀》）宋代，流寓南方的文人辛弃疾难忘家国，词云："休说鲈鱼堪脍，尽西风，季鹰归未？求田问舍，怕应羞见，刘郎才气。可惜流年，忧愁风雨，树犹如此。倩何人唤取，红巾翠袖，英雄泪。"（《水龙吟·登建康赏心亭》）

张翰，字季鹰，吴郡（今苏州）人。《晋书·本传》中说他"有清才，善属文，而纵任不拘，时人号为'江东步兵'（阮籍曾任步兵校尉，世称阮步兵）"。实际上，因秋风起而产生的乡愁不仅是地理上的，更是心灵上的。张翰到洛阳后，担任齐王司马冏的属官。当时的西晋政权，波诡云谲，八王之乱，已启衅端。张翰处于政权争夺的旋涡之中，对此洞若观火。他曾对同乡好友顾荣说："天下纷纷，祸难未已，夫有四海之名者，求退良难。吾本山林间人，无望于时。"

在他离开都城不久，八王之乱就爆发了，齐王司马冏被杀，为此，当时人称许他"见机"。所谓"见机"，世事洞明而已。后世苏东坡赞扬说："浮世功名食与眠，季鹰真得水中仙。不须更说知机早，只为莼鲈也称贤。"清人文廷式也称羡道："季鹰真可谓明智矣。当乱世，唯名为大忌。既有四海之名而不知退，则虽善于防虑，亦无益也。"

张翰是个率性旷达的人。好友顾荣去世后，张翰前去吊唁。顾荣在世时喜欢弹琴，所以家人把琴放置在灵床上。张翰进门后，不胜悲痛，径直走到灵床前，操起琴来就弹，一连弹了数曲，然后抚摸着琴说："顾荣，你还能欣赏这些曲子吗？"说罢失声痛哭。哭完，也不与顾荣家人搭话，扬长而去。

张翰平生优游世间，不以世俗为挂碍，因而有人劝诫他说："你一天到晚纵情享乐，难道不考虑考虑你身后的名声吗？"张翰是这样回答的："使我有身后名，不如即时一杯酒！"

人生的意义，就如此被张翰诠释了。

李白追慕张翰的人生风范，在其《行路难》中赞道："君不见，吴中张翰称达生，秋风忽忆江东行。且乐生前一杯酒，何须身后千载名。"

人有病，天知否

再没有比生活在东汉末年的人更倒霉的了。

当时疫病流行，"家家有僵尸之痛，户户有号泣之哀。"南阳人张仲景被逼得成了医学家，他在传世名著《伤寒杂病论》中说："余宗族素多，向逾二百，自建安以来，犹未十年，其亡者三分之二，伤寒十居其七"。疫病加之兵燹，带给人无际的痛苦。贵为帝王之家的曹丕，也发出了"天地无穷极，阴阳转相因。人居一世间，忽若风吹尘"的慨叹。

霜露一般无常、短暂的光阴，逼迫着现世之人饥渴地寻求救赎生命的稻草。一个叫何晏的人，发端了士大夫嗑药的先声。

何晏是东汉大将军何进的孙子，家中失势后，何晏的妈妈被当权者曹操收为侧室，具体是让曹操霸占了还是个人自愿，史书上没有交代。不过这位夫人肯定是颇有姿容的，否则曹操也不会看上眼。另外，史籍中说何晏是个美男子，从遗传角度看，母亲的容貌也想必不差。

何晏吃的是一种叫五食散的药。五食散由紫石英、白石英、赤石脂、钟乳、石硫黄五种矿物构成，从中医角度看，这些东西均有壮阳、补气的功效。《本草纲目》中说这些药能"益精益气，补不足，令人有子，久服轻身延年"。五石散是春药，这已经被后世学者肯定了。

不过服食五石散是有很多禁忌的，搞不好会出大毛病。有个叫皇甫谧的人，不照规矩服药，结果弄得自己"委顿不伦，常悲恚，叩刃欲自杀，叔母谏之而止"。服用五石散后，不能吃热食物，而要吃冷的，所以也把五石散叫寒食散；服散后不能喝冷酒，一定要喝热酒，当时有个叫裴秀的人，就是因为服寒食散后喝了冷酒，死掉了。另外，服散后还要外出溜达，让药力发作，这叫作"行散"。药力发作后，会有些像现在吸毒者一样的行为和幻觉，被称为"散发"。

从古至今，嗑药者都不外两类：一是胸中有不平之气的倒霉蛋，像失意者、破落户之流；一是想象力丰富的人，如文学艺术工作者。

何晏幼时随母亲改嫁曹家，豪门大户，自然是人情冷暖霄壤。何晏又是个"无所忌惮"的人，所以一直招致曹丕的憎恨。曹丕见了何晏从不称呼他的名字，而是称其为"假子"。此外，何晏是一个内心世界极其丰富的人，他是中国历史上声名赫赫的哲学家，他对老子的研究和他的"以无为本"的思想，影响了后世几百年。

这样的时代，这样的人，怎能不嗑药！

阮囊羞涩

中国典故中，有两则源自晋人阮孚，一为"阮囊羞涩"，一为"金貂换酒"。

元代阴时夫所著《韵府群玉》记载："晋阮孚持一皂囊，游会稽。客问：'囊中何物？'曰：'但有一钱守囊，恐其羞涩。'"后世用"阮囊羞涩"喻穷困，手头拮据。杜甫的《秦州杂诗·空囊》中，有"不爨井晨冻，无衣床夜寒。囊空恐羞涩，留得一钱看。"后两句即是化用此典。

"金貂换酒"见于《晋书·阮孚传》。金貂为当时高官所戴帽子上的饰物，示身份煊赫。阮孚性旷达，喜纵酒放任。"尝以金貂换酒，复为所司弹劾。"后来多以此典指代文士沉迷酒乡，放达傲世的行为。宋人刘过《沁园春》词中，有"翠袖传觞，金貂换酒，痛饮何妨三百杯"句，明人张淮《牡丹》诗中，有"开临玉女窥窗处，赏许金貂换酒人"句，用的都是这一典故。

阮孚生于公元 279 年，卒于 327 年，历西晋、东晋二朝。他是"建安七子"阮瑀的曾孙，阮籍的侄孙，阮咸的儿子。魏晋至南朝近四百年间，中国士人风尚呈现迥异于前朝后世之另类特质，士大夫追慕老庄哲学的自然精神，出世风气蔚然。表现于行为上，则是不为礼教所拘，逍遥任情，心无挂碍。甚者则纵酒放达，藐视礼法。阮氏家族即是这一风尚的实践者。阮籍娘去世时，他正和人下棋，对手提议罢了，阮籍不听，定要决出胜负。对弈结束后，阮籍"饮酒二斗，举声一号，吐血数升。及将葬，食一蒸豚（小猪），然后临诀，直言穷矣，举声一号，因又吐血数升。"邻家有一美貌少妇，临街卖酒，阮籍常去光顾，醉了，就酣睡于少妇身侧，别人引论，他全不在意。阮籍的嫂子回母家省亲，阮籍前去告别，有人讥笑此举于礼教不合，阮籍曰："礼岂为我设邪！"

阮孚的父亲阮咸也是唾弃礼法之人。阮家人嗜酒，每至聚会，饮酒不用杯子，而以大盆盛酒，众人相向围坐，肆意豪饮。一次家人聚会，"有群豕来饮其酒"，阮咸也不介意，与群豕"共饮之"。《世说新语》记载，阮咸母亲去世后，姑姑到娘家吊唁，随行有一婢女，为胡人（当时对北方少数民族称谓）。阮咸迷上了她，与其发生了关系。姑姑回夫家，婢女跟随同返。阮咸当时正会客，闻听后，立刻从客人那里借来驴，丧服未脱，骑驴追赶。追上后，二人"累骑而返"。所谓"累骑"，即两人同骑一匹驴也。

这位婢女，就是阮孚的母亲。阮孚成人后，亦不失乃祖乃父之风，纵酒放达。《晋书·阮孚传》中说他"蓬发饮酒，不以王务婴心……终日酣纵，恒为有司所按（弹劾）。""尝以金貂换酒，复为所司弹劾。"阮孚曾任吏部尚书，这在当时可谓高官，从其履历上看，他不可能囊中缺钱。金貂为皇帝赋予权力的象征，阮孚敢以之换酒，可见其内心对权力的不屑。

阮孚持皂囊游会稽，客问囊中何物，阮孚答："但有一钱守囊，恐其羞涩。"在我看，这个文本同金貂换酒一样，颇含行为艺术的味道。汉代，大臣向皇帝上奏秘章，须以皂囊封闭。皂囊，在此象征着皇权。阮孚置一文钱于皂囊，同他的金貂换酒一样，有嘲弄皇权意味。而他"恐其羞涩"的回答，是否有帝制时代，士人不能脱离皇权轨迹之外的无奈呢？很让人寻味。总之，我们今天所领会的"阮囊羞涩"，已与其本意相去甚远了。

山中宰相

陶弘景是个神人。他妈在怀他的时候，梦见一条青龙自体内奔腾而出，两个天人手持香炉来至家中，随后就有了他。古人认为，天赋异禀的人，出生前是要发生奇异的事情的。

四岁时，他就握着芦苇制成的笔，在地上写字。十岁时，他得到了一本葛洪写的《神仙传》，看得很痴迷，幻想自己也能够成仙。他对大人说："望着白云，看着太阳，我觉得它们离我很近啊。"看来，天才小时候就能说出诡异的话了。

长大后，他更像一个神人了。《南史·陶弘景传》中说他"身长七尺七寸，神仪明秀，朗目疏眉"，额头宽广，耳朵硕大，耳朵眼还长出十余根两寸长的毛来，右腿膝盖上有几十颗黑痣，呈北斗七星状。这也应了古人所谓出相之人必有神奇作为的话。

他的第一份工作是在皇宫里担任陪读，除了完成本职工作外，他基本不与外界接触，埋首室内读书，显得高深莫测。后来也许是觉得专业不对口，就辞去工作，跑到现在江苏句容的茅山隐居起来。他在山上盖了一幢房子，共三层，底层用以接待宾客，二层弟子们住，三层他自己住，并且规定，除了一个仆人，任何人不得到三楼来。院子四周，都种上了松树，他喜欢听风吹松树的声音，每当松涛阵阵的时候，他就很愉悦。

他还给自己起了个新名字，叫"华阳陶隐居"，给友人写信的时候，就署这个名字。在茅山，他研习道家的学问，闲来无事，就游历山川，有时还会或坐或躺，吟咏歌啸，"山中无所有，岭上多白云"是他作的诗。他从来都是独行，别人看到他衣袂飘飘游走在山泽泉石之间，会以为他是神仙中人。

他是道教上清派的祖师，撰写的《真诰》《真灵位业图》成为道家的经典。他在天文地理、阴阳五行、风角星算、医术本草、文学书法等方面都有渊博的学识。他和梁武帝萧衍是好朋友，萧衍未称帝之前，他就预测萧衍会做皇帝，指派弟子四处散布"梁"国即将诞生。不久，萧衍代齐称帝，国号"梁"。

他用黄金、朱砂、曾青、雄黄炼丹，服用后身轻体快。他不仅自己吃，还送给萧衍吃。萧衍吃后效果很好，越发佩服他，就请他出来做官，他表示拒绝，还送了萧衍一幅画，画中两头牛，一头在河畔悠闲地吃草；一头戴着金笼头，被人用鞭子驱赶。萧衍明白了他的用意，说："他还是喜欢隐居的生活啊。"不过，每当国家有什么大事拿不定主意的时候，萧衍就会前去咨询，所以当时人称他为"山中宰相"。他生于456年，卒于公元536年，历南朝的宋齐梁三代，81岁辞世，这在那个时代是非常高寿的了。他预先知道自己会在什么时间死去，所以写了首《告逝诗》。他一生未娶，没有子嗣，史书说他死后"颜色不变，屈伸如常，香气累日，氛氲满山"。这真是神奇得叫人结舌。

伤逝

魏晋是个讲究性情的时代，士大夫都追慕老庄哲学，以任性自然为境界。桓温和殷浩当时都是帝国中央的高官，桓温一直不服殷浩。一天，桓温问殷浩："你觉得咱俩谁更牛啊？"殷浩答："我与我周旋久，宁作我。"用今天话说就是——我就是我，谁跟你比。

其实，能不和人比是很难做到的。

"竹林七贤"之一王戎的儿子夭亡了，山简前去探望。当时王戎哀毁过度，形销骨立的。山简就劝慰他说，一个小孩子家，死了就死了吧，何必那么伤心。王戎回答："圣人忘情，最下不及情，情之所钟，正在我辈。"按照礼法，儿子死了，父亲是不该过度伤心的。王戎不为礼法格禁，任由情绪流露，在那时的士人当中很常见。

孙楚是作家，为人狂妄不羁，看着谁都不顺眼，四十多岁才走上工作岗位。他只和王济关系好，两人常在一起探讨哲学。后来王济死了，举行葬礼时，京城的名流都出席了。孙楚到得晚，进门就抱着王济的遗体痛哭，上气不接下气，感染得其他人也跟着哭。

孙楚哭酣畅了以后，幽幽地对着王济遗体说："您生前特别喜欢我学驴叫，今天您要到天国去了，我就让您听够了吧！"说罢就哼哼呀呀地装起驴叫来，一会儿低沉，一会儿高亢，模拟得煞是真切。大家先前还让他弄得很悲切，现在看他竟旁若无人地学起驴叫来，一时都懵了。众人先是呆呆地看着他发愣，继而哄堂大笑起来。

众人的爆笑并没有阻止孙楚的驴鸣，他叫够了以后，慢慢转过身来，环视众人，正色道："怎么就让这样的人死了，却让你们这帮人活着呢！"说完凛然而去。

身无长物

　　"身无长物"的典故，见于《世说新语·言语篇》和《晋书·王恭传》——王恭从会稽回京，好友王忱来探望。王忱看中王恭坐的竹席，就对他说："这席子我喜欢，能给我一领吗？"王恭不语。王忱走后，王恭叫人把竹席送到王忱家中。因没有多余的席子，王恭自己就坐在草垫上。王忱闻知后，对王恭说："我本以为你那里有多的席子，才跟你要的。没想到你也就一领。"王恭回答说："您不了解我。我这个人，没有多余的东西。"

　　"身无长物"意指做人没有多余的东西。这个典故源自家境拮据之人似可理解，源自王恭，则有深意存焉。王恭出身豪门，其家族太原王氏是东晋赫赫世家。王恭的姑姑，为晋哀帝司马丕的皇后；妹妹，为孝武帝司马曜的皇后。如此钟鸣鼎食之家，自然不会因一领竹席烦扰。王恭"身无长物"的回答，实际与其人生态度相关。《晋书·王恭传》里，对他这一回答的评价是："其简率如此。"所谓"简率"即简单率意，洒脱自在，不为外物所累。西哲有言，需求最少的人，离上帝最近。

或许此话即是"身无长物"很好的注脚。

魏晋时期，以老庄哲学为根柢的玄学发达，士大夫多发言玄远，行事旷达。当时，很多士人服用五石散。五石散类似现今的毒品，可以兴奋神经。服了五石散后，要四处走动，让身体发热，以期达到效果，这个过程称为"行散"。一天，王恭行散至他弟弟王爽家门口，他在门前问道："古诗中何句最佳？"王爽看着哥哥发呆，没有回答。王恭徐徐道："所遇无故物，焉得不速老。"沉默良久，然后说："此句最佳。"王恭吟诵的诗句出自《古诗十九首》，诗中充斥着人生苦短的悲凉。

王恭还有这样一句话，传之后世——"名士不必须奇才，但使常得无事，痛饮酒，熟读《离骚》，便可称名士。"名士风范是中国士大夫追慕的境界，欲探究名士精神，不能不潜心体味王恭此话。西南联大时期，闻一多先生在中文系作教授，讲《楚辞》。黄昏时，闻先生抱着大叠讲义，昂首阔步走进教室。学生起立致敬，然后坐下。闻先生也在讲台上坐下，慢慢掏出一包烟，对着学生笑笑，绅士般地问："哪位吸？"学生们一阵笑，没有人吸。闻先生便自己点燃一支，吸完后，开始上课。他用抑扬顿挫的语调道："痛饮酒，熟读《离骚》，方得为真名士。"这，就是中国的名士。

王恭是美男子。有人赞美他的形象云："濯濯如春月柳。"下雪天，天地皆白，王恭披着鹤氅裘（鹤羽做的大衣），出行在街道上。有个叫孟昶的人看到了，目光追随着他，赞叹道："此真神仙中人。"后世多以"王恭柳""王恭氅"入诗，指代男子之美。李商隐有"诸生个个王恭柳，从事人人庾杲莲"，苏轼有"倒披王恭氅，半掩袁安户"，用典均本于王恭。

现实中，王恭为人抗直，却志大才疏。当时宰相司马道子专权，任用小人王国宝。为清君侧，王恭在京口（今江苏镇江）起兵，向京城建康（今南京）进发。中途，手下将领刘牢之叛变，王恭兵败被杀，时为公元 398 年。

莫嫌憔悴沈腰瘦

"四十年来家国，三千里地山河。凤阁龙楼连霄汉，玉树琼枝作烟萝。几曾识干戈？　一旦归为臣虏，沈腰潘鬓消磨。最是仓皇辞庙日，教坊犹奏离别歌。垂泪对宫娥。"

这是南唐后主李煜的《破阵子》，作于公元975年，宋军攻破南唐都城金陵，李煜被俘之际。词中"沈腰""潘鬓"为用典。先说"潘鬓"，西晋潘岳《秋兴赋》序云："余春秋三十有二，始见二毛。"意思是三十二岁鬓发就白了。后世用"潘鬓"指代中年时鬓发已白。再说"沈腰"，事见《梁书·沈约传》。当时，沈约任尚书左仆射，这已经是高官了，可他并不满足，希望能做宰相。皇帝没应允，沈约就给好友徐勉写信发牢骚。信中，他如此描述自己的身体状况："百日数旬，革带常应移孔；以手握臂，率计月小半分。"用现在话说就是：过几个月，裤腰带就得往里挪个孔；不到一个月，握一下胳膊，就缩了半分。后世文人常以"沈腰""沈郎腰瘦""沈约瘦"为典，代指腰围缩减，身体日渐消瘦。宋人范成大有"莫嫌憔悴沈腰瘦，且喜间关秦璧归。"黄庭坚有"定是沈郎作诗瘦，不应春能生许愁。"用的都是这一典故。

沈约，字休文，生于公元441年，卒于513年，享年73岁，在当时可谓高寿。史书中说沈约"左目重瞳子，腰有紫痣，聪明过人。"13岁时，父亲卷入皇室权力之争被杀，沈约流寓他乡，后来遇赦得免。

沈约平生历经宋、齐、梁三朝，为齐梁间文坛领袖，"永明体"诗歌代表人物。他最大贡献是在声律上提出"四声八病"学说。所谓四声，即文字的平、上、去、入四个声调，相当于现代汉语普通话的一、二、三、四声。沈约认为，四声在诗句中应间隔使用，从而使句子富于美感。八病为诗歌创作中运用四声的八种禁忌，分别为"平头、上尾、蜂腰、鹤膝、大韵、小韵、旁纽、正纽"。因沈约论述八病的《四声谱》一书已经佚失，具体解释不可得知。从后人相关论述看，八病类似格律诗的平仄运用。

沈约还是历史学家。现今通行的"二十四史"中的《宋书》，作者就是他。

沈约政治上的崇隆与帝王的好尚有关。南朝历代皇室成员对政治、经济、军事这些构成国家主体的东西毫无兴致，他们热衷的是文学、历史、哲学、宗教等形而上的大道。沈约是"竟陵八友"之一，《梁书·武帝纪》云："竟陵王（萧）子良开西邸，招文学，高祖与沈约、谢朓、王融、萧琛、范云、任昉、陆倕并游焉，号曰八友。"文中的高祖，即梁武帝萧衍。因同在一个文学社的缘故，萧衍称帝后对沈约深为倚重，任命他为尚书左仆射。沈约并不满足，于是就有了上文写信发牢骚的故事。

其实，《梁书·沈约传》中的一段文字，可以作为沈约不得升迁的注脚。一次，沈约在皇宫侍宴，恰好地方上进贡了栗子，栗子颇大，直径有一寸半。梁武帝看了很惊奇，就和沈约一起回忆史籍中有关栗子的记载，最后沈约比梁武帝少说了三则。从宫中出来后，沈约对别人说："皇帝耍赖，他哪有我记得多。不过，我要不让着他，他还不得给气死啊。"此话传到了皇帝耳朵里，武帝非常愤怒，要治沈约的罪。后经好友徐勉再三劝说，武帝才消了气。不过，沈约升迁的事也就永远黄了。

释宝志与济公

成语"天上麒麟"是赞美别人家孩子有才华时用的,出自
《南史·徐陵传》。宫体诗的代表人物徐陵幼时,家人带他去拜
访僧人宝志,宝志抚摸着他的脑袋说:"天上石麒麟也。"说这
话的宝志,是南朝齐梁年间一位行止怪异的和尚。

宝志俗姓朱,今江苏句容人。据《宝华山志》记载,东晋
末,一朱姓妇女"闻古木鹰巢中儿啼,梯树得之,举为子。面
方,莹澈如镜,手足皆鸟爪"。这个手脚长得似鸟爪的婴儿就
是后来的僧人宝志。家人担心他日后不能正常生活,就在他7
岁时,把他送到附近的道林寺出家,法名宝志。

南朝齐时,都城建康(今南京)出现一位年约五六十岁的
和尚,此人披发赤足,言语怪诞,肩头扛着一把禅杖,上面挂
着铜镜、剪刀、镊子,嬉笑怒骂,招摇过市。有时化缘到别人
家,既要肉又要酒,畅怀大啖;有时又可以几天不吃东西。他
最大的本事是能够预知未来,洞悉他人的心思;他还会分身
术,可以同时在不同地方出现。这个人就是宝志。

他的怪异引起市民的极大兴趣,大家议论纷纷,称其为

"志公"。齐武帝萧赜觉得他神神鬼鬼的，就以妖言惑众的名义，把他抓进了监狱。让人吃惊的是，他人虽在监狱，在大街上也能见到他。别人以为他越狱了，就到监狱里检察，发现他老老实实地蹲在牢里。更奇的是，一天晚上，他对狱卒说："外面有人给我送来两车吃的，东西都放在金盆里，你去帮我拿过来吧。"狱卒以为他胡言，出门一看，果然停着两辆车子，食品都盛在金盆里，狱卒大骇。

到了梁朝，皇帝萧衍对"志公"宝志很重视。一天，萧衍向宝志请教祛除烦恼的方法，宝志告诉他要专心修习，萧衍又问如何专心修习，宝志就让萧衍找来几名死刑犯，每人端着满满一杯水，在宫中转圈。告知他们，谁把水洒出来就立即处死。同时，还找来几名乐工，让他们演奏优雅的音乐，以此干扰囚犯的内心。囚犯们怕水洒出来遭处决，全部身心都集中在水杯上，对音乐也就置若罔闻了。宝志借机对萧衍说："他们担心水洒了会掉脑袋，自然就不会听到音乐的声音了。人若以畏死的心去专心修习，烦恼自然就会祛除了。"

史籍记载，宝志生于公元418年，卒于公元514年，活了97岁。死时"尸体香软，形貌熙悦"。到了南宋年间，民间艺术中出现一个衣衫不整，蓬头垢面，饮酒吃肉，口无遮拦，手拿破芭蕉扇，到处为弱小者打抱不平的济公形象。但在正史和僧传中，并无济公的资料，因此有学者说，济公的原形就是"志公"宝志。清末民初人蒋瑞藻在他的《花朝生笔记》中云："实则南宋初无是人，乃因六朝释宝志而讹传者也。"

司马遹之死

司马遹生于公元278年，卒于公元300年，是西晋开国皇帝司马炎的孙子，第二任皇帝司马衷的儿子。

对于他的童年，《晋书》如此记载："幼而聪慧，武帝（司马炎）爱之，恒在左右。"五岁时，傍晚皇宫失火，司马炎登楼瞭望，小司马遹拖着爷爷的衣裾来到暗处。司马炎不解，问何以如此，司马遹答道："暮色仓猝，宜备非常，不宜令照见人君也。"他的回答令爷爷称奇。此后，司马炎在公开场合赞许孙子颇似先祖司马懿，并强调说："此儿当兴我家。"于是，司马遹的美名在全国传播开来。

公元290年，爷爷司马炎去世，父亲司马衷继位。司马衷即晋惠帝，在中国皇帝人物谱上，他以弱智昏庸著称。司马衷的皇后贾南风，则凶暴酷虐，干预国政，祸乱后宫。司马衷称帝后，立司马遹为太子。自此，他的人生出现捩转，死亡的阴影开始笼罩他的生命。

司马遹非贾南风所生，他的生母谢玖，原是司马炎的妃子。《晋书·谢玖传》云："惠帝在东宫，将纳妃。武帝虑太子尚幼，未知男女之事，乃遣往东宫侍寝，由是得幸有身。"也即是说，司马炎在弱智儿子婚前，担心他不通男女闺房之事，就让妃子谢玖前去传授，由此有了司马遹。

贾南风并无子嗣，对身为太子的司马遹心怀忌恨。为加害司马遹，她一面令他与生母谢玖分开，一面暗使太子身边宦官放松管教，任其荒疏学业，嬉戏玩耍。立为太子时，司马遹年方十三，正是少年气血旺盛时候，失却教化后，自然如脱缰野马，任性妄为起来。他外祖父家是杀羊的屠户，受其影响，司马遹对卖肉非常钟爱。他在宫中设立肉市，客人要多少，他手起刀落，丝毫不差。他还在皇家的西园开设市场，销售菜蔬鸡鸭米面等杂货，交易所得，收归己有。

负责太子教育的官属对他的恣意嬉耍很是担忧。太子舍人杜锡屡屡劝他远离小人，"修德进善"。他大怒，让人放置很多钢针在椅垫内，杜锡不知，落座后针扎入屁股，血流不止，疼痛不堪。

司马衷即位后，贾南风贪国家大权为己有，皇帝诏令，多自贾南风所出。宗室之间也开始了争权夺利，八王之乱随即爆发。在此背景下，司马遹的生命也如风雨中飘摇的残灯。公元299年冬天，贾南风召司马遹进宫。司马遹坐定后，贾南风派侍女陈舞一手持一杯酒，一手托一盘枣出来，让司马遹将酒饮尽，把枣吃完。司马遹推辞不胜酒力，陈舞强迫。不得已，司马遹喝下三升酒，即刻感到"体中荒迷，不复自觉"。这时，另有侍女拿来笔墨纸砚，让司马遹抄写一份文字。酩酊的司马通已不知文字具体何意，只是依样画下。笔画不全的部分，贾南风又令宠臣潘岳补上。

这份抄写的文字中云："陛下宜自了。不自了，吾当入了之。中宫（指贾南风）又宜速自了。不了，吾当手了之。"贾南风把这份类似祷告的文字交给司马衷，朝廷以谋反罪名将司马遹太子职位废除，遣出宫中，住到许昌。

第二年三月，贾南风让太医用巴豆和杏仁制成毒药，派宦官孙虑携药至许昌，毒死司马遹。孙虑到许昌后，逼司马遹服药，司马遹不从。趁司马遹去厕所时，孙虑跟随在后，"以药杵椎杀之"。这一年，司马遹二十三岁。

算卦先生郭璞

时下的人，经常会肃穆地要你伸出手，或者是凝视你的脸。然后，对你的前世今生进行解读和预言。我们的生命，就这样被他人提供了诸多的版本。

因为无助和恐慌，我们需要别人为我们透露一点生命的玄机。东晋的郭璞，就是个知道未来的人。他原本住在北方的山西，西晋末年，胡族乱华，有一天，郭璞自己算了一卦，算罢叹息道："哎，外族要来入侵了！我们的家乡要被匈奴人占领了！"随后，郭璞就率领亲族老少向江南进发，山西也很快成为匈奴的领地。

到了南方后，郭璞也常常为别人占卜打卦。一次，宰相王导让郭璞给自己算一卦，卦出来后，郭璞神色非常糟糕。他对王导说："您最近要遭遇雷击。"王导吓了一跳，赶忙问："有没有什么躲避的办法？"郭璞说："叫人西行数里，见一柏树，截取一段，长度和您身高一般，放在您的床上，即可消灾。"王导按郭璞说的去做了，果不其然，几天后，雷电将王导床上的柏树击得粉碎。

郭璞后来做了大将军王敦的参谋，王敦在造反前，让郭璞给算了一卦，根据卦象，造反的事必败无疑。王敦听了大是恼火，气咻咻对郭璞道："那你算算我能活多大岁数！"郭璞告诉王敦，如果他起事，寿命必不长久；如果不起事，生年会很长。王敦又问郭璞他自己的寿数能有多少，郭璞答："我的生命就到今天中午！"郭璞的话再次激怒王敦，他下令立即将郭璞正法。郭璞就在自己的预言声里走进鬼门关。

　　郭璞可以为别人祛难禳祸，独独不能让自己寿终全身，这不得不说是卜筮之技中的悖论。《晋书·郭璞传》中还有这样一段：郭璞南渡途径庐江时，看中了庐江太守胡孟康家的婢女。因难以启齿索要，郭璞就暗地作法，夜里在胡宅周围撒上赤小豆。第二天早晨，胡孟康突然发现数千个红衣人包围了住宅，胡走近再看，这些红衣人就消失了。如是往复，胡孟康觉得很蹊跷，就对郭璞说了此事。郭璞听后，对胡孟康说："这是你家的那个婢女闹的，把她送到东南二十里外卖了吧。卖时别砍价，这样你家中的妖孽就除掉啦。"胡太守依从郭璞的意见，把婢女送至东南二十里外，郭璞指使家人到那里，以低廉的价格把婢女买了下来。

　　郭璞好歹也是个有知识的人，知识人一不小心就把知识当成手段。其实，为稻粱谋并不可怕，关键是别害了自己，郭璞或许觉得自己很聪明，所以他害了自己，让人杀了。

桃叶歌

历史让后人亲近的，既非王室宫阙的纵横谋略，也非战场征途的金戈铁马。山川湖海，一草一木，寄寓人世悲欢离合的往事陈迹，往往最能触动今人与古人相通的心灵。剑桥大学有一座拜伦桥，诗人拜伦情感失意，自此桥跃入水中，时人有感，名其为拜伦桥。南京秦淮河上，有一桃叶渡，晋人王献之曾在此迎接自己的爱妾桃叶，故名桃叶渡。

《乐府诗集》卷四十五有《桃叶歌》，文中引《古今乐录》介绍说："《桃叶歌》者，晋王子敬（王献之字子敬）之所作也。桃叶，子敬妾名，缘于笃爱，所以歌之。"《桃叶歌》共三首。其一为：桃叶复桃叶，渡江不用楫。但渡无所苦，我自迎接汝。二为：桃叶复桃叶，桃叶连桃根。相怜两乐事，独使我殷勤。三为：桃叶映红花，无风自婀娜。春花映何限，感郎独采我。

《桃叶歌》在南朝梁徐陵所编《玉台新咏》中也有收录。不过，《玉台新咏》只录两首，即上述三首之前二首。《桃叶歌》在当时很流行，《南史·陈本纪》中，有"江东谣多唱王献之《桃叶辞》"记载。可见，直至隋灭南陈，此歌还在江南地区风靡。

王献之为东晋时人，生于公元 344 年，卒于 386 年。他是王羲之的第七子，父子均为书法大家，书法史上称为"二王"。七八岁时，他开始学习书法。一次，在他写字时，王羲之从后面想把他的笔抽走，却没有抽动，王羲之感叹道："此儿后当复有大名。"《晋书·王献之传》记载，献之"少有盛名，而高迈不羁。虽闲居终日，容止不怠，风流为一时之冠"。

《晋书·王献之传》中并未记载他与桃叶的事迹。不过，从三首《桃叶歌》的文辞中可发现王献之于桃叶的用情之笃。到了后世，"桃叶""桃叶渡"成为文人指代红颜情事的典故。宋辛弃疾有《祝英台近》一词，上阕云："宝钗分，桃叶渡，烟柳暗南浦。怕上层楼，十日九风雨。断肠片片飞红，都无人管，倩谁唤，流莺声住。"宋姜夔有《杏花天影》，上阕云："绿丝低拂鸳鸯浦。想桃叶，当时唤渡。又将愁眼与春风，待去。倚兰桡，更少驻。"

其实，桃叶还有个妹妹，名为桃根，也为王献之宠爱。这在《桃叶歌》第二首"桃叶复桃叶，桃叶连桃根。相怜两乐事，独使我殷勤。"中可以看出。李商隐有诗"当时欢向掌中销，桃叶桃根双姊妹"，说的即是姐妹二人。南宋吴文英的"记当时，短楫桃根渡。青楼仿佛，临分败壁题诗，泪墨惨淡尘土"，也让我们记住，不仅有桃叶，还有桃根，留在今天的记忆中。

桃叶桃根出生何地，身世如何，史籍无任何记载。只是通过王献之之口，后世知道了她们的美丽。而今，桃叶渡已为南京"金陵四十八景"之一。历史，就是这样陌生而又熟悉地贴近我们内心。

王浑一家

王浑出身豪门。他爸王昶是魏国的高官，封京陵侯。王浑本人也很能干，消灭吴国时立了大功。

王浑的老婆钟氏也很厉害，《晋书·列女传》里专有她一篇，说她聪敏优雅，容貌美丽，还写得一手好文章。说钟氏可能没人知道，但说起钟繇，稍微了解点中国历史的人就不能不知道了。钟繇帮助曹操打下天下，被曹操比作西汉时的萧何。另外钟繇还是一个大书法家，尤其精于楷书和隶书，书法史上把他和王羲之并称"钟王"。这钟氏就是钟繇的曾孙女。

有一天王浑和钟氏坐在屋里闲聊天，儿子王济从外面回来。王济是个帅哥，还有文才。王浑见到仪表堂堂的儿子心里美滋滋的，就对钟氏说："我们能生这么个儿子，这辈子该知足啦。"听了王浑的话，钟氏笑笑说："也没什么，我要是能和你弟弟结婚，生的儿子肯定比他还强。"钟氏的这番回答就是搁在今天，我相信也没人敢说出来。要是放在宋明清，不沉潭才怪！钟氏真是中国女人中的第一另类。

名门之后的钟氏还会看相。王济的妹妹成年后，钟氏让王济给帮着找个对象，王济在大户人家选来选去也没发现合适的。后来王济发现一个出身寒微的兵家子弟长得不错，还有才华，就想让妹妹嫁给他。这事向钟氏汇报后，钟氏说："要真是有才，门第咱们可以不考虑。不过得让我见见这个人。"于是王济就搞了一个派对，那个兵家子弟也来了，钟氏偷偷地从门帘内向外观望。过后她对王济说："这是个聪明人，长得也不错。不过我看了他的骨相，是个短寿的人，这门婚事算了吧。"果不其然，没两年那个兵家子弟就死了。

王济后来娶了晋武帝司马炎的女儿常山公主为妻。王济是全国数一数二的豪客，有一次司马炎来王济家吃饭，王济让一百多个衣着华丽的丫鬟在一边侍候，餐具都是琉璃制的，极其珍贵。席间有一道蒸乳猪，味道非常鲜美。司马炎就问这道菜的做法，王济回答："这乳猪是用人奶喂的。"司马炎听了很是恼火，饭还没吃完就撤了。

当时还有一个大佬叫王恺，是皇帝的舅舅。王恺有一头牛，可以日行八百里，王恺非常爱惜它，牛蹄牛角都用宝石装饰。王济知道这事儿后就去找王恺，对他说："我的箭法不行。不过今天咱们就赌射箭，你赢了我给你一千万，你输了把那头牛给我。"

王恺自信自己的箭法，就高兴地答应了。结果到了靶场王济一箭就射穿了靶心，随后他马上命令手下把牛杀掉，掏出牛心送厨房烤。牛心端了上来，王济只吃了一块就扬长而去。仔细想想，王济的这种举动颇有行为艺术的味道，很牛啊。

蝉噪林愈静

　　"蝉噪林愈静，鸟鸣山更幽"是南朝梁代文人王籍《入若邪溪》诗中的句子，以动写静，意境幽深。《诗经·小雅·车攻》中，有"萧萧马鸣，悠悠旆旌"，《毛诗》解释云："言不喧哗也。"王籍同时代人颜之推对《毛诗》注解颇是感叹，并认为王籍的诗句即出于《车攻》。"蝉噪林愈静，鸟鸣山更幽"二句，在当时就获致极高称赞，时人誉为"文外独绝"，"击节不能已已"。

　　王籍幼时就表现出文学方面才华。《梁书·王籍传》说他"七岁能属文"，"尝于沈约坐赋得《咏烛》，甚为（沈）约赏。"沈约为当时文坛领袖，能得到他的赏识，可见王籍文才非同一般。在梁朝，他被称为谢灵运的传人，这不仅表现在艺术风格上。在处世方式上，王籍与谢灵运也极为相似。

　　谢灵运以狂狷放诞著称，王籍步其后尘。看王籍履历，他每次外放为官，时间都不长久，最终均因行为不羁而遭罢免。初次为官时，他担任余杭（今杭州余杭）县令，因行为不检，"俄然为百姓所讼"，也就是说，没干几天，就有百姓上访。具体缘由，史书没有详述。后来，他作为湘东王萧绎的属官来到会稽（今绍兴），会稽山水明秀，于是，他像谢灵运当年作永嘉太守时那样，不理政务，恣意优游山水，常常一出去就是几个月。王籍最后一次外放是出任作塘县令，作塘在今湖南安乡北部，当时属偏僻贫寒之地。对这份差事，王籍很不如意，史书中说他"不理县事，日饮酒，人有讼者，鞭而遣之。"每天喝得酩酊大醉，百姓告状，不管是非对错，青红皂白，一概鞭打一顿，随即轰出衙门，这就是他的执政方法。

东晋南朝为门阀政治，世家大族享有特权。王籍先祖王导，东晋开国宰相，后代历朝为官，王氏一族被称为簪缨世家。出任地方官遭罢后，王籍就在朝廷担任一些闲差。文人虽缺乏处理繁杂政务的历练，但不妨碍他们是理想远大的人。现实的平庸让王籍难以适从，他很郁闷，常常"忽忽不乐"。为疏解心中不快，他经常混迹于市井酒肆，与泼皮无赖称兄道弟，狂饮啸聚。以他的出身，这种行为是有失体面的。因此，每次放纵若遇见熟人，他就"以笠伞覆面"，生怕人家看到后笑话。

王籍和谢几卿、庾仲容是好友，谢、庾也是豪门后代，三人都因纵酒放荡而遭免职。谢几卿是谢灵运曾孙，晚上在官署值班时，穿着大裤衩子，与若干非公职人员畅饮，大呼小叫，最终被弹劾，解职回家。三个失意者常常聚在一起，"诞纵酣饮，不持检操"。有时三人乘车到郊外野间大喝，酣醉方归。回来路上，他们还要唱着出殡的挽歌，全然不顾他人的讥讽议论。

　　这就是王籍的一生。在古代，文学没有独立为专门职业，为了完善人生，王籍不得不走入仕途，最终却因行止怪异，纵酒放达而遭到史家讥讽，这是很遗憾的事情。如果王籍活在今天，估计他也会像我一样，在家写写专栏，赚取稿费维持生活。这时候，他是否纵酒就不关别人的事了。

王濬楼船下益州

公元 280 年，西晋灭吴。率军开进吴国首都，接受吴帝投降的，是一个叫王濬的七十岁老人。

历史之所以引起常人的兴趣，往往是其中人物非同寻常的言行。王濬未发达之前，在家中造房子。《晋书·列传十二》中说他"开门前路广数十步"，乡人不解，问他："你在家门口修这么宽的路干什么？"王濬答："以后发达了，仪仗扈从出入方便啊。"结果是，他的回答获得乡人一致嘲笑。作为一个理想没有得到伸张的人，王濬对乡人的嘲笑并未作色不快，他引述《史记》中的话，再度阐述了他的志向。他这样说："陈胜有言，燕雀安知鸿鹄之志。"

另一则昭示他必将成为英雄的事迹是他的婚姻。凉州刺史徐邈的女儿才貌俱佳，一直没遇到如意郎君。为此，徐邈在家中设宴款待宾客。他让女儿在内室观察，遴选自己中意的夫君。席间，姑娘遥遥指着一个男人对母亲说："我喜欢他。"这个男人就是王濬，此时他还只是一名地位较低的小吏。

其实，王濬是一个大器晚成的人。他生于公元 206 年，卒于 285 年，活到八十岁。西晋灭吴总策划者，对王濬有知遇之恩的大将羊祜生于 221 年，卒于 278 年，仅活了五十八岁。272 年，由羊祜举荐，王濬任益州（今四川）刺史，此时他已是六十七岁高龄。

王濬出身世家，相貌英俊，博览典籍。年轻时，王濬"不修名行，不为乡曲所称"。如何"不修名行"？史书没有详说。不过在其本传中可发现端倪，羊祜任征南将军时，王濬任其属官。羊祜很器重王濬，羊祜侄子羊暨劝诫叔叔说："濬为人志大，奢侈不节，不可专任，宜有以裁之。"可见王濬的"不修名行"在其奢侈无度、任意挥霍。

在益州，王濬开始为伐吴作准备。他造的大船长一百二十步，能容纳两千人，士兵可骑马驰骋。史书说当时："舟楫之盛，自古未有。"公元 280 年，王濬率军沿长江东下，开始伐吴。当年三月，王濬大军开进吴国都城建业（今南京），皇帝孙皓为王濬准备了一个正规的投降仪式——他裸露上身，双手反绑，口衔玉璧，牵着山羊；他的臣子们则穿着丧服，抬着棺材，一同来到王濬营前，宣告投降。

王濬虽在伐吴之役立下首功，但也留下了憾事。一是他的军队占领乐乡（今湖北松滋东北）后，他立即向朝廷禀告：吴军都督孙歆已在此役中被斩首。孙歆斩首的捷报在都城散布不久，孙歆即被押解到了都城。原来，一同和王濬进攻乐乡的另一路晋军杜预的属下活捉了孙歆，王濬尚且不知。一时间，"洛中（首都洛阳）以为大笑。"另一事是，朝廷命令，王濬军队行至秣陵（今南京江宁）时，要接受从陆路进军至此的王浑指挥。王濬为抢头功，置军令于不顾，以"风利，不得泊也"为由，直驱吴国都城。王浑是皇帝司马炎的亲家，立功风头被王濬夺去后，觉得"耻而且忿"。马上上书朝廷，要求法办王濬。皇帝虽没有制裁王濬，但此后王浑一直找王濬的茬，让王濬的晚年活得很别扭。

"王濬楼船下益州，金陵王气黯然收。"这是唐人刘禹锡的《西塞山怀古》，说的就是王濬攻陷吴国都城事。王濬若是听到后人的赞扬，一定会为自己的抢功骄傲的。大行不顾细谨，做大事的人，不必在意那些小节。

王濛其人

这个王濛是东晋的名士。

王濛年轻的时候放浪不羁，为乡里不齿，后来回头了，就去做了名士。这有点像清朝的中兴名臣胡林翼，趁着体格好时花天酒地，岁数大了就改行读书，建立功名。

王濛做的最大官是宰相王导手下的左长史，就是帮助王导处理处理日常事务。王导为政的宗旨是天下没什么事情，所以他就纠集一批人清谈，清谈的主题是音乐本身有没有喜悦和悲伤、如何养生、语言能否表达本意等，都是些哲学问题，不像现在的某些当官的，凑在一起不是吃饭就是送钱，没有什么情调。

王濛每天都手持一把麈尾，和王导、殷浩等当时最牛的人清谈。他喜欢品评人物，经常用三言两语评述一个人的特点。例如他评论殷浩说："殷浩这个人不仅优点胜过别人，他对待自己优点的态度也胜过别人。"

王濛和名士刘惔是好朋友，常常一起出游，参加学术讨论。两个人还经常互相吹捧，刘惔说，王濛这个人性情通达富于理性，王濛就说，刘惔这个人一点都不比"竹林七贤"中的向秀差。有一次，王濛的儿子问他："刘惔的学问和你比怎么样？"王濛回答："言辞优雅他不如我，一语中的他比我强。"

王濛还是个美男子，许多名士都称许他的仪表。一次他去拜访一个叫王洽的人，刚进门，王洽就在屋里慨叹："哎！这哪里是凡世中的人呐。"王濛也对自己的美貌颇为欣赏，他有照镜子的习惯，每次照镜子都自语道："王文开怎么能生出这么个好儿子！"王文开是王濛父亲的名字。

有一回，王濛的帽子破了，他就到集市上去买帽子。一个风韵少妇被他的美貌吸引，白送了他一顶帽子，死活也不收钱。她还告诉王濛，以后帽子坏了就来这里取，免费。王濛没有付钱，美滋滋地戴上帽子回家了。这件事传出去以后，大家都很羡慕王濛。

天不假寿与王濛。简文帝司马昱的时候，王濛和刘惔都是司马昱的红人，时常到宫里和司马昱聊天。有一年，王濛向司马昱提出，想去东阳作太守。不料司马昱没有答应，这可把王濛给气坏了，回家后就一病不起，反复说："司马昱这个笨蛋，司马昱这个笨蛋。"

病入膏肓的王濛，常常抚弄手中的麈尾，叹息道："如此人，曾不得四十也！"今天的意思就是，像我这样的人，竟活不到四十岁！

王濛果然没活到四十，他三十九就死了。

"同志"王僧达

研究同性恋的人，多少会知道王僧达。《南史·王僧达传》记载，王僧达同族有个叫王确的少年，"美姿容"，王僧达与他交好。王确的叔叔出任永嘉太守，要带着王确一起去。王僧达迷恋王确，不让他离开，王确不从。王僧达非常气恼，就偷偷在房后挖了一个大坑，"欲诱（王）确来别，杀埋之。"堂弟王僧虔得知后，百般劝阻，王僧达才作罢。此事在明人冯梦龙所著《情史》一书中也有记载。

其实，《南史·王僧达传》中，还有一则有关他同性恋的事迹，后世没有注意。王僧达担任太子洗马（太子的属官）时，"爱念军人朱灵宝"。后来，王僧达出任宣城太守，谎称朱灵宝死亡，更其名为左元序，把他的户籍落在宣城一个叫左永之的家中。王僧达还屡次向皇帝推荐朱灵宝为官，后被人告发，王僧达为此罢官。

王僧达是东晋南朝第一豪门——琅琊（今山东临沂）王氏后人。高祖王导，东晋开国宰相。父亲王弘，宋时曾任宰相。出身簪缨世家，加之天赋聪敏狂放，这让王僧达的人生增添了更多旷达放诞的色彩。少年时，他"性好鹰犬，与闾里少年相驰逐，又躬自屠牛"。成年后入世做官，当时都城有一种"斗鸭"的赌博游戏，王僧达沉迷其中，被监察部门举报，王僧达遭到批评。他与哥哥王锡关系不和，王锡曾任临海郡守，离任后带回一百多万钱，王僧达获知后，夜里领着仆人将这笔钱全部搬回自己家中。当时，钱都是铁铸，搬运一百多万钱是件麻烦事情。史书记叙说，王僧达是"令奴辇取"，意即奴仆们用轿子把钱抬回家的。

王僧达爱好打猎。担任宣城太守时，他无心政务，在宣城山岭间"肆意驰骋，或五日三日方归。受辞辩讼，多在猎所"。地方百姓多不认识自己的太守。一次，一个乡民到他打猎的地方告状，因为没见过他，相遇后就向他打听太守所在。他指着远方说："好像就在这附近吧。"

一个叫何尚之的人，辞官回家后又被朝廷起用。何尚之盛宴宾客，王僧达也出席了。席间，何尚之向王僧达敬酒，他对王僧达说："愿郎且放鹰犬，勿复游猎。"王僧达回答："家养一老狗，放无处去，已复还。"何尚之当即气得面目失色。

王僧达狂放，即使皇帝也不放在眼里。一次，因他的过失，皇帝单独召见他。进殿后，他对自己的过失只字不谈，"唯张目而视"。事后有人劝诫，王僧达慨然道："大丈夫宁当玉碎，安可以没没（默默无闻之意）求活！"黄门侍郎路琼之与王僧达比邻而居。黄门侍郎是皇帝近臣，路琼之的爷爷路庆之又是当朝皇太后的弟弟。一天，路琼之衣着庄重去王僧达府上拜谒，落座后，王僧达并不与他说话，路琼之很尴尬。过了许久，王僧达问："我们家从前有个驾车的，叫路庆之，此人和你什么关系啊？"说完就叫人把路琼之坐的椅子用火烧掉。

皇太后闻听此事后，大怒，向皇帝哭诉道："我还活着，他就如此猖狂。我死了，我们家人还不得要饭啊！"后来，国内有人谋反，皇帝就捏造王僧达参与的罪名，把他杀了。

王僧达生于公元 423 年，卒于 458 年，活了 36 岁。王僧达之死，清人曾国藩认为是狂傲所致，他说："大抵人道害盈，鬼神福谦。傲者内恃其才，外溢其气，其心已不固矣。"所谓"其心已不固矣"，用现在话说就是，想什么就说什么，不把话憋在肚子里。

王僧达还有文才，不过作品大多佚失了。钟嵘《诗品》中把他的诗列为"中品"，《文选》也收有他的散文。

南朝的伍子胥——王肃

四世纪末，以淮水为界，北方为北魏帝国，南方为齐帝国。公元 493 年，齐国雍州刺史王奂因擅杀部将，被人诬告图谋反叛，皇帝下令诛杀王奂，同时遇害的还有他的五个儿子。他的第三子王肃逃脱，投奔了北魏。

当时北魏皇帝是孝文帝拓跋宏，这是一位抱负远大的君主。王肃出身世家大族，"少而聪辩，涉猎经史，颇有大志"，投奔北魏前，在齐国朝廷任秘书丞，于经国安邦之业胸怀韬略。相见后，王肃擘画的雄图鼓荡着孝文帝的勃勃野心，二人常常促膝而谈，不知疲累。孝文帝对他"器重礼遇日有加焉"，王肃也自谓"犹（诸葛）孔明之遇（刘）玄德也"。北魏的典章制度，大多为王肃到来之后才得以确立。

在北魏，王肃始终身穿丧服，杜绝声色，以示不忘父亲兄弟被杀之耻。他亲自率领军队讨伐齐国计有三次，每次都获得胜利。第二次攻齐时，魏军俘获了齐国将领黄瑶起，此人当年亲手杀害了王肃的父亲王奂。孝文帝得知后，下诏将黄瑶起交付王肃处置。《资治通鉴》记载，黄瑶起押送至王肃处后，王肃"脔而食之"。将黄瑶起切成肉片，煮熟吃了。

王肃是只身逃亡北魏的。在齐国，他已婚配，并育有一儿两女。妻子谢氏，为南朝另一豪门谢家后代，谢氏父亲谢庄，南朝宋时曾任吏部尚书，辞采风流，为当时文坛翘楚。王肃出逃后，一直没有婚配，在南方的谢氏也没有再嫁。公元500年，孝文帝死，遗诏任命王肃为宰相。就在这一年，继位的宣武帝下诏，令王肃娶陈留长公主为妻。公主为孝文帝的妹妹，此前有过一次婚姻，丈夫去世，她孀居在宫中。

就在王肃与公主成婚后不久，谢氏偕同儿女来到北魏。得知王肃另有妻室后，她给王肃送去一首诗，诗中云："本为箔上桑，今为机上丝。得路逐胜去，颇忆缠绵时？"草席上的桑蚕不见了，现在只看到机杼上的丝。如今你走在追逐荣华的路上，是否曾记得昔日的缠绵。

"丝"与"思"谐音，南朝诗文中常以"丝"暗喻相思。王肃自然明晓谢氏心迹，往日情怀难以忘却，现实又不能摆脱，因此，他左右盘旋，苦闷难耐。不料，这首诗被公主看到了，她随即以王肃名义回复了一首："针是贯线物，目中恒有丝。得帛缝新去，何能纳故时。"针是用来穿线的，总有线从针眼穿过。新衣服缝制好后，谁还愿意去缝旧衣裳呢？

谢氏见王肃如此绝情，就削发为尼，在洛阳出家了。谢氏遁入空门后，王肃心中不忍，就在洛阳为谢氏修建了一座正觉寺，以此救赎自己的亏负。此事见于北魏杨衒之的《洛阳伽蓝记》。

王肃卒于 501 年，死时 38 岁。他生于帝国的钟鸣鼎食之家，因为家庭与国家的恩怨，流落他乡。王肃出逃异国，初衷是为了生存，在异国获得权力后，他开始向自己的祖国复仇。虽然他亲手将杀父之人磔为碎片，烹而食之，但最终元凶，下令杀害他父亲兄弟的帝国天子，却逃脱于王肃的复仇之外。就某种意义说，王肃只有消灭了自己祖国的拥有者——皇帝，他才实现了真正的复仇。从这方面看，王肃的一生可谓意味深长。

"朝隐"者王裕之

王裕之生于公元 360 年，卒于 447 年，活到八十八岁。在当时六十岁就算高寿的年代，他可谓高高寿了。王裕之字敬弘，南朝宋于 420 年开国，因避皇帝刘裕的名讳，在宋朝，王裕之以王敬弘行世，《宋书》里也只有《王敬弘传》，而不是《王裕之传》。

东晋南朝时，玄学是社会主导思想。为官处事讲求的是"居官无官官之事，处事无事事之心"。士大夫可以一边为官，一边过着隐士的生活，时人称之为"朝隐"。东晋人邓粲说："隐之为道，朝亦可隐，市亦可隐。隐初在我，不在于物。"所谓"隐初在我，不在于物"，即只要内心与隐的旨趣同归，外在形式并不重要。王裕之身为高官，却经常住在家乡馀杭（今杭州余杭）。馀杭有舍亭山，《南史·王裕之传》介绍，舍亭山"林涧环周，备登临之美"。王裕之就隐居此地，优游山水之间，时人称他为"王东山"。东山在今浙江上虞，是东晋宰相谢安出仕前隐居的地方，后世常以东山指代隐居。

王裕之"性恬静，乐山水"，他听说天门（今湖南张家界）

山水幽美，就要求出任天门太守。到了天门，他的妻弟荆州刺史桓玄来信，邀请他去荆州。王裕之对手下说："桓玄不过是想看他姐姐，我不能去作他们桓家的上门女婿。"随即，他让人把妻子送到荆州，自己则在天门山水之间逍遥。一年之后，才派人把妻子接回来。

王裕之为官，常常干一段时间就辞职回家隐居。有时朝廷一再征召，他也屡屡推辞。仅在宋朝，他就有六次辞官回家的纪录。元嘉六年（公元429年），皇帝刘义隆任命他为尚书令，他坚辞不就，刘义隆无奈，只能为他举行了一场送行会，让他回家隐居。即使在任上，王裕之也不理政务，下属送来的文件，他根本不看。一次，刘义隆问一个案子的情况，王裕之只是呆呆坐在那里，一声不吱。刘义隆很气愤，叱问王裕之属下："为什么不把审讯记录上报王大人！"王裕之这才缓缓说道："审讯记录我已经看了。不过，我看不懂。"

王裕之行事，多与常人不同。儿子王恢之被朝廷征为秘书郎，他给儿子去信，建议儿子不要做秘书郎，担任奉朝请即可。在当时，秘书郎是显要职位，世家大族子弟担任秘书郎后，很快可以升任高官。奉朝请一职，为安置闲散官员所设，有名无实，多时有几百人担任，和现今的挂名类似。王裕之在信中对儿子说："秘书郎职位有限，竞争自然激烈。奉朝请数额无限，没有竞争。你去作奉朝请，就会处于没有竞争的状态。"

他和儿孙们每年只见一两次面，每次见面，都须预约。王恢之在外地担任太守时，请假还家探视父亲。途中因事阻隔，没能按时到家，王裕之就拒绝与他相见。假期快结束了，王恢之一再请求和父亲见面，王裕之先是答应了，等王恢之来到门口后，王裕之又决定不见了。王恢之只能在门前"拜辞流涕而去"。

王裕之的行为，与时代风尚有关。东晋南朝，官吏选任标准颇为独特，某人若是出身豪门，风神俊朗，举止从容，超脱淡定，尤其能于哲学问题有所阐发，大家就会认为此人很酷，适于做官。如果每天案牍劳形，匆匆忙忙，谈车谈房，大家就会认为此人庸俗可笑，对其嗤之以鼻。若在今天，王裕之说这份材料我看不懂，马上就该解聘回家了。

皇亲就是任性

从道德角度看，人性中有恶的成分，也有善的成分。具体到个人，恶的成分多者被称为坏人，善的成分多者被称为好人。善恶间的对立是不会休止的。当一个社会的道德与法律对恶失去控制的时候，坏人就粉墨登场了。

萧宏是南朝梁开国皇帝萧衍的六弟，封临川王。萧衍晚年笃信佛教，胸怀慈悲，对宗亲违法"多有纵舍"。于是，萧宏就放开手脚做他的坏人去了。

萧宏以皇亲之故，"恣意聚敛"。他府中后院有近百间库房，看守严密。有人向萧衍举报，萧宏家中可能藏有兵器。萧衍以为萧宏欲谋反，就在一个晚上造访萧宏家。进门后，兄弟俩开始喝酒，微醺时，萧衍突然提出："我去你家后院看看。"说罢迈步趋向后院。萧衍的行为令萧宏顿时"颜色怖惧"。萧衍看出他的神情变故，认定举报属实，随即命令检查库房。结果没有搜出武器，倒是查到巨额财物。当时货币为铁制，萧宏把每一百万封成一箱，贴上黄色标签，一间屋子存十箱，共一千万。检查发现，这样的屋子有三十多间，计有三亿多。其他房间藏有"布、绢、丝、绵、漆、蜜、纻、蜡、朱砂、黄屑杂货，但见满库，不知多少"。萧宏原以为萧衍是冲着他的巨额钱财而来的，出人意料的是，萧衍没有搜出武器后，竟"大悦"，对萧宏说："老六啊，你真会享受生活啊。"说罢哥俩回到客堂，畅饮至深夜才散。

萧宏的聚敛激起时人非议。西晋有个叫鲁褒的，写过一篇有名的《钱神论》，讥讽世人对金钱的贪婪。萧宏二哥萧综愤慨于六弟的贪污纳贿，也像现在的时评作者一样，仿照《钱神论》，作了一篇《钱愚论》，讥刺萧宏的贪欲，一时间坊间纷纷传诵。不料此文被萧衍看到，萧衍觉得这种做法有失厚道，就找萧综谈话，说："天下有那么多文章可做，你为什么偏要写这样的文章呢？"说罢，就下令把刊有《钱愚论》的书籍集中销毁。

关于萧宏的个人生活，《南史》中说他"沉湎声色，侍女千人，皆极绮丽。""修第拟于帝宫，后庭数百千人，皆极天下之选。"宠妾江氏的一双鞋价值千万。萧宏喜欢吃鲫鱼头，每天要准备三百个，"其他珍膳盈溢，后房食之不尽，弃诸道路"。

阅读《南史》《梁书》中有关萧宏的材料，感觉此人可谓恶贯满盈，乏善可陈。公元505年，萧衍任命萧宏为元帅，领军讨伐北魏。军队驻扎洛口（今安徽怀远）时，萧宏闻听北魏援军逼近，吓得死活不肯出兵。魏军了解萧宏的怯懦后，就派人送给他一条女人的头巾，以示羞辱。一天夜里，突降暴雨，萧宏以为魏军攻来，招呼也不打，私自带着几名卫兵逃跑了。将士们发现主帅不见，四处寻找，结果"诸将觅（萧）宏不得，众散而归。弃甲投戈，填满水陆"。

这样一个懦弱贪鄙之人，对权力倒有极大欲望。他和自己侄女，萧衍女儿永兴公主私通，二人密谋杀害萧衍篡位。萧宏向永兴公主承诺，事成之后立她为皇后。一天，萧衍举行斋会，邀请自己的女儿出席。永兴公主让两个少年男子穿着丫鬟服饰，跟随前来。侍卫察觉二人行止有异，就加强了戒备。斋会结束后，永兴公主以有事为由，留下和父亲私谈。刚一坐定，两名少年就奔向萧衍，埋伏在幕后的侍卫立即出动，将二人擒下，从他们身上搜出了刀具。突审后，少年交代，此举为萧宏和公主唆使。让人诧异的是，萧衍得知真相后，只是把两名少年杀了，对萧宏和公主毫无追究。

萧宏死于公元526年，为寿终正寝。

萧宏陵寝在今南京白龙山北麓，墓前一公里神道两侧有石刻，其中的石辟邪造型雄浑，颇具神态。好事者可前去一看。

为何史无慈父传

中国人重孝道，《孝经》中假孔子之口云："夫孝，天之经也，地之义也，民之行也。"东汉以孝治国，此后历朝历代，都推崇孝道。正史中多设孝子传，彰显他们的事迹。《晋书》卷八十六为"孝友列传"，记述孝子们行状，不过，其中多杂以怪力乱神之事。

西晋人王裒，父亲死后，在墓旁搭草庐，为父亲守墓。每日晨夕，他都要到坟前跪拜，跪拜过后，双手攀着墓旁的柏树，悲声痛苦，泪水落到树上，时间久了，"树为之枯"。他妈妈害怕打雷，母亲去世后，每到打雷时，他会来到母亲坟前，跪下说："妈妈，你儿子在这里啊。"

三国时，东吴有个叫许孜的，父母辞世后，为双亲修墓。邻里怜他身子羸弱，前来相助。他先是谢绝，无奈邻里多次恳求，他不再辞让。不过，邻里们白天修的墓，到晚上他又给拆掉了，非要自己一个人做这件事。墓修好后，他住到墓旁，还在四周种上了松柏。有鹿踏践了树苗，他发出悲叹："鹿啊，难道你们就不顾念我吗？"结果第二天，发现鹿被野兽咬死了，死的地点，就在被踏践的树下。许孜怅惘不已，给鹿修了坟冢。这时，咬死鹿的野兽来到许孜面前，"自扑而死"。许孜再次发出叹息，又把野兽给埋了。

上述二则，泪水致柏树枯死，野兽咬死鹿，野兽自杀于许孜面前，神奇怪异，似与常理不合。

明清时期，有人将二十四个孝子的事迹编撰成书，流传于世，教化少年儿童。其中的"郭巨埋儿奉母""王祥卧冰求鲤"事，晋人干宝的《搜神记》中均有记载。

关于"郭巨埋儿奉母"，《搜神记》中云："（郭巨）兄弟三人，早丧父。（丧）礼毕，二弟求分。以钱二千万，二弟各取千万。巨独与母居客舍，夫妇佣赁（给人雇佣），以给供养。居有顷，妻产男。巨念与儿妨事（侍奉）亲，一也；老人得食，喜分儿孙，减馔（饭食），二也。乃于野凿地，欲埋儿得石盖，下有黄金一釜，中有丹书，曰：'孝子郭巨，黄金一釜，以用赐汝。'"

关于"王祥卧冰求鲤"，《搜神记》中云："（王祥）性至孝，早丧亲，继母朱氏不慈，数僭（诋毁）之，由是失父爱，每使扫除牛下（牛圈）。父母有疾，衣不解带。母常欲生鱼（活鱼），时天寒冰冻，祥解衣，将剖冰求之，冰忽自解，双鲤跃出，持之而归。"

少年鲁迅阅读这两则故事时，没有生出感动，却着实生出了恐惧。在后来撰写的《二十四孝图》一文中，他如此说：

我最初实在替这孩子捏一把汗，待到掘出黄金一釜，这才觉得轻松。然而我已经不但自己不敢再想做孝子，并且怕我父亲去做孝子了。家境正在坏下去，常听到父母愁柴米，祖母又老了，倘使我的父亲竟学了郭巨，那么，该埋的不正是我么？

　　到"卧冰求鲤"，可就有性命之虞了。我乡的天气是温和的，严冬中，水面也只结一层薄冰，即使孩子的重量怎样小，躺上去，也一定哗喇一声，冰破落水，鲤鱼还不及游过来。自然，必须不顾性命，这才孝感神明，会有出乎意料之外的奇迹，但那时我还小，实在不明白这些。

　　我少年时，没有读过《二十四孝》。不过，成年后阅读史籍，我常常会生出很多疑惑，为什么史籍中有那么多的孝子传列女传，却独没有慈父传呢？我们的过去，总对儿子要求很多，对女人要求很多，唯独对于父亲，没有什么要求。也许，这正是鲁迅呐喊"救救孩子"，写出《我们现在怎样做父亲》的原因吧。

乡里小儿岂能具雅量

夏侯玄是三国时魏国的高官。有一天，他靠在自家的廊柱下写信，突然电闪雷鸣，暴雨骤降。闪电击中他倚靠的柱子，衣服也给烧焦了，来访宾客惊恐万状，纷纷躲藏，而他却"神色无变，书亦如故。"

嵇康因"轻时傲世"，为当权者忌嫉，司马昭罗织罪名将其杀害。临刑前，他"神色不变，索琴弹之"。奏了一曲《广陵散》后，说道："《广陵散》于此绝矣！"随后慷慨就义。

魏晋时期把这种临危不惧、胸襟开阔的品质称为雅量。苏东坡在其《留侯论》中云："占之所谓豪杰之士，必有过人之节，……天下有大勇者，卒然临之而不惊，无故加之而不怒，此其所挟持者甚大，而其志甚远也。"有雅量品质的都是些大人物，像张良桥下受书，韩信胯下受辱什么的，可称之为雅量。乡里小儿被打得腿瘸嘴歪，再如何忍气吞声，只要他不发达，就不具备雅量品质。

东晋宰相谢安是个有雅量的人。淝水之战时，他侄子谢玄率八万晋军对抗前秦苻坚的百万大军，京城里的人都紧张得提心吊胆，唯独谢安优哉游哉地四处逛悠。晋军获胜消息传来时，谢安正和友人下棋，秘书把捷报呈递给他后，他扫视了一遍，然后就把目光转向棋盘。友人问他前方战况，他答道："小儿辈大破贼。"意色举止，不异于常。

道家讲淡泊宁静，儒家讲宠辱不惊，这些品质一直是士大夫们孜孜以求的。魏晋老庄盛行，以无为本，既然终极的东西都是"无"了，所以就什么事也不在乎。有个叫裴遐的，到一个叫周馥的将军家去做客，席间有人拉裴遐去下棋，裴遐就和那人找了个僻静处下起棋来。这时候，周馥的副官过来给裴遐敬酒，裴遐正用心在纹枰上，也就没当回事，支吾了一声又继续下棋了。副官看裴遐不理会自己，恚怒异常，揪住裴遐的衣领就把他摔在地上。裴遐在地上沉默了一会儿，随即爬了起来，扶好椅子，一声也没出，又继续下棋。事后有人问他："你怎么像什么事也没有似的？"他说："我自己承受就完啦。"大家就说裴遐这人有雅量。

周顗有一次和弟弟周嵩喝酒，周嵩喝多了，瞪着火炭般的眼睛逼视他道："你才气不如我，却他妈暴得大名！"说罢，操起身边的蜡烛朝周顗扔去。周顗也没生气，笑了笑说"你用火攻，真是下策啊。"

现在的人多缺乏雅量，听到别人议论自己文章有错别字就恼羞成怒，甚至嚷着要上法庭，这让很多事情流于无趣了。

杨大眼行状

杨大眼是北魏时期的传奇将领。其祖父杨难当为武都（在今甘肃东南）一带的氐族首领，后来投降了北魏。到杨大眼这一代，家道败落，加之他是侧室所出，在家族中地位卑下，日子过得很是窘迫。《魏书·杨大眼传》描述他当时的处境是"不为宗亲顾待，颇有饥寒之切"。

杨大眼天赋武人的材料，"少有胆气，跳走如飞"。这样的人在天下动荡、拳头决定公理的时代，若不出人头地上苍都不答应。五世纪下半叶，北魏皇帝元宏欲征伐南朝，在天下招买兵马。杨大眼前往应征。招聘官李典问他有何专长，杨大眼说："俺给您露一手吧。"说罢就掏出一根三丈多长的绳子，系到后脑勺的发髻上，随即撒腿奔跑。很快，脑后的长绳飘拂起来，绷为直线，与地面平行。"绳直如矢，马驰不及，见者莫不惊叹。"如此迅捷的速度把众人惊呆了。李典连连称叹："千载以来，未有逸才若此者也。"于是，杨大眼当上军官。

辉煌的人生马上开幕，功名富贵指日可待。军官杨大眼对昔日的穷弟兄们作了简短告白："吾之今日，所谓蛟龙得水之秋。自此一举，不复与诸君齐列矣。"以今天的话说就是——俺大眼今天可得着机会啦。从今以后，俺再也不和你们整天一起瞎胡闹啦。哥几个，就此别过。

从此，杨大眼开始了军旅生涯。戎马倥偬、刀枪剑戟，昔日的穷小子，转瞬间成为威名赫赫、令敌人闻风丧胆的大将军。在当时淮河汉水流域，小孩子啼哭，家长都会威胁说："杨大眼来了！"孩子听后马上就不哭了。就像当今吓唬幼童说狼来了一样。杨大眼担任荆州刺史时，常常扎制草人，给草人穿上青布衣服，然后弯弓搭箭，向草人发射。当地的少数民族经常叛乱，杨大眼就召集部族头领集会。人聚齐后，他不说话，操起弓箭向草人频频射去，箭不虚发。射箭完毕，他对头领们说："你们他妈的胆敢造反，老子就这样射死你！"境内山中有老虎祸害百姓，杨大眼闻听后，独自到山里搜寻，将老虎捕获，砍下脑袋悬在柱子上。吓得当地部族再也不敢闹事了。

杨大眼的妻子潘氏是豪侠女子，"善骑射"。杨大眼出征作战时，潘氏常到军中探视。两军厮杀，或是外出游猎，潘氏也身着戎装，和杨大眼并肩驰骋在山川原野间。杨大眼在军中与僚佐宴饮，也让潘氏坐在身边，和大家推杯换盏，畅饮开怀。他时时指着潘氏，对众人说："这是咱们的潘将军啊。"在一次与梁国的战斗中，杨大眼兵败，被撤职，发配到营州（今辽宁朝阳）为普通士兵。潘氏没有随行，住在洛阳。杨大眼不在，潘氏就和其他男人胡搞，"颇有失行"。后来，杨大眼被朝廷起用，家人将潘氏"失行"之事告诉了他。杨大眼大怒，把潘氏杀了。

不过，杨大眼对部属倒是很体恤，称呼士兵为"儿子"，看到士兵受伤，他会"为之流泣"。杨大眼没受过教育，他常让人给他读书，自己坐在旁边听，书里的内容，他能全部记住。军中发布通令，都由他口述，虽然不识字，但文告都通顺晓畅。后世称杨大眼这种读书法为"耳读"。

其实，杨大眼的眼睛并不大。有一个梁国人，从南方投降过来，见到杨大眼后对他说："在南方就听说您的大名，还以为您的眼睛像车轮那么大呢。见了您之后，觉得和平常人没什么不同啊。"杨大眼说："两军对阵，俺双眼怒睁，能吓得你不敢看俺。光像车轮那么大有屁用。"

这就是传奇将军杨大眼的行状。

殷羡父子

东晋的第一个皇帝是司马睿，皇太子诞生后司马睿盛排燕宴，遍赏群臣。殷羡也参加了这次宴会，席间他对司马睿说："皇子诞生，普天同庆。不过这事我也没立什么功，却腆着个脸来出席宴会，还接受了你那么多的厚赏，真是叫我不好意思。"司马睿笑着对殷羡说："老殷，这种事要是让你立了功，那不就坏了嘛！"

后来殷羡出任豫章太守。临行之前，京城的人托他给在豫章的亲友带信，结果是张也托，李也托，殷羡要带的信有一百多封。上船后殷羡把这些信全部拿了出来，面朝苍天，神色肃穆，口中念念有词道："沉者自沉，浮者自浮，俺殷羡才不给你们当邮差呢！"说罢就把这些信都给扔到了江中，然后扬帆上任去了。

殷羡在历史上并没有多大名气，不过他的儿子殷浩倒是颇有些名头。殷浩是东晋有名的清谈人物，一次有人问他："要升官的时候却梦到了棺材，要发财的时候却梦到了大粪，这是怎么回事？"殷浩回答说："做官本来就是桩腐臭的事，所以要当官的时候就会梦见尸体；发财本来就是桩肮脏的事，所以要发财的时候就会梦见粪便。"当时人们都把殷浩的这个回答作为名言，四处传播。

这个清谈家并不满足于口舌上的本事，他一直想干一番惊天动地的伟业，历史就给了他这样一个机会。公元346年，殷浩出任扬州刺史，随即又被任命为中军将军，都督扬、豫、兖、徐、青五州军事。大权在握，殷浩慷慨激昂，马上上书朝廷，请求北伐，解北方劳苦人民于倒悬。不过出征前发生的一件事情却让大家伙觉得不是很妙，《晋书》是如此记载他的："将发，坠马，时咸恶之。"眼见就要出发了，主帅却从马上掉了下来，这不能不让将士们心里犯嘀咕。

堂堂的三军主帅，岂能因落马而气馁。殷浩还是督率大军，越过淮河，准备和占据中原的氐族人苻坚决战，一雪国耻。结果事与愿违，最终殷浩丢盔弃甲，众叛亲离，魂飞魄散地跑了回来。

殷浩的失利可让他的政敌桓温逮着了机会，马上上书朝廷，要求法办这厮。结果殷浩被废为平民，来到今天的浙江衢县。到了衢县后，殷浩一天到晚地用手指头在空中写字，周围人莫名其妙。偷偷观察，发现他写的是"咄咄怪事"四个字。殷浩的"咄咄怪事"写了没几年就死了，不过却为后世留下了"咄咄书空"这个典故。

脾气不好的人

1927年7月，鲁迅在广州作了《魏晋风度及文章与药及酒之关系》的演讲，他说："晋朝人多是脾气很坏，高傲，发狂，性暴如火的……"观览当时材料，这样的例子委实不少。

有个叫王述的人，曾在宰相王导手下工作。那时候的官府中人，都以不务正业为时尚，上班时常常谈论一些哲学、逻辑、宗教方面的问题。王导原本就是爱好学问的人，再加上权高位重，每每他话音刚落，就会博得一片叫好。一次，大家刚为王导喝了个彩，王述就火了，他奋力将手中杯子摔向地板，呐喊道："你也不是什么尧舜，怎么你说什么大家都说好！这太扯淡啦！无聊！"一场哲学探讨就这样被王述给搅黄了。

还有一次，王述在家吃鸡蛋，他想用筷子去叉鸡蛋，可叉了几次都没叉着。王述即刻勃然大怒，抓起鸡蛋就扔到了地上。奇怪的是，鸡蛋不仅没摔碎，还在地上滴溜溜打转。王述恼羞成怒，飞身从床上跳了下来，抬脚踩向鸡蛋。天不遂愿，王述这一脚竟没踩着。这可把王述给气死了，他弯身捡起了鸡蛋，囫囵个塞进嘴里，猛烈咀嚼着，随后把嚼碎的鸡蛋奋力向前方吐去。

支遁是东晋的高僧，住在会稽，他每年都要来到京城建康，会会老朋友，讨论一下佛学心得。有一次，支遁要回会稽，高官们都来为他送行。一个叫蔡子叔的先到了，他坐在距离支遁较近的座位上。过了一会儿，谢万来了，谢万是谢安的弟弟，他的位子距离支遁稍微远点。中间，蔡子叔或许是要上厕所，离开座位出去了，谢万就坐到了蔡子叔的位子上。蔡子叔回来，看到自己的位子让谢万占了，二话不说，上前把谢万从座位抱将起来，狠狠摔到了地上，然后坦然自若地坐了下来。

谢万狼狈地从地上爬了起来，帽子掉了，衣服也擦破了。可他并没有生气，只是拍打了一下衣服上的尘土，捡起帽子，端正戴好，然后走回自己的座位坐下，小声对蔡子叔说："你这人真怪，差点把我的脸给弄伤了。"谢万声音刚落，蔡子叔声如炸雷般对谢万道："我本来就没考虑你的脸面！"

清朝张英的《渊鉴类涵》里，也记录了一则类似故事：三国魏时，一个叫王思的人，一天在家写信，一只苍蝇总落在他的笔端，轰走了又回来，轰走了又回来。王思大怒，拔出剑来，要刺杀苍蝇，结果直追到大街上，也没刺着，王思空吃了一肚子的气。

语言问题

　　中国民族众多，各民族都有自己的语言，魏晋南北朝为民族冲突与融和的加剧时期，所以语言问题尤为显著。

　　西晋亡后，匈奴、鲜卑、羯、氐、羌五族先后在北方建立政权，史称此五族为五胡。羯族人石勒建后赵国后，一天，一个醉汉骑马闯入石勒寝宫。石勒大惊，训斥卫兵道："帝王宫禁，哪是什么人随便进来的！刚才进来那人是谁？你为什么不制止？"卫兵道："我告诉那醉汉这是禁地，不能随便进。可他是外族人，听不懂我的话啊。"石勒听了笑道："哎，语言不通，没办法。"

　　北方有语言交流问题，南方也有。汉人自中原流徙南方后，也面临与南方少数民族的交流难题。《世说新语·言语篇》中有这样一则："王仲祖闻蛮语不解，茫然曰：'若使介葛卢来，故当不昧此语。'"蛮语即南方少数民族语言，介葛卢为春秋时期介国的国君，《左传》中记载他能听懂牛的语言。王仲祖不通当地民族语言，因此希望介葛卢再生，做他的翻译。

　　西晋武帝时，为加强对西南少数民族管理，设"南蛮校尉"一职，东晋延续。桓温担任南蛮校尉时，手下有名叫郝隆的参军，是个有趣的人。当时有习俗，每年七月七日，读书人都要把家中的书拿到室外晾晒，以防发霉。到了这天，家家晒书的时候，郝隆赤身裸体地躺在外面，任由太阳抚慰。人问其故，他答："我也在晒书啊。"

郝隆担任南蛮校尉后，有一天，桓温召集属下饮酒赋诗。郝隆因为不能作诗被罚酒，几杯下肚后，郝隆揽笔写下这样的句子："娵隅跃清池。""娵隅"音为居余，桓温不解其意，问郝隆："娵隅是什么东西？"郝隆答："蛮语把鱼叫娵隅。"桓温说："作诗怎么可以加进蛮语！"郝隆答："我千里迢迢地来做你的南蛮参军，怎么能不学学蛮语。"看来郝隆当时是通西南民族语言的。

语言是交流的工具，共同的语言可以缩短内心的距离。有一次，丞相王导盛宴宾客，席间推杯换盏，其乐融融。唯独几位来自印度的僧人，因语言不通闷闷不乐。王导走到僧人面前，弹指说道："兰阇。兰阇。"于是众僧笑了起来，气氛欢洽。

弹指是佛家的规矩，与人交谈前弹击手指，表示礼貌。"兰阇"为梵语寂静安详的意思，佛家认为人只有静处，远离喧嚣，才能获得智慧。余嘉锡在《世说新语笺疏》中分析王导此话寓意时说："盖赞美诸胡僧于宾客喧噪之地，而能寂静安心，如处菩提场中。然则己（指王导）之未加沾接者，正恐扰其禅定耳。群胡意外得此褒誉，故皆大欢喜也。"这种诠释可谓中肯。

哲学家钟会

钟会是钟繇的儿子。他和哥哥钟毓打小就聪明，远近闻名。

有一次，钟繇大白天在家里睡觉，发现哥俩悄悄地跑到自己屋里偷酒喝。钟毓喝酒前要拜上三拜，钟会则根本不拜。事后钟繇问钟毓，喝酒前你怎么还要拜呢？钟毓回答："喝酒要遵守礼节，哪能不拜。"问钟会，则说："偷酒喝本来就是见不得人的事，还拜什么拜。"

魏文帝曹丕也听说了钟会兄弟的名声，就让兄弟俩来宫中见个面。二人来到宫中，曹丕看钟毓紧张得出汗了，就问道："你脸上怎么那么多汗？"钟毓马上答道："战战惶惶，汗出如浆。"又问钟会："你脸上怎么没汗呢？"钟会回答："战战栗栗，汗不敢出。"兄弟俩机智的回答赢得众人喝彩。

当时嵇康在文化人中名气挺大，言谈举止很另类，钟会就想去见见他。

钟会来到嵇康家，嵇康正在门前的大柳树下舞着大锤打铁。他的好友、哲学家向秀在一边帮他拉风箱。看钟会来了，嵇康也没打招呼，仍然挥舞铁锤，叮叮当当地敲个不停，旁若无人。

过了很久，嵇康一句话也没说，向秀一句话也没说。钟会讨了个没趣，觉得实在没有待下去的必要，就扭身走了。这时嵇康发话了："何所闻而来？何所见而去？"钟会听到嵇康的话，并没有停下脚步，只是说："闻所闻而来，见所见而去。"然后离开了。

在嵇康那儿碰了一鼻子灰后钟会并不死心，因为他觉得自己也是有思想的人，他一定要在精神上战胜嵇康。

用了几个月的时间，钟会在家写了本书，叫《四本论》。这是本论述"德"与"才"哪个重要、是否有关系的书，当时魏国思想界在这个问题上分歧很大。钟会觉得自己的这本书很有见地，实在有必要广泛宣传。

钟会想到的第一个人就是嵇康，他觉得此书如果能得到嵇康的首肯，今后的发行量肯定没有问题，所以就捧着这本书去找嵇康。还没到嵇康家，钟会就感到自己的两腿有些发软，嵇康那副尖刻深邃的样子实在叫他打怵，令他心里发毛。不知不觉间嵇康家已经到了，钟会站在门前，停顿片刻后，用力把书从墙外扔进院内，随即撒腿就跑。

在中国，思想家的斗争也刀光剑影，先是钟会罗织罪名把嵇康杀了，后来是钟会在四川谋反让别人杀了。

政治家王导

"南渡衣冠少王导，北来消息欠刘琨。"此句出自李清照。诗中的王导为东晋开国第一人，他是"二十四孝"故事中"卧冰求鲤"的主人公王祥的侄孙，还是书法家王羲之的堂叔。

预言家总会为伟人的未来发出谶语。当开国宰相王导还是少年的时候，一位叫张公的老人就说："此儿容貌志气，将相之器也。"

为了不让张公这番话流于虚妄，王导长大后就真去做了宰相。

西晋末年，天下板荡。王导当时在琅琊王司马睿那里做幕僚，司马睿驻镇的下邳在今天的江苏北部，濒临中原，外无屏藩，一旦异族进犯，即可长驱直入。王导就向司马睿进言，移镇建业（今南京），依托长江天堑，防范北方胡人侵扰。

司马睿采纳了王导的建议，公元307年，司马睿把驻军迁到长江以南的建业。

当时北方还有皇帝，司马睿又是皇室的旁支，因此江东士族对司马睿很不重视，于是王导和他的堂兄王敦就策划了一次活动。三月三日是上巳节，男女老幼都要去河边修禊祈福。王导让司马睿坐着轿子，神态保持肃然，王导、王敦一干人等骑马尾随其后，庄重肃穆。队伍前后还有仪仗，威风凛凛的。建业的百姓让这个场面给唬住了，争相驻足观望。纪瞻、顾荣都是当地世家大族的头面人物，也夹在人群中张望。他们看到王导、王敦这样的人物都跟在司马睿后面，第二天就跑到司马睿驻地去拜谒了。

司马睿登基做了皇帝后，非常感激王导，动不动就像项羽称范曾"亚父"一样，称他"仲父"，有时还激动地说："卿，吾之萧何也。"一次群臣聚会，司马睿死活要拉王导和他一起坐在御床上，王导不去，司马睿就拼命拉扯，弄得王导很尴尬，笑着说："若太阳下同万物，苍生何由仰照！"司马睿这才放弃。

王导喜好老庄哲学，是京城哲学沙龙的领袖，动辄就邀请一些人研讨哲学逻辑问题。受老庄无为思想影响，王导的为政方针是——镇之以静，群情自安。

左传癖

西晋人杜预酷爱《左传》，不管走到哪儿，都要随身携带。他写过一部《春秋左氏经传集解》，为现存最早的《左传》注书。当时有个叫王济的人喜欢马，被人称为"马癖"；有个叫和峤的人爱钱，被人称为"钱癖"。有一次皇帝司马炎问杜预："你有什么癖啊？"杜预回答："我有'左传癖'。"于是后世就以"左传癖"称谓杜预了。清代学者阮元印行《十三经注疏》，其中《左传》一书的注用的就是杜预的。

杜预生于公元222年，卒于284年，经历魏晋两代，是当时著名的政治家、军事家和学者。除了"左传癖"外，杜预还有个绰号叫"杜武库"，意思是说他胸中富于谋略，有治国安邦的才智。西晋建国后，杜预参与了国家法律的制定。他认为法律是判案的标准，不是穷理尽性的烦琐条文，所以应"文约而例直，听省而禁简"。意思是法律条文要简明晓畅，便于理解遵守。他还首次阐明"律"与"令"的界限，指出"律"是固定性的制度，"令"是暂时性的规范。杜预的法律思想在中国法律史上具有重要地位。

《三国演义》第一百二十回为"荐杜预老将献新谋，降孙皓三分归一统"。公元278年，西晋主张灭吴的总策划者老将羊祜病危，皇帝司马炎去他家中探望，书中如此描述："（司马）炎至卧榻前，（羊）祜下泪曰'臣万死不能报陛下也！'炎亦泣曰：'朕深恨不能用卿伐吴之策，今谁可继卿之志？'祜含泪而言曰：'臣死矣，不敢不尽愚诚。右将军杜预可任，须当用之。'"说罢羊祜就死了。羊祜死后，司马炎任命杜预为镇南大将军，出镇襄阳，开始伐吴准备。当时吴国镇守西陵（今湖北宜昌境内）的是名将张政，在张政没有准备的情况下，杜预发兵突袭西陵，吴军大败。张政败后觉得很耻辱，就对朝廷隐瞒了此事。结果杜预实施离间计，把俘获的吴国俘虏名单及人数通知了吴国皇帝。吴帝知道后大怒，立即撤换了张政，吴国的防卫力量因此大大削弱。第二年，杜预两次上书皇帝，建议从速攻吴。公元280年，西晋二十万大军兵分六路，大举伐吴。用了两个月时间，吴国即告投降了。

　　杜预在灭吴之役中立下大功。吴亡后，他仍然驻守襄阳，在这里，他修武备，兴学校，建水利，造福百姓，于是他又获得了另外一个绰号"杜父"，意思是他像父亲一样关爱百姓。

　　杜预年轻时说过这样的话："德不可以企及，立功立言可庶几也。"意思是，功德虽不能圆满，但立功立言这样的事我还差不多能做吧。杜预做过很多利国利民的事，也为《左传》作了注，他生怕后世人不知道，就让人刻了两块石碑，上面记载他的这些丰功伟绩。他把一块石碑安放在万山（在今湖北襄阳西北）脚下，一块石碑安放在岘山（在今湖北襄樊南部）山巅。在我看，杜预留给后世唯一有趣的事情就是这个了。

被看死的美男子

他是苍白的。

他出身豪门，从诞生的那一刻起，赞美的声音就围绕着他。在他五岁的时候，他的爷爷——晋国的元勋卫瓘强调："这个孩子与众不同，可惜我年岁已高，不能看着他长大成才。"他的舅舅——皇帝的女婿王济指出："看到我这个外甥，就仿佛光彩夺目的珠宝在我身边，我感到自己形貌丑陋。"

小时候，他坐着羊车走在洛阳的街市，行人为之驻足，市民倾城而出，一睹他的风神秀异。大家称他为"玉人"，这是那个时代对一个男人最高的赞美。

可惜他对这一切没有丝毫的兴趣，他厌烦了这些虚饰的美誉。每当遇到这种情景，他会皱起眉头，垂闭双眼，默默等待安详的光辉照耀灵府。

他追求智慧，还是少年的时候，他问一个叫乐广的人什么是梦？乐广回答，梦就是心中所想。他又问，精神和身体都没有接触的事物也会跑到梦里，怎么能说是心里想的呢？乐广回答，还是有因果关系的，你什么时候梦见自己驾着车子进了老鼠洞，什么时候又梦见自己在吃铁棍呢？乐广的解答并不能让他满意，他冥思苦想，人都憔悴了，以至于患病卧床。

他羸弱多病，但和哲学家们探讨终极问题的时候，他神采飞扬，金声玉振。有个叫王平子的，认为自己超凡脱俗，当世无人可与比肩，可每次听到他的演讲，赞叹不绝，甚至会从座位上摔到地下。

每次这种哲学演讲结束，他都会虚汗淋漓，面色苍白，身体虚脱。他的妈妈为了儿子的健康，严格控制他参加这样场合的次数，如果必须到场，妈妈也陪在他身边，在他激动的时候向他做个手势，让他稳定情绪，尽量减少说话。

后来他的爷爷卷入宫廷政变，一夜之间家中有九口人罹难，他因为和哥哥住在别人家里而幸免。面对变故，这个超脱的人做出生命中的第一次抉择，举家迁往南方。

他先是来到了豫章（现在的南昌），驻守此地的大将军王敦盛情款待了他，在当天晚上举行的探讨玄学的沙龙上，他见到了昔日的好友，现在王敦幕府任职的谢鲲。两人倾心畅谈，探幽寻微，不觉东方既白。

在豫章，他洞悉了王敦的野心，决定离开这里去建业（今南京）。

关于他美貌的传说早就飘荡在建业的大街小巷。现在他就要光临这座城市，怎能不让这个城市心旌摇荡。人们议论着，期盼着，女人们更是穿上了盛装。

他来了，城市沸腾了，人们欢呼着，呐喊着，尖叫着。所有的目光，无数的目光，都在投向他。

他面容枯槁，低垂着头，最后他死了，史书上说他是被看死的。

这个美男子叫卫玠，死时二十七岁，和唐代的天才王勃一般大。他为后世留下了"看杀卫玠"的典故。

变形记

　　"一天早晨，格里高尔·萨姆沙从不安的睡梦中醒来，发现自己躺在床上变成了一只巨大的甲虫。"这是奥地利作家卡夫卡的小说《变形记》的开头。《变形记》作于1912年12月。

　　中国东晋时，干宝编撰了一部名为《搜神记》的志怪小说，其中也有人变动物的故事。卷十四有这样一则：

　　　　魏黄初中，清河宋士宗母，夏天于浴室里浴，遣家中大小悉出，独在室中良久。家人不解其意，于壁中穿窥之，不见人体，见盆水中有一大鳖。遂开户，大小悉入。（宋母）了不与人相承。尝先着银钗，犹在头上。相与守之啼泣，无可奈何。意欲求去，永不可留。视之积日，转悔，自捉出户外，其去甚驶（急速），逐之不及，遂便入水。后数日，忽还，巡行宅舍，如生平，了无所言而去。

　　这是一个妇人变形为鳖的故事。此事还见于《晋书·五行志》和《宋书·五行志》，不过二书记载简略，只是说："魏黄初初，清河宋士宗母化为鳖，入水。""黄初"为魏文帝曹丕年号，时间在公元 220 年至 227 年。《晋书》《宋书》都将这则故事记在《五行志》的《人痾》篇中，所谓"人痾"，即稀奇古怪的人事，如人变动物，男变女，女变男，人死复生等怪力乱神的事情。在当时人的观念中，"人痾"预示着不祥之兆。

从古至今，中国人都有"天人合一"的思维，认为天道与人道相同，喜欢拿自然现象来比附人事。发生地震，出现流星，都会被看作人世灾难的前兆。同样，人们也把"人痾"的出现作为人世的不祥征兆。《晋书·五行志·人痾》篇中即有这样的记载：晋惠帝时，会稽有个叫谢真的人，生下一个孩子，"头大而有发"，脚掌上翻，既有男性生殖器官，又有女性生殖器官。孩子刚生下一天，就死了。当时，人们把这件事看作是皇帝虚弱，犯上作乱的前兆。结果不久，"八王之乱"就爆发了。

从《变形记》文本中看，奔波、疲惫以及家庭重负是年轻推销员格里高尔由人变为甲虫的根源。自社会背景看，格里高尔的变异，源自人类所创造的文明对人本身的奴役，当社会整体所认同的价值观束缚挤压活生生的个体时，社会的病症就随之产生了。20 世纪前期，爆发了第一次世界大战和第二次世界大战，同时，也诞生了西方现代派艺术。从那时至今，所有艺术领域都在表现人类个体与文明社会之间的对立以及由此而衍生的人性扭曲、荒诞、无奈和困惑等现象。

卡夫卡被奥地利文学评论家费歇尔誉为"是继承了阿里斯托芬、拉伯雷、斯威夫特等人的光荣行列的、幻想讽刺作品的杰出大师"，他以西方人特有的睿智，创造了一个工业文明社会中，人变甲虫的形象。若以中国人的"天人合一"思维看，卡夫卡笔下的格里高尔，就是当今西方文明中的"人瘸"。

父母于子女无恩论

《三字经》中有"融四岁，能让梨。弟于长，宜先知"的句子，说的即是"孔融让梨"的典故。《增广贤文》中，"座上客常满，樽中酒不空"也出自孔融之口。在中国史籍典章中，记述孔融的主题词多与聪慧、旷达、傲慢、刻薄相关。

孔融是孔子的第二十代孙，生于公元 153 年，卒于公元 208 年。他是被曹操杀死的。曹操在判处孔融死刑的《列孔融罪状令》中，陈述孔融的罪行是"违天反道，败乱伦理。"《后汉书·孔融本传》记载，孔融曾与好友祢衡议论说："父之于子，当有何亲？论其本意，实为情欲发耳。子之于母，亦复奚为？譬如寄物甄（一种瓦罐）中，出则离矣。"以现代汉语翻译，这段话的意思是："父亲对于儿子，有什么亲情可言，论其生子的本意，不过是发情的结果。母亲对于儿子，又做了什么呢？就像东西存放在瓦罐里，东西出来了，与瓦罐也就没什么关系了。"说穿了就是——孩子无非是父母发情的产物。

这就是后世"父母于子女无恩论"的由来。

实际上，"孩子是父母发情的产物"最早出于东汉王充之口。王充在《论衡》中说："夫天地合气，人偶自生也。犹夫妇合气，子则自生也。夫妇合气，非当时欲得生子，情欲动而合，合而生子矣。"今人李敖追捧"父母于子女无恩"的说法，作《孔融"父母于子无恩论"申义》一文，把古今中外能够证实"父母于子女无恩"的材料搜集起来，洋洋洒洒，颇为可观。

胡适也是"父母于子女无恩论"的推行者，他曾经说："我们糊里涂地替社会上添了一个人，这个人将来一生的苦乐祸福，这个人将来在社会上的功罪，我们应该负一部分的责任。说得偏激一点，我们生一个儿子，就好比替他种下了祸根，又替社会种下了祸根。他也许养成坏习惯，做一个短命浪子；他也许更堕落下去，做一个军阀派的走狗。所以我们'教他养他'，只是我们自己减轻罪过的法子，只是我们种下祸根之后自己补过弥缝的法子。这可以说是恩典吗？"

挪威剧作家易卜生有一出话剧名为《群鬼》，父亲阿尔文荒淫纵欲，死于花柳病。儿子欧士华受其遗传感染，最终也发病身亡。剧中有这样的对白——牧师对阿尔文的夫人说："一个孩子应爱敬他的父母？"阿尔文夫人问："欧士华应该爱敬阿尔文先生吗？"就像儒家宣扬的"父为子纲"一样，基督教也有孩子必须敬爱父母的信条，胡适对此怀疑道："假如我染了花柳毒，生下儿子又聋又瞎，终身残废，他应该爱敬我吗？"

依我看，胡适的本意并非是说父母于子女无恩，他只是质疑父母要求子女报恩是否合理而已。将来要生孩子的男女们，希望也想想"父母于子女无恩论"这一说法。

豪客石崇

石崇出身豪门，他爸石苞是西晋的开国元勋。史书记载石苞"容仪伟丽，不拘小节。"许是遗传的缘故，石崇过的也是"任侠无行检"的生活。

有个叫王恺的人，是皇帝司马炎的舅舅。他一直和石崇叫板，在车马呀、住房呀、服饰等方面与石崇攀比，开展友谊竞赛，结果往往是王恺输给石崇。贵为一国之尊的司马炎，看着自己舅舅在石崇面前丢面子很恼火。一次，有人向他贡献了一棵珊瑚树，树高两尺多，枝条扶疏，为世上罕见的珍品，司马炎就把它送给了舅舅，想让舅舅在石崇那里露露脸。

王恺来到石崇家，话也没说，就让下人把珊瑚树抬到石崇面前，心想："让你丫一天到晚扛着牛叉在我面前左右晃，这回傻叉了吧。"没承想石崇只扫了一眼，没有发话，突然举起手中铁如意啪啪两下，把珊瑚树给砸碎了。

瞬间的变化令王恺愤怒得声色俱厉。石崇这时若无其事地对王恺道："我还给你就是。"说罢让下人把家中的珊瑚树都搬了出来，石崇家光三尺以上的珊瑚树就有六七棵，观赏程度也比王恺的那棵强多了。王恺看后，眼睛差点飞了出来。

石崇在洛阳郊外的金谷建造了豪华别墅。别墅的厕所安排十位侍女服务，侍女都衣着华丽，穿金带银，厕所里还摆放着各种香水和化妆品。客人用毕，仕女们会帮助客人换上准备好的新衣服，然后把脱下的旧衣服浆洗，在客人告别前给送到车上。有些土鳖客人被这场面给唬住了，羞羞答答的，连厕所都不敢上。

石崇经常在自己的别墅举办大型宴会，每次宴会，石崇都让家里豢养的美女给客人敬酒。如果客人不喝，石崇就下令家中武士把美女腰斩。有一回，后来担任东晋宰相的王导和他的堂弟王敦出席了石崇的宴会。王导一向不善饮酒，石崇却命令美女为王导劝酒，仁厚的王导知道石崇家的规矩，就一杯接一杯地喝，以致酩酊大醉。到了王敦这里，不管美女如何劝，王敦就是不喝，结果石崇连续腰斩了三个美女。

腐败分子的钱财多来路不正。石崇在担任荆州刺史的时候，指使手下劫掠往来荆州的客商，暴敛了巨大财富。

熟悉文学史的人都知道，石崇还是个文人。录几句他写的诗："终日周览乐无方，登云阁，列姬姜，拊丝竹，叩宫商，宴华池，酌玉觞。"一派奢靡气象。

鸠摩罗什

公元 260 年，三国魏人朱士行西行取经，到达于阗（今新疆和田县）。此后，从中原，经河西走廊、西域，越过葱岭，直至天竺（今印度），在这条漫漫长路上，行走着追寻佛国真谛的信徒。鸠摩罗什，就是这长路上的伟岸行者。

鸠摩罗什，天竺人，生于公元 334 年。其祖辈为天竺国国相，父亲鸠摩罗炎"聪懿有大节"，即将继任相位时，他离开天竺，来到了龟兹国（今新疆库车）。龟兹国王知道鸠摩罗炎的名声，聘他为国师。这时，国王的妹妹爱上了他。《晋书·鸠摩罗什传》云："王有妹，年二十，才悟明敏，诸国交聘，并不许。及见炎，心欲当之；王乃逼以妻焉。"于是，就有了鸠摩罗什。史籍中说，母亲在怀鸠摩罗什时，智慧大增，甚而无师自通了天竺语。一位僧人告知她，这是怀有智慧孩子的前兆。

鸠摩罗什七岁时，母亲带着他出家，游历各地。鸠摩罗什初学小乘佛学，后来研习《中论》《百论》《十二门论》等大乘佛典，声誉遍及四方。"西域诸国咸伏罗什神俊，每至讲说，诸王皆长跪座侧，令罗什践而登焉。"

此时，在中国北方，氏族人苻坚继位。鸠摩罗什的盛名已传入苻坚耳中，一天，占卜者告诉苻坚："在西部边陲，出现一颗耀眼的星星。看来，一位大德之人要来辅助你了。"苻坚问："我听说西域有一个叫鸠摩罗什的高人，莫非是他吗？"这样的对话，今人看来似不能信，但那时人是相信这些的。

公元382年，苻坚派大将吕光领兵七万，进攻龟兹。临行前，苻坚叮嘱吕光："若获罗什，即驰驿送之。"

吕光攻下龟兹，获得了鸠摩罗什。吕光西征之时，苻坚率军攻打南方的东晋，"淝水之战"，苻坚大败，仓皇回到长安。公元385年，苻坚被羌族人姚苌所杀。而此时，吕光正带着鸠摩罗什，行走在回长安的路上。在姑臧（今甘肃武威），吕光闻知姚苌占领长安的消息，就盘踞当地，建立了后凉王朝。鸠摩罗什也居住下来，时间达十八年。期间，他通晓了汉语。现武威市内有鸠摩罗什寺，即为纪念他经留此地所建。

姚苌为后秦王朝的缔造者。姚苌死后，其子姚兴继位。姚氏父子均为佛教信徒，公元401年，姚兴出兵击败后凉，迎接鸠摩罗什来到长安。姚兴迎接鸠摩罗什，目的是翻译佛经。鸠摩罗什之前，佛经翻译多不系统，加之译者不精梵文，对佛教词汇概念理解不深，译出的佛经往往流于朴拙粗劣。鸠摩罗什精通梵文和汉语，于佛教造诣深湛，所以，译文契合佛教经典的精义。此外，他的翻译多采用意译，避免了直译的生硬，具有汉语的阅读趣味，奠定了中国佛经翻译文学的基础。

鸠摩罗什在长安主持译经，姚兴指派八百多僧人襄助。译出《法华经》《维摩经》《中论》《百论》《十二门论》《大智度论》等佛经，据《大唐内典录》统计，共计98部，425卷。

鸠摩罗什圆寂前，曾对人说："我翻译了许多经典，可我不知道它们的文义是否正确。若是正确的话，我焚身之后，舌不焦烂；若有错误，舌乃焚烬。"公元413年，鸠摩罗什圆寂。身体焚烧之后，"薪灭形碎，惟舌不烂"。

今西安户县圭峰北麓有草堂寺，是当时鸠摩罗什主持翻译佛经的场所。寺内有鸠摩罗什舍利塔，为安放鸠摩罗什舍利之地。

陆步轩是隐士

中国古代的读书人，除了做官，再干什么都不体面。《儒林外史》中的范进，因为没有做官，经常被他岳丈胡屠户批嘴巴，斯文扫地。一旦中举，胡屠户立刻称他是天上的文曲星下凡。百姓对读过书的人都充满期许，觉得他们该成为"肉食者"，如果超出此类，大家就百思不解。北大中文系有个陆步轩，毕业后回家卖肉去了，多年后陆氏的行状暴露，全国炸了窝，忿忿说不该如此，好像陆屠户天生就该是陆老爷。

乱世或者易代之际，对古代读书人来说，出处进退都是难事。急于干进，容易招来杀身之祸，厕身巷陌，又不愿与俗人为伍。进退皆忧，有人索性就去做了隐士。

《晋书》卷九十四为《隐逸》列传，凡三十八人，都是隐士，大文人陶渊明的生平也给搁在这里。

有人的地方就有左中右，隐士们也不例外。有的生来就做隐士，在一个人烟稀少的山上待着，过着与世隔绝的生活。有个叫孙登的隐士，"无家属，于郡北山为土窟居之，夏则编草为裳，冬则被发自覆。"还有个叫瞿硎先生的，姓什么叫什么都不知道，只因为他住的山上有瞿硎，所以名之。有一次，大军阀桓温去造访他，"见先生被鹿裘，坐于石室"，一脸肃然，桓温和手下几十人问他话他也不答。

另一类隐士原本是做官的，因受不了为官的冗琐，动了肝气，就辞职回家隐居了。像陶渊明，上级来督察工作，手下告诉他应该"束带"迎接，他就火了，说："吾不能为五斗米折腰，拳拳事乡里小儿邪！"说罢就回家了。还有的做官的，怕乱世的时候站错队，惹来杀身之祸，就辞去官职，找个僻静地方隐居了。

这些隐士也有共同的地方——他们都读了很多书，肚子里有很多学问，所以每个隐士都有被人访问的遭际，就连藏在山里的孙登也没躲过。嵇康曾和孙登在山上待了三年，孙登也没理他，临别的时候，孙登告诉嵇康："你这人才多识寡，或许会有杀身之祸。"阮籍也去拜访过孙登，见面后孙登也不说话，问问题也不回答。无奈之下阮籍就对他长啸，啸了很久，孙登笑了，说："你再啸一回。"阮籍又啸。啸完后，阮籍下山。突然，山川大作，万籁轰鸣。阮籍回头，原来是孙登在啸。

陆步轩的事迹被披露后，也有很多人去看他，很多人还在媒体上说他应该干这个干那个，唯独不说他就该卖肉。面对众人的评议，陆步轩置之不理。所以，只能说陆步轩是隐士。

乱世狂人

论门第，他生于冠冕赫奕世家。曾叔祖谢安，东晋宰相；祖父谢玄，淝水之战的指挥者。他世袭康乐公，食邑二千户，"性豪奢，车服鲜丽"。论才华，他"幼便颖悟"，博览群书，文章之美，称"江左第一"，每有诗出，"贵贱莫不竞写"，他是中国山水诗歌的开山鼻祖。

正是这样一个人，竟不得善终。四十九岁时，以谋反罪身首异处，弃市广州。

他太狂妄了，曾对世人说："天下才共十斗，曹子建（曹植）占了八斗，我自己有一斗，剩下那一斗，你们大家去分吧。""才高八斗"的典故即出于他口。

他的封地在会稽郡。会稽郡守孟颉精心事佛，他对此很是鄙夷，曾对孟颉说："得道要靠慧根，你升天会在我前面，成佛一定会在我后面。"孟颉为此与他结怨。当他和几个知交裸体纵酒，狂呼大叫后，孟颉就罗列罪名，上报了朝廷。

与天比翼的才华成为他渴慕权力的春药，但诡谲险诈的毒蛇从未盘踞他的心灵。在那个时代，才华与灵性只是帝王权杖上的缀饰。皇帝只把他看作吟诵风月的文士，从没有给他经世格物的机会。每次皇家宴会，他就陪侍左右，谈赏文辞。而他自谓"才能宜参权要，既不见知，常怀愤愤"。于是他开始消极抵抗，常常称病不朝，在家里植花种草，开凿池塘。有时他不辞而别，率领仆役外出游弋山水，动辄十天半月不回。

任诞恣肆使他每每遭到权臣构扇，御用文人的生活黯然了他雄奇的抱负。

他曾出任永嘉（今温州）郡守，永嘉明丽的山水成为他逃遁现实的梦乡。在永嘉，他肆意遨游，每到一地，就以诗歌表达自己的内心，名句"池塘生春草，园柳变鸣禽"即作于此。

在家乡会稽，他每次游历，常有数百名仆役跟随，浩浩荡荡，兴师动众。一次，他率仆役在世袭的南山游荡，遇林开路，见水架桥，不觉间竟进入相邻的临海郡境内。临海太守误为盗贼入境，匆忙带兵抵御，当看到是他在率性出游时，方才释然。

为了登山，他发明了一种木屐，上山时去掉前齿，下山时去掉后齿，成为登山者效仿的工具。数百年后，诗人李白在攀登浙江境内的天姥山时，脚上踏的就是"谢公屐"。

这个怡情山水、放浪狂狷的诗人，虽然没有忘却庙堂的神器，但他也始终不肯奴役自己的灵魂。最后，帝国的荒唐诏书，断送了他的天纵之才。

他就是南朝大诗人谢灵运。

一个丑男子的感慨人生

"貌寝"是容貌丑陋的意思。《晋书·左思传》记载"貌寝，口讷"。相貌丑陋，加之言语木讷，这在魏晋士林注重风姿容止的时尚氛围下，无疑令左思暗地里长吁短叹。

为证实左思的"貌寝"不虚，再引《世说新语·容止篇》中一则故事：当时有个美男子，叫潘岳。一天他手握弹弓，走在都城洛阳的大街上，妇人们看到他，迅速围拢上来，争先恐后向他抛媚眼。此事传到左思耳朵里，他也效仿潘岳，手握弹弓走在街上，结果是"群妪齐共乱唾之"，左思只有"委顿而返"。因容貌丑陋而遭遇如此不幸的人，想必在文明史上是罕见的，所以《世说新语》对他相貌的颁奖词是："绝丑。"言辞可谓一剑封喉，毫不拖沓。

一个相貌难看的人并不见得是一个没有理想的人，左思就是这样的人。他用了十年时间，完成了文学史上闪烁光芒的《三都赋》，为创作此赋，他在家中院子里，篱笆上，甚至厕所内，都放置了纸笔，一有灵感就随时记下。

远大的理想总是在现实中遭遇坎坷。这部全文一万零一百一十三字的魏晋第一长赋完成后，竟没有获得时人的欣赏，有人甚而贬低它，这弄得左思怏怏不乐，洛阳街头妇人唾弃的一幕似乎又浮现在他的脑海。无奈之下，他去拜访了当朝高官兼文学家张华，张华看罢，当即断言："此赋可与张衡的《二京赋》媲美！实在是太好啦！"一经大人物品题，"于是豪贵之家竞相传写，洛阳为之纸贵。""洛阳纸贵"的成语就是这么来的。不过，在左思那个年代，文学尚未独立，文章写得再好也赚不了钱，只能是求取功名的手段而已。经国安邦，才是士人唯一正途。在他早期诗中，常见气吞山河的抱负——什么"铅刀贵一割，梦想逞良图。左眄澄江湘，右盼定羌胡"，什么"吾希段干木，偃息藩魏君。吾慕鲁仲连，谈笑却秦军"，无一不是凌烟阁上封侯拜将的煊赫念头。

无奈他实在不是做官的材料。长相不行，说话不行，门第不行，心狠手毒也不行。虽然他妹妹左棻是皇帝的妃子，可当时皇帝有一万多个妃子，估计他连皇帝妹夫的面都没见上，所以他只能发挥特长，专心在家写作发牢骚。他写的"郁郁涧底松，离离山上苗。以彼径寸茎，荫此百尺条。世胄蹑高位，英俊沉下僚。地势使之然，由来非一朝。"不知被后世多少仕途偃蹇、怀才不遇的倒霉蛋向隅吟叹。

一个年轻时志向高远的读书人，历尽岁月沧桑，一腔热血付之东流后，往往会埋藏自己的雄心与志向，转而蔑视权贵，批判现实。怀才不遇的他，一直通过文字倾吐内心的块垒。直至后来世道乱了，他患病而死。他死时一定是惆怅的。

竹林七贤

《世说新语·任诞篇》中记载，魏晋时嵇康、阮籍、山涛、向秀、刘伶、阮咸、王戎七人，"常集于竹林之下，肆意酣畅，故世谓'竹林七贤'"。

七贤中人，多是老庄哲学信徒。嵇康称："老子、庄周，吾之师也。"阮籍"博览群籍，尤好庄老"。向秀"雅好老庄之学"，曾作《庄子注》，可惜此书未能流传下来。因热衷老庄思想之故，他们多游离权力之外，唾弃礼法，寄情山水，不以俗事婴心。《晋书》记载，阮籍"任性不羁，而喜怒不形于色。或闭户视书，累月不出；或登临山水，终日忘归。"阮籍还善作"青白眼"，见到喜欢的人，就青眼相对；遇上厌恶的人，则白眼相向。在《大人先生传》一文中，阮籍把痴迷做官的人比作虱子，说："群虱之处裈（裤子）中，逃乎深缝，匿乎坏絮，自以为吉宅也。行不敢离缝际，动不敢出裈裆（裤裆），自以为得绳墨（法则）也。"

嵇康更是游心世外，"越名教而任自然"。他喜欢打铁，家门前有一棵大柳树，清水环绕，每到夏天，他就和好友向秀在树下挥锤锻铁，以为乐事。好友山涛曾邀请他出来为官，他复信拒绝，并与山涛断交。在信中，嵇康述说了自己的人生志趣："游山泽，观鱼鸟，心甚乐之。一行作吏，此事便废，安能舍其所乐，而从其所惧哉！……今但欲守陋巷，教养子孙，时时与亲旧叙离阔，陈说平生，浊酒一杯，弹琴一曲，志已毕矣。"

魏晋是乱世，作为政治的附庸，读书人多因自己立场与统治者相忤而亡于非命。为了全身，他们常通过纵酒以避世。《晋书》中说，司马昭曾为儿子向阮籍求婚，"（阮）籍醉六十日，不得言而止。"有人向他咨询时事，想借此加罪于他，阮籍"皆以酣醉获免"。阮籍和阮咸为叔侄，他们在一起喝酒时，不用通常的杯子，而是用缸盛酒，众人相向而坐，纵情豪饮。一次聚众喝酒时，家中的猪也凑到缸前饮酒，他们也不在意，同猪一起喝了起来。阮籍母亲去世，出殡前，他蒸了一头乳猪，喝了两斗酒。诀别时，他呐喊一声："穷矣。"继而吐血，委顿良久。

刘伶更是纵酒放达的另类。他曾酣醉后在家中赤身裸体，别人看到后讥笑他。刘伶反驳道："我把天地当作房子，把房子当作我的衣裤，你们怎么跑到我的裤子里来啦？"

其实，"竹林七贤"之说并不准确。七人当中，嵇康、阮籍是文人，在他们传世的作品里，并无"竹林"的记载。山涛、王戎在思想行为上也与老庄哲学不符。山涛曾任吏部尚书，王戎做过司徒，这在当时均为高官。王戎还是贪鄙悭吝之人，女儿出嫁时曾向他借钱，女儿回到娘家省亲，他毫无喜色，直至女儿把钱还给他，他才露出笑容。

"竹林七贤"的说法，最早见于东晋文人袁宏的《名士传》。在《名士传》中，袁宏称上述七人为"竹林名士"。时人谢安对这种说法并不认同，认为袁宏不过是道听途说而已。今人陈寅恪，在其《陶渊明之思想与清谈之关系》一文中，也对把七个思想性格不同的人相比附，提出了质疑。不过，自东晋"竹林七贤"一说出现以后，它所蕴含的心存玄远、逍遥山林、纵酒放达、不为外物所累的人文精神，倒是一直根植于中国文人的心中。

翩若惊鸿的甄后

她姓甄，名字史书中没有记载。因是魏文帝曹丕的皇后，后世称她为甄后。

在曹丕没有得到她之前，她是袁绍第二个儿子袁熙的妻子。东汉末，袁绍与曹操是中国北方势力强大的军阀。公元204年，曹操军队攻下袁绍占据的邺城（今河北临漳），这样，曹丕与她见面了。

关于曹丕与她的初次见面，有三种文本记载。第一个文本见于《三国志》裴松之注所引《魏略》。邺城破后，曹丕来到袁绍府上，她与婆婆刘氏坐在屋内，看到曹丕，她很害怕，将头伏在婆婆膝上。曹丕说："刘夫人云何如此？令新妇举头。"刘氏让她抬起头，曹丕凝视，"见其颜色非凡，称叹之"。曹操获悉此事后，就让曹丕娶了她。第二个文本见于《三国志》裴松之注所引《世语》。邺城破后，曹丕来到袁尚（袁绍第三子）府上，她披发垢面，流泪站在刘氏身后。曹丕问此人是谁，刘氏答："是袁熙的老婆。"这时，她"顾揽发髻，以巾拭面，姿貌绝伦"。曹丕走后，刘氏对她说："不忧死矣。"随后曹丕娶了她，宠爱非常。第三个文本见于《世说新语》。邺城破后，曹操下令迅速找到她，左右禀告曹丕已将她带走。曹操叹道："今年破贼，正为奴（她）！"

三个文本都或明或暗叙述了她的绝伦容貌。第三个文本透露，攻邺之前，曹氏父子都已闻知她的姿色，并有了掠她为己有的心思。城破后，曹丕抢先得到她，曹操则在儿子抢先后，袒露了他攻城的心迹。第二个文本中，刘氏的"不忧死矣"颇耐寻味，作为女人和局外人，刘氏洞悉男人的弱点。儿媳的美貌成为求生的筹码，而婆媳间的人伦，则在本能重压下荡然无存。

因为美貌，公元204年，她成为曹丕的妻子。这一年，她23岁，曹丕18岁。

公元220年，曹丕称帝，她被立为皇后。从成为曹丕妻子到立后，历时16年，其间她生育一子一女，儿子即后来的魏明帝曹叡。

曹丕登基后的第二年，将她赐死。赐死原因，《三国志》甄后传记载，当时曹丕宠幸别的妃子，"（皇）后愈失意，有怨言。帝大怒，二年六月，遣使赐死。"关于她死后的安葬，裴松之引述《汉晋春秋》说是"披发覆面，以糠塞口"。在古代，死者入殓时，要在口中塞上珠宝食物等，以备阴间享用，这种习俗称为"饭含"。"以糠塞口"，说明她是薄葬，身为皇帝的曹丕，对她已绝情寡恩。

曾经倾国倾城的女人，就这样眠于地下。

曹丕的弟弟曹植，作有《洛神赋》，后世广为传诵。南朝梁昭明太子萧统编撰《文选》时，将此文收入。到了唐代，李善为《文选》作注，在《洛神赋》注中，李善为后世提供了一段凄美哀婉的爱情故事——当时，曹植也爱上了甄氏，并向曹操提出将甄氏许配与他。曹操没答应，许给了曹丕。曹植为此昼思夜想，形容哀毁。甄氏死后，曹植从封地来到京都洛阳，曹丕将甄氏所用的玉镂金带枕送给曹植，曹植睹物思人，失声哭泣。离开洛阳，途经洛水时，曹植在梦中与甄氏相遇，于是就写了《洛神赋》。

　　对李善注释，有人相信，有人怀疑。不过，在哀叹一个红颜香消玉殒时，不妨从曹植的文字中感受甄氏的美丽——"翩若惊鸿，婉若游龙；荣耀秋菊，华茂春松。仿佛兮若轻云之蔽月，飘摇兮若流风之迴雪。远而望之，皎若太阳升朝霞；迫而察之，灼若芙蕖出绿波……"

　　1911年，中国最后一个帝国清王朝灭亡。1924年11月，清王朝最后一个皇帝溥仪搬出紫禁城，居住在天津。1931年8月，溥仪的妃子文绣，向天津地方法院提出与溥仪离婚请求。10月，法院判决二人离婚。此时，距离甄氏被赐死，中国的历史行进了1710年。

没有名字的掌权者

五世纪后叶，在中国北方，一名冯姓女子成为北魏帝国的统御者。像很多古时女子一样，她没留下名字，史家称其为冯太后。

冯氏祖先为北燕国（今辽宁东部）创立者，祖父冯弘是北燕的皇帝。公元436年，北魏第四任皇帝拓跋焘灭北燕，她的父亲冯朗成为北魏的臣子。冯氏生于442年，5岁时，冯朗被皇帝杀害，她被没入宫中。其时，她的姑姑已是拓跋焘的妃子，因血缘之故，姑姑向皇帝请求，将她留在身边抚育，避免了沦为奴婢的命运。

452年，北魏第六任皇帝拓跋濬即位，将冯氏封为贵人。456年，立为皇后。此时，她年仅15岁。美貌，往昔的家世，以及跌宕遭际而磨砺的人情练达，为她今后的煊赫提供了可能。

465年，拓跋濬去世，拓跋弘继任。按照风习，皇帝逝后第三天，要把他的"御服器物"全部烧毁，朝中百官及后宫嫔妃都要在这一时刻哭泣哀悼。面对火焰，冯氏为后世提供了一出意味深长的"行为艺术"范例,《北史》记载:她"悲叫自投火,左右救之,良久乃苏。"这种公众场合的殉夫,自然不会得逞。不过,"投火"之举为她的权力开场拉开了夺人的帷幕。

北魏自创国始,为防止外戚擅权,即有"后宫产子将为储,其母皆赐死"的规定。拓跋弘立为皇储后,其生母李氏即被赐死。拓跋弘登基时年仅12岁,冯氏被尊为皇太后。丞相乙浑以为孤儿寡妇可欺,就阴谋篡位。冯氏获知后,暗自布置,将乙浑杀害。自此,她临朝听政,朝廷"事无巨细,一禀于太后"。

从冯氏的执政经历看,她不失为一个贤明君主。史书说她"性俭素,不好华饰"。"多智,猜忍(多疑冷酷),能行大事。杀戮赏罚,决之俄顷。"尤为可贵的是,她对国家的现实与未来有长远瞻瞩与设计。现世史书所说的"孝文帝改革",就是在她当国时期颁行的。俸禄制、三长制、租调制、均田令等系列变革,对当时的政权建设、人口管理、土地开发、国力强盛都产生了划时代作用,成为后世政治家追奉或借鉴的治国经验。

孝文帝生于467年,是拓跋弘的长子,生母赐死后由冯氏抚养,与她感情深厚。476年,孝文帝即位,封冯氏为太皇太后。冯氏24岁孀居,她的宫闱生活史书也多有记述。拓跋弘在位时,她有一个名叫李弈的情人,李弈"美容貌,有才艺"。冯氏与他情意深厚。后来,二人关系泄露,拓跋弘设名目将李弈杀害。此事激起冯氏极大愤怒，史书称"太后不得意，遂害帝"。476年，拓跋弘中毒身亡，年仅23岁。

孝文帝时期，冯氏有两位情人。一名王睿，一名李冲。史书云王睿为"姿貌伟丽"，云李冲为"姿貌丰美"。不过，二人并非仅以色相取致的男宠，他们还是治国安邦的柱石。王睿通天文卜筮，为政宽简。李冲更是"沉雅有大量"，三长制、租调制就是在他的建议下实行的。以现今话说，他们都是脱离了低级趣味的人，没有因闺房私情影响国家前途与百姓福祉。

现在的山西大同西北50里处有方山，山中有永固陵，为冯氏的陵寝。冯氏卒于490年，许多年以后，唐末诗人温庭筠访问了这里，写下这样的诗句："云中北顾是方山，永固名陵闭玉颜。艳骨已消黄壤下，荒坟犹在翠微间。春深岩畔花争放，秋尽祠前草自斑。欲吊香魂何处问，古碑零落水潺潺。"温庭筠诗词多写闺房之情，文风秾艳。他以为冯氏只是闺房中的柔情女子。其实，完全不是这样。

小怜玉体横陈夜

在拥有冯小怜之前，北齐王朝的皇帝高纬有很多女人。有了冯小怜以后，高纬觉得，世上只有这一个女人。

冯小怜原是高纬皇后穆黄花的婢女，后来，穆黄花把她送给了自己的丈夫。《北史·冯小怜传》说她"慧黠能弹琴，工歌舞"。高纬迷上了她，"坐则同席，出则并马"，还发誓说"愿得生死一处"。从这些文字看，高纬对冯小怜的感情可以说是"爱情"了。

公元576年，北周军队进攻北齐，包围了重镇平阳（今山西临汾）。此时高纬正与冯小怜在外地打猎，闻知平阳被围消息，高纬要率兵增援。冯小怜正在兴头上，要求再玩一阵。小怜娇嗔的目光平复了高纬对国事的焦虑，他继续陪伴小怜围猎。当围猎结束时，平阳城已经陷落了。

高纬率军赶到平阳城下，北周军队正修筑城墙进行抵御。高纬下令挖掘墙基，以使城墙坍塌。目的很快达到了，城墙塌陷，将士们要向城内发起进攻。这时，高纬想到了他的爱人小怜，他希望小怜能看到自己作为一个大丈夫，指挥千军万马，冒着光火矢石攻城略地的壮观场面。为此，他下令暂停攻城，派人通知小怜，请她前来观摩自己指挥攻城的雄壮一幕。冯小怜接到禀告，很是感动，她决定盛装出席这个心跳的时刻，于是开始精心细致地打扮自己。

当小怜一派雍容，光芒四射地出现在高纬身边时，北周军队已将塌陷的城墙修复好了，齐军错失了攻城时机。这个现实让高纬非常惆怅，他不明白，自己精心策划的伟大场面怎么会化为泡影？

高纬没能让自己的爱人目睹攻城的壮举，却等来了北周的援军。仓皇之下，高纬带着小怜逃回首都邺城（今河北临漳）。邺城此时已是四面楚歌，为振作士气，一位大臣劝说高纬检阅部队，鼓舞军心。他还给高纬准备了一篇发言稿，嘱咐高纬在发言时"宜慷慨流涕，感激人心"。结果高纬面对将士时，"不复记所受言，遂大笑"。左右看到皇帝莫名其妙地笑作一团，也跟着前仰后合地大笑起来。下面的将士先是不解地看着台上的皇帝和群臣，继而也嘻嘻哈哈地笑了起来，一哄而散。

最终，高纬和冯小怜成了北周的俘虏，来到了北周的都城长安。在长安，他向周武帝宇文邕请求继续和小怜在一起，宇文邕哈哈大笑，说："朕视天下如脱屣，一老姬岂与公惜也。"小怜又来到高纬身边。

亡国之君的命运终归是可悲的。不久，高纬被杀。冯小怜被赏赐给了周武帝的弟弟代王宇文达，她的美貌和风情再次迷住了宇文达，冯小怜又得到了宠爱。一次，冯小怜弹琴时，一根琴弦戛然断裂。这令她很感伤，就写下这样一首诗："虽蒙今日宠，犹忆昔时怜。欲知心断绝，应看膝上弦。"或许，高纬赋予她的激情是挥之不去的。面对繁华如梦的江山，她只愿享受，不想占有。而这江山的主人，给她带来的却是无尽的幽怨与悲凉。

后来，皇帝怀疑宇文达谋反，将其杀害。冯小怜再度被赏赐给李询，而李询正是宇文达妃子的哥哥。在宇文达宠幸冯小怜时，李询的妹妹受尽冷遇。

接下来的结局可想而知。小怜在李家受尽折磨，最终自杀。

唐代李商隐有《北齐二首》咏史诗，其一为"一笑相倾国便亡，何劳荆棘始堪伤。小怜玉体横陈夜，已报周师入晋阳"；其二为"巧笑知堪敌万几，倾城最在著戎衣。晋阳已陷休回顾，更请君王猎一围"，说的就是冯小怜的事。

妓女皇后

北齐王朝第四个皇帝高湛的皇后胡氏，是一个热衷身体享乐的女人。她为后世留下的名言是——作妓女比作皇后要快乐多了。

高湛有个好朋友，叫和士开。史书称此人机敏伶俐，善弹琵琶，还精于一种名为"握槊"的游戏。而这些，都是高湛所喜欢的。高湛患有哮喘，饮酒过度就会发作。和士开劝说高湛戒酒，高湛不听，为此，每当高湛畅饮的时候，和士开就低着头，默默垂泪，以致哽咽。高湛目睹了他的行为，颇为感动。自此，他们的友谊更加浓郁了。

和士开曾这样对高湛阐述生命的意义："人，终归是要化为灰烬的。贤明如尧舜也罢，暴虐如桀纣也罢，都不过如此。陛下现在正年轻体壮，要及时享乐。国家的事情，让大臣们去操办就行了，您千万别把自己累着。"高湛认同了和士开对人生价值的评判，就把国事交给了他，自己享乐去了。后来，高湛觉得皇帝这个位子也妨碍了他对人生的享乐，就把帝位让给了他和胡氏的儿子高纬，自己聚精会神地享乐，以致他三十二岁就享乐死了。

和士开的价值观也博得了胡皇后的认同。而且，胡皇后与和士开共同实践着这一价值观——她让和士开进入后宫，成为自己的情人。胡皇后获得了性，和士开获得了权力。《北齐书·和士开传》记载，和士开得势后，"富商大贾朝夕填门，朝士不知廉耻多相附会"，很多人还认他作干爹。

在那个时代，女人的享乐总会引起他人的愤慨。胡皇后与和士开的苟合，激起了她的二儿子高俨的愤怒。高俨密谋杀死了和士开。

和士开死后，胡皇后又和一个叫昙献的和尚私通。她送给昙献很多金银财宝，还把皇帝生前的龙床搬到了昙献的禅房。她任命昙献为国家的最高宗教首领，以博取他的欢心。她还"置百僧于内殿，托以听讲，日夜与昙献寝处"。

这回，她的皇帝儿子又坏了她的好事。一天，高纬来看她，侍立在她身后的两个清秀尼姑引起了高纬的兴趣。他将二人召到自己的皇宫，结果发现他们竟是男儿身。高纬下令调查，原来这两人是昙献送来陪侍胡皇后的。高纬很是震怒，下令除掉了昙献。

公元 576 年，北周进攻北齐，胡皇后成了俘虏，被掳掠到北周的首都长安，同时被掠的还有她的儿媳穆黄花。关于二人在长安的行径，蔡东藩《南北史演义》第七十九回有这样的记叙："两人流落无依，竟在长安市中，操着皮肉生涯，日与少年游狎。相传胡氏得陈夏姬术，与人欢会，常如处子。因此张帜平康（长安城中妓女聚居地），室无虚客。穆黄花妖冶善媚，亦得狎客欢心。胡氏尝谓穆氏道：'为后不如为娼，更饶乐趣。'"

胡皇后死于何时，史书无具体记载，只说是在隋朝开皇年间，大约是公元581年至600年之间。她可能是中国历史上唯一一个由皇后改行作妓女的人。

春心莫共花争发

明人陆采写过一出戏，叫《怀香记》，说的是晋时贾午和韩寿的爱情故事。

如果中国召开女性追求爱情表彰大会，贾午姑娘一定会在主席台上就座。

贾午的爸爸贾充是西晋的高官，经常在家召集幕僚开会，英俊青年韩寿也是与会者之一。

每次爸爸主持会议的时候，情窦初开的少女贾午就透过窗户，偷偷向里好奇地张望，当她的目光落在韩寿身上的时候，她的体内急剧产生了变化，犹如洪水漫过她以前的生命，她要像凤凰一样新生！

礼教从来都不是给英雄设的。诞生于豪门，以为可以得到一切的贾午，觉得她生命的全部意义都在于和这个青年在一起，否则生命于她是多余的。所以青年韩寿的形象占据了她所有时空，她寤寐思服，她辗转反侧，她发情的魂魄早已飞出了墙垣，与她的韩郎交合。

她派她的丫鬟去韩寿家。临行前她说："你告诉韩寿，我第一眼就爱上了他，我因为他失眠了，我现在都瘦了。我不能没有他，我要和他在一起。"贾午是一个充满个性的姑娘，她淋漓尽致地表达了她的愿望。

丫鬟把姑娘的话原封不动地告诉了韩寿，热血青年韩寿立刻膨胀了，他斩钉截铁地接受了姑娘的爱情，并定下了当天晚上约会的时间和地点。

以上是韩贾爱情的文学表述。当二人的生命融为一体后，其他人也在静静地关注他们的变化。

首先是贾午，爱情让她容光焕发。或静或动，她都光彩照人，喜悦溢于言表，她欢快的笑声在贾府飘荡。她开始打扮自己了，每个细节都不放过；她常常几十倍地放大生活的欢乐，每个人都出乎意料地得到她的帮助和爱护。还有韩寿，他在幕僚的聚会上经常妙语连珠，滔滔不绝，如有神助。他身上散发着荡人魂魄的香味，别的幕友问他香味的缘故时，他讳莫如深，笑而不答。

老奸巨猾的贾充敏锐地注意到这些变化。他知道，韩寿身上涂的香料是西域一个国家送给皇帝司马炎的，这种香料涂到身上，香气几个月都不散。当时，司马炎把这种香料只赏给了自己和另外一个大臣陈骞，自己把香料给了女儿贾午。除非他接触了贾午，否则身上不会有这种香味。贾充暗自思考着韩寿和自己的女儿可能发生的事情，一天晚上，他假装发现窃贼，让下人对府上全面检查。第二天，下人汇报说，没找到什么异常，只是院墙的东北角像是有人翻过。

贾充证实了自己的预感，他把贾午的丫鬟找来盘问，丫鬟如实禀告。

贾充把这件事情隐瞒了下来，随后按照当时的嫁娶风俗，让贾午嫁给了韩寿。

贾午是贾南风的妹妹，后来因为贾南风的缘故，贾午和韩寿也遇害了。殷红的血沁染了这个爱情故事。

唐人李商隐在其《无题》诗中有这样的句子："贾氏窥帘韩掾少，宓妃留枕魏王才。春心莫共花争发，一寸相思一寸灰。"那是后来的事了。

才女刘令娴

　　刘令娴为南朝梁时人。刘家门第煊赫，且爱好文义。刘令娴的长兄刘孝绰是当世著名文人，《南史·刘孝绰传》中说他"辞藻为后进所宗，时重其文，每作一篇，朝成暮遍，好事者咸诵传写……亭苑柱壁莫不题之"。昭明太子萧统文集刊行时，特请刘孝绰为之作序。刘令娴"兄弟及群从子侄当时有七十人，并能属文，近古未之有也"。

　　及笄，她嫁与徐悱为妻。徐悱亦出身豪门，其父徐勉官至尚书左仆射，相当于宰相。徐悱为徐勉第二子，《梁书》中说他"幼聪敏，善属文"。

　　南朝齐梁年间，吟诗弄赋不仅是世家大族的修养，也是踏入仕途的资本。钟嵘《诗品序》中描绘当时风尚云："膏腴子弟，耻文不逮，终朝点缀，分夜呻吟。"如此时代背景，加之家庭的熏染及个人才华，刘令娴自然也就浸淫文学之中，成了一名作家。

　　当时，刘令娴有文集流行于世，《隋书·经籍志》载有《刘令娴集》三卷，后散佚。目前仅存诗八首，见《玉台新咏》；

文一篇，见《艺文类聚》。

刘令娴事迹，仅见于《梁书》和《南史·刘孝绰传》中，且言语寥寥。一说她的文字"清拔"；一说其夫徐悱死于晋安（今福建南部）内史任上，灵柩回到都城家中后，刘令娴为夫君写了一篇祭文，"辞甚凄怆"。公公徐悱本也要为儿子写祭文，"及见此文，乃搁笔"。仅此而已。

徐悱死于公元 524 年，年龄应在三十岁左右。刘令娴的祭文《艺文类聚》中可见到，文章凄怆哀婉。其中的"一见无期，百身何赎""生死虽殊，情亲犹一""如此当诀，永痛无穷。百年何几，泉穴方同。"读来让人黯然，感喟生死两界的沉痛。

徐悱外地为官时，夫妻各居一方，为遣相思之苦，二人有诗歌赠答。刘令娴与徐悱诗云："落日更新妆，开帘对春树。鸣鹂叶中响，戏蝶枝边骛。调瑟本要欢，心愁不成趣。良会诚非远，佳期今不遇。欲知幽怨多，春闺深且暮。"徐悱赠刘令娴诗云："网虫生锦荐，游尘掩玉床。不见可怜影，空余黼帐香。彼美情多乐，挟瑟坐高堂。岂忘离忧者，向隅心独伤。聊因一书札，以代九回肠。"刘令娴的诗以景寓情，显得超脱些。徐悱诗则有闺帏之欲，轻灵不足。史籍中评议刘令娴文辞"清拔"，算是中肯。

如果仅据上述文字，读者自然会感叹人生的无常，欣悦夫妻的恩爱。实际上，刘令娴留下的八首诗作，表述的内容非常复杂，有些诗作闪烁出背离我们传统取向的幽暗光亮。

"长廊欣目送，广殿悦逢迎。何当曲房里，幽隐无人声。"
这首诗名为《光宅寺》。光宅寺是当时都城建康（今南京）的
一座佛寺。刘令娴以一个贵族妇人的身份，写下这样的诗，自
然会让读者对她与寺院僧人的隐秘情事做出猜想。清人王士禛
在《池北偶谈》中曾谈到这首诗，他引用唐人高仲武的评价说
"形质既雌，词意亦荡"，说穿了，就是刘令娴很淫荡。王士禛
自己则说得委婉："勉名臣，悱名士，得此才女，抑不幸耶？"
徐勉是名臣，徐悱是名士，家里娶了这样一个才女，算不算是
不幸呢？王士禛欣赏刘令娴的才华，窥透了她的心迹，但想到
现实中的存在，他也恐惧了。

　　再看刘令娴的另一首："两叶虽为赠，交情永未因。同心
何处恨，栀子最关人。"此诗名为《摘同心栀子赠谢娘因附此
诗》。南朝民歌中，常以"栀子"谐"之子"，指代恋人。刘令
娴把栀子送给谢姓姑娘，是否暗喻同性恋情呢？颇费思量。

　　知其人不能不论其世。南朝为思想自由开放之时代，士大
夫多不为礼教所拘，旷达放诞。梁朝开始，文坛宫体诗盛行，
内容多写闺阁之情，且诗风柔靡绮丽。用闻一多先生的话说就
是，"人人眼角里是淫荡"，"人人心中怀着鬼胎"。刘令娴出身
贵族之家，自然不能不为时代的风尚熏陶。与她同时代的著名
文人，如谢惠莲、沈约、庾信等人的作品中，多会看到同性恋
的描述。刘令娴有这样的诗作，也就不足为奇了。

　　历史的乐趣，在于前世斑驳人性留给后人的猜想。后人总
想在这黑暗的人性隧道中，走向有光亮的地方。

女权主义者

多年以前，我一直像祥林嫂一样宣扬这样的观点——女人即真理。衡量一切事物的好坏要依照女性的立场，女性支持的我们一定要支持，女性反对的我们一定要反对。我还煞有介事地断言，正是没有让女人说了算，这个世界才这么乱。

中国女人的倒霉始于汉代儒家的一统。与她哥哥一起撰写《汉书》的班昭本来是个聪明人，可丈夫死后脑子就开始出问题，一天到晚想的都是治理国家的大事，最可恨的是，班昭晚年写了部《女诫》，号召女人死心塌地地服从男人，开了中国女人走入厄运的滥觞。

东汉末年，天下大乱。皇帝经常换，读书人都苟延残喘，自然顾不得那么多规矩，女人的日子就好过了很多。有个典故叫"卿卿我我"，说的就是西晋王戎和他老婆的事。

王戎是竹林七贤之一，担任过晋国的高官。当时有种称谓叫"卿"，是上对下、贵对贱、长辈对晚辈的亲昵称呼，就像现在父亲称儿子"小子"一样。王戎的老婆就常称王戎为"卿"，弄得王戎很是不满。有一天，老婆又称他"卿"，王戎就对老婆说:"女的称自己的丈夫为'卿',不合乎礼节,是对我的不尊重。以后别这样了啊!"不料王戎话音刚落,老婆就噼里啪啦地数落开了:"我亲卿爱卿,所以才称卿为卿。我不以卿称卿,谁该以卿称卿!"王戎无可奈何,从此就听任妻子称自己为"卿"了。如今,"卿卿我我"成了男女恩爱的象征。

东晋内阁总理王导的老婆曹夫人也是个牛人。她禁止王导身边有异性,有时候还跑到总理府去察看,发现有女公务员就命令王导马上予以解雇。无奈之下,王导就在郊外另建别墅,包了二奶三奶八九奶,生了若干孩子。有一年春节,曹夫人在自家楼上向外看风景,发现有几个小孩骑着羊朝这边走来,孩子个个粉嘟嘟的,非常可爱。曹夫人就吩咐侍女出去问问,看是谁家的孩子。一会儿侍女回来,支支吾吾,也不说是谁家孩子。后来,在曹夫人的逼问下,侍女才道出实情,原来孩子们说他们的父亲是王导。

曹夫人听罢大怒,命令家中二十多个侍女和警卫人人持刀,杀向郊外王导别墅。王导得到手下通报,惊恐异常,马上让人备车,仓皇逃遁。

你有粉黛三千，我却附马一人

帝制时代，天下是一家一姓的天下，生民也是一家一姓的臣仆。西晋武帝泰始九年，皇帝司马炎下诏，令公卿以下家庭未婚女子进宫备选，在择选未结束之前，天下女子不得谈婚论嫁。第二年，皇帝又令三千女子进宫，供其选用。公元281年，灭亡后的吴国宫廷女子三千人再度进入宫中，备帝王享用。此时，皇帝后宫的女子已达万人，皇帝每夜乘羊车巡行，羊在哪里停下，皇帝就在哪里过夜。

皇帝拥有三宫六院，佳丽三千，这就为他的荒淫提供了可能。如果说，荒淫是人性中恶的一面，那么，能将这种"恶"实践与发挥到极致的，在现实社会里只能是皇帝了——只有拥有绝对权力的人，才会拥有这绝对的自由。

在中国南北朝时期的宋朝，一个叫刘楚玉的女人，向这种特权发出挑战。

刘楚玉即山阴公主，她是皇帝刘子业的姐姐。《宋书》中对她的评价是"淫恣过度"。她曾对皇帝弟弟说："妾与陛下，虽男女有殊，俱托体先帝。陛下六宫万数，而妾唯驸马一人，事不均平，一何至此！"我和你虽男女有别，但我们都是一个父亲的孩子，你有六宫妃嫔万千，而我只有驸马一人，事情再不公平也不会到这种地步吧！这就是公元5世纪一个中国公主对不平等权力发出的诘问。

皇帝弟弟对姐弟间的这种不公显然很是羞愧，就亲自选了三十名年轻貌美的男子，送到山阴公主的府上，还大幅度提高了公主的政治经济待遇。后来，公主看中了英俊潇洒的吏部官员褚渊，就向弟弟请求，让褚渊陪侍在她的左右。无奈，褚渊并不喜欢山阴公主，《宋书》中说："渊侍主十日，备见逼迫，誓死不回，遂得免。"褚渊陪侍了山阴公主十天，公主使尽软硬手腕，逼其侍寝。褚渊死活不干，没办法，公主就放了他。

这段事迹也见于司马光的《资治通鉴》。《通鉴》中说"公主尤淫恣，尝谓帝曰：'妾与陛下，男女虽殊，俱托体先帝。陛下六宫万数，而妾唯驸马一人，事太不均。'帝乃为公主置面首左右三十人。进爵会稽郡长公主，秩同郡王。吏部郎褚渊貌美，公主就帝请以自侍，帝许之。渊侍公主十馀日，备见逼迫，以死自誓，乃得免。"此段文字与《宋书》大同小异，评价不出"荒淫"一词，后世的议论也均为此类。

到了20世纪，一个叫柏杨的中国人，从山阴公主不杀丈夫与褚渊的事实中，看出山阴公主追求平等的深意，撰文为其翻案，在《山阴公主万岁》一文中，柏杨说："山阴公主真是了不起的人物，她不但有超时代的见解，也有男女不平等的自觉，而且她不把丈夫杀掉，实在是厚道之至。圣崽们对她百般嘲笑，但对皇帝们的乱搞，却不敢多置一词。”

　　皇帝的逻辑是，我需要你，你就得是我的。山阴公主的逻辑是，我需要你，你不跟我我也不勉强。这或许是柏杨赞许山阴公主的理由吧。

心形俱服谢道韫

她叫谢道韫。虽然时间的尘埃让我们不能清晰地目睹她的风采，但我们依然可以在历史的只鳞片爪中，感受她的智慧与神韵。

她生于世家名门。父亲谢奕，曾任安西将军。叔父谢安，当朝宰相。弟弟谢玄，北府军创立者，淝水之战指挥者。同时，她还是王羲之的儿媳，王凝之的妻子，王献之的嫂子。王、谢为东晋第一豪门，这样的门第，自然会为她的人生出场铺上华丽色彩。

少年时期，她就显露出非同寻常的才智。冬日，家人聚会，突然下起了雪，纷纷扬扬，漫天飞舞。谢安对晚辈们说："你们看这雪花像什么啊？"堂兄谢朗说："就像从空中往下撒盐。"轮到她时，她说："就像柳絮因风起舞。"谢安对她的回答非常欣赏。她也为后世留下了"柳絮因风起"这一描绘下雪的意象。

成年后，她嫁给了王凝之。王凝之是王羲之次子，《晋书》中有传，只是很简略，其中有"王氏世事张氏五斗米道，凝之弥笃"这样的文字。她并不喜欢王凝之，这从她回家省亲时与叔父谢安的对话中可以看出。《世说新语·贤媛篇》记载，"王凝之谢夫人既往王氏，大薄凝之。既还谢家，意大不悦。"谢安安慰她说："凝之是王羲之的儿子，应该是不错的，你怎么还闷闷不乐呢？"她回答："咱们家的叔伯兄弟，个个风流洒脱。不意天壤之中乃有王郎！"鄙薄之情，溢于言表。

她鄙薄丈夫的缘由，史籍没有明说，但从《晋书·王凝之传》中可发现一些端倪。东晋末年，发生了孙恩叛乱。叛军进攻会稽（今绍兴）时，王凝之正担任会稽内史，僚属请他加强军事防范，他没有听从。王凝之笃信天师道，而天师道相信画符念咒，所以王凝之就向天师祷告了一番，然后对僚属说："吾已请大道，许鬼兵相助，贼自破矣。"

王凝之的迂腐迎来的是自己身首异处。而她在"闻夫及诸子已为贼所害"后，"抽刃出门"，"手杀数人"。被俘后，她依旧神情镇定。孙恩畏于谢家的名声，没有将其杀害。

她的才情，在王献之与朋友清谈中也可以见知。一天，王献之与人清谈，最终理屈词穷。以她的智慧，自然对争辩中牵涉的理论问题了然于心，但男女之防又让她不能当面替小叔子解围。于是她就叫下人在客厅内设置了一道屏障，自己隔着屏障，申述引发王献之的观点，与客人辩论，最终令客人臣服。

以一介女流之身，参与当时士大夫们所热衷的哲学探讨，使她获得了极高的声誉。人们赞誉她神情散朗，说她有"林下风气"。所谓"林下风气"，即"竹林七贤"那种高蹈超世、不为现实琐念婴心的风度气质。晚年她孀居会稽，会稽太守刘柳慕其高名，登门造访。她"风韵高迈，叙致清雅，……徐酬问旨，词理无滞。"刘柳为她才华风度倾倒，慨叹道："瞻察言气，使人心形俱服。"

"峨峨东岳高，秀极冲青天。岩中间虚宇，寂寞幽以玄。非工复非匠，云构成自然。气象尔何然，遂令我屡迁。逝将宅斯宇，可以尽天年。"这是她的《登山》诗，又名《泰山吟》。诗中充斥隐逸出世的安详气质，小女人的闺房情致荡然无存，这不能不让须眉怃然感叹。

徐娘半老

　　"徐娘半老"说的是女人到了中年，依旧风韵犹存。典故出自《南史·徐妃传》，梁湘东王萧绎妃子徐昭佩有情人暨季江，暨季江评论徐昭佩时说："徐娘虽老，犹善多情。"

　　徐昭佩的祖父徐孝嗣，齐时曾任太尉，封枝江文忠公。父亲徐绲，官至侍中、信武将军。公元517年，徐昭佩作了萧绎妃子，育一子一女。因为萧绎一只眼睛瞎了，徐昭佩每次与萧绎见面，就只画半边脸的妆，另一半素面，萧绎见此情形就大怒离去。徐昭佩嗜酒，常酩酊大醉，萧绎到她房中，总会被她吐的秽物弄得浑身都是。他们两三年才会有一次性生活。徐昭佩善妒，发现侍妾有和萧绎怀孕的，就持刀伤害。对萧绎冷遇的侍妾，则温和友善。徐昭佩有三个情人，一个是荆州瑶光寺的僧人智远，一个是萧绎的下属暨季江，一个是贺徽。暨季江和贺徽都是有姿容美色之人。徐昭佩经常与贺徽在一个叫普贤尼寺的场所幽会，还把情诗写在白洁的枕巾角上，赠予情郎。后来情事暴露，萧绎逼令徐昭佩自杀，她投井而死，时为公元549年。徐昭佩死后，萧绎将其尸体送回娘家，并作文章谴责她的淫荡行为。这就是《南史·徐妃传》提供的有关徐昭佩只鳞片爪的记述。

萧绎生于公元508年，是梁武帝萧衍的第七子，封湘东王。一天，萧衍梦见一独目僧手执香炉，对他说要托生王宫，随后就有了萧绎。萧绎出生后患眼疾，救治无效，一只眼就瞎了。萧绎有文才，受过良好教育，是宫体诗的代表人物之一。或许是身体残疾的缘故，性格阴暗，猜疑妒忌。他姑姑家的孩子都有才气，萧绎嫉妒难耐，就让他一个宠妾的哥哥把名字改为他姑父的名字，以此泄愤。还有个叫刘之遴的人，颇有才气，萧绎也难以忍受，就派人下毒，把他害死了。

以徐昭佩手刃孕妾，与人私通的行为看，她的个性是勇敢刚烈的。她的祖父徐孝嗣，娶的是宋朝的康乐公主，齐时曾辅助朝政。徐昭佩生于这样的豪门之家，自幼娇生惯养，率意性情在所难免。婚后让她与一个盲了一只眼、性格偏狭的男人生活，加之这个男人贵为皇子，妻妾成群，自然是她不能容忍的。占有欲、对情爱幸福的渴望，必然使她对男性特权的社会制度产生抵抗，所以她会在与独目的萧绎同房时只画半面容妆，以此气恼萧绎，宣泄她对萧绎情爱不专的愤恨。后世史家对她的红杏出墙，多贬之为"无行淫荡"。于我看，她的行为既是个性使然，也是男权社会中女性自我意识醒悟后的反动。

"地险悠悠天险长，金陵王气应瑶光。休夸此地分天下，只得徐妃半面妆。"这是唐人李商隐的《南朝·七绝》，说的就是萧绎与徐昭佩的故事。徐昭佩死后三年，萧绎趁乱作了梁朝的皇帝，在位两年，西魏军队入侵，萧绎被杀。"徐娘半老"的典故仍被后世流传。

两个帝国的皇后

　　羊献容出身世家，司马懿长子司马师的皇后羊徽瑜，即与她同族。她的一生，经历过两个男人。第一个男人司马衷，为西晋国第二任皇帝；第二个男人刘曜，为前赵国首任皇帝。她先后是他们的皇后。

　　司马衷天生弱智，因是皇帝儿子的缘故，阴差阳错地继承了皇位。史籍记载，他听到皇宫池塘内蛤蟆的叫声，问左右人道："蛤蟆是为公而叫，还是为私而叫呢？"因为天下荒乱，百姓饿死，他又发出疑问："他们为什么不喝肉粥呢？"愚蠢的问话成为他昏庸的笑柄，被后世流传。

　　在她成为司马衷皇后前，司马衷的皇后是贾南风。贾南风矮黑丑，且残虐贪婪，干预朝政，使国家陷入动乱深渊。公元300年，皇室成员赵王司马伦杀死贾南风，她的外祖父孙旂，与司马伦宠臣孙秀是同族，为达到控驭朝廷的目的，她被送进皇宫，作了皇后。此时，国家的动乱仍未停止，皇室成员征逐不休。在她担任皇后的六年期间，曾五次被废，五次被立。306年，她的弱智丈夫司马衷被害身亡，她被封为皇太后，帝国依旧兵燹纷争，她继续承受国家的苦难。

公元311年，她生命中的第二个男人出现——匈奴贵族刘曜率军攻入她的王国都城洛阳，身为皇太后的她，成为刘曜的俘虏。

关于刘曜，《晋书·刘曜载记》中云："身长九尺三寸，垂手过膝，生而眉白，目有赤光，须髯不过百余根，而皆长五尺。性拓落高亮，与众不群。读书志于广览，不精思章句。善属文，工草隶。雄武过人，铁厚一寸，射而洞之，于时号为神射。"八岁时，刘曜随同族叔叔，后来作了皇帝的刘渊外出狩猎，遇到暴雨，众人在树下躲避。突然雷电击中大树，"旁人莫不颠仆"，唯刘曜"神色自若"。事后刘渊称赞他："此吾家千里驹也。"

就是这样的男人，爱上了她，娶了她。公元318年，刘曜在长安（今西安）称帝，建立前赵，她成为前赵国的皇后。

关于她与刘曜的生活，《晋书·羊献容传》中有一段对话，颇耐人寻味。刘曜曾问她："我比起司马家那厮如何啊？"她回答："这怎么能比呢！陛下是开国的圣主，他是亡国的懦夫。他身为一国之主，连他自己和妻子都保护不了，让妻子在凡夫俗子手中受辱。当时我只想一死了之，哪里会想到还有今天？我出生于高门望族，原以为天下男子都这副样子。自从跟了您以后，才知道天下有您这样的大丈夫啊！"

这就是一个女子对自己前后两位丈夫的评价。

她生活的时代，女子仅仅是男人的附庸。家族利益，使她成为司马衷的皇后。无奈丈夫弩弱，加之国家战乱，五废五立，令她备尝人世辛酸。后来又是国亡，她作为异族的俘虏，相识了她生命中第二个男人。第二个男人，给了她荣华和安定的生活，她与这个男人生下两个儿子。死后，刘曜为她修建了豪华的墓地。但两次命运的转变，她都是被动的。

从她的生平，我们或许可以联想到埃及艳后克里奥佩特拉与罗马皇帝恺撒，他们的恋情至今还在流传。我们也可以联想到"欧洲的祖母"埃利亚诺。12世纪，埃利亚诺先后作过法国路易七世和英国亨利二世的皇后，她和她的女儿玛丽，创立了"典雅爱情"法则，告诉男人如何文明地尊重女人。

可惜，我们的历史从来都是那么沉重，我们的皇宫，永远与恋情绝缘。

丑女人的榜样

中国古代有四大美女的说法，与之相对，也有四大丑女的说法。这些都是唐朝以前评选的，标准不统一，教条成分太多，和现在的选美一样，不值得认真看待。不过有一点值得重视——这四个丑八怪都是作为正面典型确立的。她们都身残志坚，扬长避短，最终取得了优异成绩。后来谁家有丑姑娘，父母都会这样教育："丑不要紧，你看人家谁谁谁，那么丑，比你还丑，最后不是成功了吗！"于是姑娘就努力忘却自己的丑陋，通过别的手段完善生命，父母原本承担的主要责任也就忽略了。

四大丑女排名第二的叫钟离春，是战国时期齐国无盐人。这个女人鼻孔朝上，头发稀疏干黄，皮肤和人的脚后跟一样，脖子肥壮，骨节粗大，三十岁了还没嫁出去。不过相貌的缺憾并不能扼杀钟姑娘的勃勃雄心，有一天她像个纵横家一样来到都城临淄，见到了齐宣王。一见面她就对齐宣王说："你完蛋了，你完蛋了，你完蛋了，你完蛋了。"齐宣王让她给吓得浑身冒冷汗，赶紧问怎么就完蛋了。钟离春就给他提了四条意见：一是缺乏人才储备；二是听不进别人的意见；三是沉湎女色；四是乱建楼堂馆所。宣王觉得钟离春的意见很中肯，就采纳了。尤为可贵的是，宣王对第三条意见非常重视，为了表明自己痛改前非，他让钟离春做了皇后。

排名第四的丑女我先不说她的名字，她是三国魏时许允的老婆。《三国志》里有许允的传，说明他是个名人。新婚之夜，许允为妻子揭开盖头，妻子的丑陋把他吓坏了，拔腿就要跑，结果被妻子一把拽住。许允反问妻子："女人的四德你有多少？"女人回答："我缺的只是容貌罢了。读书人要有百行，你有多少？"许允答："我都有。"女人说："百行以德为首。你好色不好德，怎么能说你都有呢？"女人的话让许允很羞愧，当天晚上就和妻子圆房了。

我没说许允老婆的名字是因为史书上从来就没告诉我。关于这个女人的参考坐标是这样的：她是许允的妻子，她爸爸叫阮共，所以人们一般称她许允妻或是阮氏女。

叔本华在《论女人》一文中说过这样的话，她们无法在行动上担当人生的任务，天生就不适合肉体或精神上的重大工作，只能通过丈夫支配一切。这话哪个女人都不爱听。不过，四大丑女嫁的都是名人丈夫，排名第一的嫫母她老公还是黄帝呢。我一直就怀疑，如果没有显赫的丈夫她们还会上榜吗？所以这个排行榜告诉我们，丑女要想取得成功，就必须发扬"擒贼先擒王"的精神，只有搞掂了名人，自己才能扬名。舒婷说"我如果爱你——绝不像攀援的凌霄花／借你的高枝炫耀自己"，那得是女权主义者的事了。

风霜中的红颜

　　一个女人被美丽、智慧缠绕，看世界的眼神都会变得闪亮与柔和。而当这美丽和智慧随着劫掠、流落、凌辱、别离黯然飘逝的时候，我们又怎能不对这女人心怀悲伤呢？

　　蔡文姬就是这样的女人。

　　她出身豪门。父亲蔡邕是高官、学者，音乐、书法造诣深厚。她是家中唯一的女儿，史书中说她"博学有才辩，又妙善音律"。以其家世与学养，生活于她该是花团锦簇的。但是，这些仅仅是以后凄苦生活的花边而已。

　　"适河东卫仲道。夫亡无子，归宁于家。兴平（东汉献帝年号）中，天下丧乱，文姬为胡骑所获，没于南匈奴左贤王，在胡中十二年，生二子。曹操素与邕善，痛其无嗣，乃遣使者以金璧赎之，而重嫁于祀。"这平和简练的文字，就是《后汉书》中关于这位旷世女子的生平。

　　十六岁那年，她嫁给了卫仲道。卫家是大族，夫君是翩翩公子，二人琴瑟和鸣，相亲恩爱。无奈一年之后，丈夫咯血身亡。夫家以克夫为由，对其百般刁难。现实正式向这个女子宣战。

以她的个性和家世，自然是不会甘于忍气吞声的生活。她毅然离开夫家，孀居在父母身边。随后灾难接踵又来。东汉末年军阀混战，父亲蔡邕在政治斗争中被杀，董卓手下的匈奴士兵洗掠中原，"斩截无孑遗，尸骸相撑拒。马边悬男头，马后载妇女"。她成了异族军人手中的猎物，最后流入南匈奴左贤王的帐中。

锦衣玉食、琴棋书画的世家女子，而今沦为匈奴首领的玩偶。冰天雪地，大漠风沙，"边荒与华异，人俗少义理。处所多霜雪，胡风春夏起。翩翩吹我衣，肃肃入我耳。感时念父母，哀叹无穷已"。她在这里生下两个孩子，两个屈辱的生灵。

曹操与蔡邕是朋友。得知她的音讯，派人携黄金玉器到匈奴将她赎回。对游牧部落的左贤王来说，财宝比她珍贵多了，但孩子则是他的私有财产。她必须与两个孩子分离，"存亡永乖隔，不忍与之辞。儿前抱我颈，问母欲何之。'人言母当去，岂复有还时？阿母常仁恻，今何更不慈？我尚未成人，奈何不顾思？'见此崩五内，恍惚生狂痴。号泣手抚摩，当发复回疑"。

她诀别双子，回到暌别十二年的中原。战乱依旧，"白骨不知谁，纵横莫覆盖。出门无人声，豺狼号且吠。茕茕对孤景，怛咤糜肝肺"。亲人殒命，家园荒芜，故乡只能出现在梦中。曹操把她嫁给了屯田校尉董祀。董祀年幼于她，迫于曹操的威势，不得不娶。身世飘零，她也只有把生命托付于这样的男人了。"人生几何时，怀忧终年岁。"爱情，只能是她梦中的花园了。

她为后世留下了一首《悲愤诗》，上述所有诗句都来自这首诗。《悲愤诗》共 108 句，被后世称为中国第一首自传体五言诗。至于她死于何时，已不可考证了。这就是一个美丽智慧女人的一生。

妇人当以色为主

世上有这样一种男人，他们把女人的美色作为人生追求的终极目的，为此可以舍弃一切。西周时的幽王，为博美人褒姒一笑，不惜点燃骊山上的烽火。北齐时高纬，为博美人冯小怜一笑，不惜下令暂停攻城。国家从他们的手里葬送了，历史上他们也背负着骂名。不过就某种意义说，他们根本就不想做什么国君。为了女人，他们能够抛下国家，可见国家在他们心中如赘疣一般。这也许能让人联想到明人张岱的那句话："人无癖不可与交，以其无深情也。"

历史上这样的例子举不胜举，像南朝的陈后主陈叔宝，五代的唐后主李煜等。好色是他们的天性，但不能说当皇帝是他们的天性。虽然他们是亡国之君，但他们都是些有情之人，所以历史再也不能不向他们致以敬意了。

说女人的美色是最重要的，许多人会驳斥得我立刻自杀。可自古至今，追逐美色的大路上，一直是人潮汹涌，络绎不绝。

三国的时候，有一个人叫荀粲，他说过这样的话："妇人德不足称，当以色为主。"用今天的话说就是：女人贤惠没什么用，一定要长得美。

荀粲娶的是曹洪的女儿，曹洪和曹操是本家，也曾做大官。曹洪的女儿姿色出众，荀粲和她举办了一个盛大的婚礼，曹氏心里非常高兴。婚后两人过上甜蜜的生活，荀粲认为人世间最大的幸福莫过于此。

也许是过度享用身体的缘故，有一年冬天，曹氏病了，高烧不退，吃了很多药也不见降温。情急之中，荀粲想了个办法。他脱得赤身裸体地跑到外面，把自己全身冻得冰凉，然后哆哆嗦嗦地跑回来。对曹氏说："来，我这样抱着你，你就会退烧了。"说完钻进了被窝，用自己寒冷的身体贴着曹氏滚烫的身子。如此几遍，曹氏的烧终于退了。

老天妒忌荀粲夫妇的完美，婚后没过几年，曹氏便死了。曹氏死后，荀粲黯然神伤，整天都是痴痴发呆。好友傅嘏来看他，见他失魂落魄的样子就劝他："天底下才貌双全的女人难找。你老婆不过是长相出众，别的方面也没什么好的。这样的人以后也能找到，何必这样难过呢？"荀粲答道："你知道什么呀！这样的女人我一辈子也找不到了！"说罢立即涕泗滂沱。

过了一年，荀粲因悲伤过度，也死了。

胡太后和她的男人

公元 515 年，北魏帝国第八任皇帝元恪驾崩，元恪唯一的儿子元诩继位，这一年元诩 6 岁。因新皇帝年幼，元诩的生母胡氏临朝听政，史称"胡太后"，这一年胡氏 23 岁。

23 岁，正是青春恣肆的年纪，性欲如猛虎，盘踞在胡氏心中，眈眈窥视周围的猎物。胡氏的第一个情人是清河王元怿。元怿是元恪的弟弟，与胡氏为叔嫂关系。《魏书·元怿传》记载，他"幼而敏慧，美姿貌"，"博涉经史，兼综群言，有文才，善谈理，宽仁容裕，喜怒不形于色"。他还富于治理国家的才华，《魏书》说他"才长从政，明于决断"。智慧美貌，为人沉潜宽厚，加之丰赡的政治才华，这样的男人自然会让胡氏心仪，因此，胡氏掌握帝国权力之后，就把朝廷的日常事务，交由元怿处理。元怿也"竭力匡辅，以天下为己任"。

不过，胡氏与元怿的偷情，是胡氏依凭权力的结果。《魏书·胡太后传》云："太后得志，逼幸清河王（元）怿，淫乱肆情，为天下所恶。"元怿并不想与胡氏偷情，胡氏以势压人，元怿无奈之下，才和胡氏上床。从元怿的性格及道德操守看，他不可能迎合胡氏的意愿。《魏书》称两人关系为胡氏"逼幸"，可谓公允。

元怿的公忠体国，触犯了部分权臣的私利。公元520年，胡氏的妹夫，领军将军元叉与宦官刘腾勾结，发动了一场宫廷政变，囚禁胡氏，杀掉元怿。胡氏失去了情人，落入凄苦的寒窗生活。

公元525年，胡氏东山复起，杀掉元叉，再度临朝听政。这一次，一个叫郑俨的男人走入她的宫闱。郑俨也是美男子，《魏书》中称他"容貌壮丽"。郑俨曾在胡氏父亲胡国珍的手下任职，与胡氏有过床笫之欢，其时胡氏尚未进宫。

与五年以前的"逼幸"元怿不同，此番胡氏和郑俨的偷情，属权力与男色的交易。郑俨把身体给了胡氏，昼夜生活在宫中。《魏书·郑俨传》说："（郑）俨见其妻，唯得言家事而已。"虽然有家，但和妻子相见，只能说说家事，说完就得回到宫里，奉侍胡氏。胡氏也给了郑俨荣华，依靠宠幸，郑俨"势倾海内"。衣食起居，"太后常遣阉童随侍"，可谓身名俱赫。

关于胡氏的情事，还有一则见于《梁书》和《南史》。《南史》记载，杨华原名杨白花，"少有勇力，容貌瑰伟，魏胡太后逼幸之"，杨华怕惹祸，就率领部下投降了梁国。"胡太后追思之不能已，为作《杨白花歌辞》，使宫人昼夜连臂蹋蹄歌之，声甚凄断。"《杨白花歌辞》云："阳春二三月，杨柳齐作花。春风一夜入闺闼，杨花飘荡落南家。含情出户脚无力，拾得杨花泪沾臆。秋去春来双燕子，愿衔杨花入窠里。"这又是一则"逼幸"的故事，而且情人远走他国后，为情人写下缠绵情歌，令宫女起舞歌唱。

帝制时代，皇帝的女人只能永远属于皇帝，即使皇帝归天，这种归属依然不会改变。她们的本能，只有通过偷情，抑或淫乱，才得以疏导。而这种偷情与淫乱，又为帝国的舆论道德所不容许。所以，胡氏只能通过手中至高无上的权力，获得身体享乐。元怿、郑俨、杨华三个男子，均因美貌获得胡氏芳心。不同的是，元怿、杨华知道与皇后偷情有违帝国的道德与法律，但又畏于皇后的权力，不得已而为之。而郑俨不过是一介小人，当他看到自己的美貌可以通过太后获取富贵时，就兴高采烈地走进胡氏的宫闱。

作为最高统治者，胡氏专注后宫享乐，对国家的未来毫不用心，以致吏治腐败，贪赃纳贿盛行。公元528年，权臣尔朱荣率兵进入都城洛阳，胡氏被装入笼中，沉入滔滔黄河。

依稀故人

怀念老黑

很多年前，我在驾校学车，因为受不了教练的谩骂和粗俗，就号召周围的熟人教我练车——我的狐朋狗友中，很多是驾车穿越大江南北的高手，我希望在他们春风化雨般的教诲下，长进技术。就在这个时期，我结识了老黑。

老黑是山西大同人，年长我5岁，是部队的一名志愿兵。

老黑曾给我们国家相当重要的一位领导人担任过司机，自然他的驾驶技术是炉火纯青的。我的哥们儿在向我推荐老黑的时候，曾天花乱坠地描绘老黑的驾驶传奇——20世纪80年代尚无高速公路时，老黑从北京开车到烟台，历时11个小时，中间没有吃一口饭，喝一滴水；在河南汝阳，为躲避左侧突然闯入的路人和右侧的树木，老黑在时速120公里的闪电时刻左右猛打方向盘，刹那间右轮左轮交叉离地，须臾间躲过血光之灾，而老黑却神定气闲……我的这些哥们很多都有十几年的长途驾驶经历，从他们的口里能发出对老黑的赞叹，可见老黑的驾车技术已经是庖丁解牛了。

于是，有一个月的时光，在北京仲夏的金色夕阳里，我和老黑驾着一辆老式伏尔加车，奔跑在西北郊的公路上。从起步，加减挡开始，驾车高手老黑对我进行启蒙。中国人在传道授业上一直有一条很神秘的法则，那就是口传心授，同样是知识和智慧的获得，不同的教师，不同的学生，甚至环境气氛的迥异，取得的结果也是不同的。我相信老黑是个非常优秀的汽车教练，他能够预知我每一个阶段将要犯下的错误，他的经验也对我所犯的错误应付裕如。有一次他甚至像一位得道的禅师一样突然问我："你知道刹车的作用吗？"当我的回答让他满意后，他命令我猛踩油门。我把油门踩到了底后，飞驰的汽车模糊了周围的景致，一时间我仿佛在时间的隧道穿行，记忆从我的躯体消失。我惊慌失措，恐怖湿透我的身体，我除了麻木地保持这种状态什么都无法回忆。这时老黑一声棒喝"踩刹车！"……我如梦方醒，立刻将脚放在刹车上，减下了速度，老黑则侧着脑袋狎昵地看着我，在那个瞬间我似乎悟到了什么，结果是我神采奕奕地获取了驾驶执照。

驾照通过后，我请老黑吃了顿饭。从那以后，老黑经常和我的哥们一起来我这里，我和老黑也就熟稔起来，关于老黑的故事我也知道了很多。一件可笑的事是，老黑的娘忘了老黑的生日，这位母亲甚至把儿子出生的月份也忘了。老黑只知道自己生于1961年，至于月日，因为亲生父母都一团雾水，老黑本人也就不能妄加断言。为了表达对祖国的热爱，老黑参军的时候擅自将生日定为10月1日，可能老黑那时觉得既然父母不爱他，他只有祖国爱了。我们经常把这件事当成趣闻广为传诵，大伙说得多了，老黑本人也不介意。在 20 世纪的 60 年代，中国很多地方百姓的生命因为饥饿而夭折，所以想想老黑没有生日也不是什么了不起的事，至少现在他还是个活生生的生命。

80 年代八一电影制片厂曾拍过一部故事片叫《望日莲》，我的朋友老黑在这部影片中饰演了一名日本兵。

电影中的场面是这样的：老黑身穿黄屎色的日军服，束着腰带，扎着绑腿，头戴周围耷拉布条的帽子，在一片灿烂的向日葵地里，全神贯注地和一名勇敢的八路军战士拼刺刀，镜头闪烁的是八路军战士刚强无畏的脸庞，所谓的老黑只是一个背影，正聚精会神地和八路军战士对峙，一不留神八路军战士闪身上前，一个背挎，老黑被八路军战士给勒着脑袋从身后重重摔在地上，又一名八路军战士冲上前来，高举刺刀，扎向老黑，日本兵老黑顿时伸腿毙命，眼歪嘴斜。

我们很多人并没有看过这部电影，听说老黑和这部影片的渊源后，我们就对这部影片朝思暮想。一次某部礼堂传来放映《望日莲》的消息，我们一干人像小时候看露天电影一样，早早来到礼堂等着看老黑，老黑的镜头出现后，我们先是瞪圆了双眼凝视，待见到老黑被英勇的八路军刺死后的模样，我们一齐迸发出了哈哈大笑，有人甚至掉到地上也难以自已，最后是管理人员将我们驱逐出礼堂。

关于加盟《望日莲》剧组的演出背景，老黑解释说当时中午管了一顿饭，还给了 5 块钱。

老黑自己并不觉得他的这个角色有什么可笑之处，他甚至对自己唯一的一次演艺生涯有些许的骄傲，每次我们津津乐道此事，老黑就会对我们的粗俗流露出鄙夷。

　　老黑是个长相不规则的人——身材矮短，皮肤黑得如污泥，头发脱落近三分之一，而且是顺着额头向两侧脱落，中间是稀拉的细毛，如同阴世的小鬼，喜欢促狭的我郑重地授予他另外一个绰号"三毛"，渐渐地，三毛这个名字和老黑一起，成为原名赵锡荣的代名词，以至于赵锡荣这个名字大家都忘却了，就像人们只知道老舍而不知道谁是舒庆春一样。

　　人世间总有一只无形的手在左右着每一个生民的命运，老黑相貌丑陋是客观存在，可老黑的婚姻不幸则是老黑爷爷家长作风制造的人为灾害。入伍两年后，老黑的爷爷为他在老家物色了一个媳妇，一次老黑回家探亲，盼望重孙子的老黑爷爷和颜悦色地让老黑和那个女子相亲，然后命令他结婚，虽然老黑并不喜欢那个女子，但参加革命两年多的老黑，可能是因为连生日都不知道的缘故，竟丝毫没有违背爷爷的权威，和那名女子婚配了，从此老黑过上了牛马不如的生活。

　　当初老黑的爷爷或许是被某种假象迷惑了，他给老黑娶的是一个刁蛮乖戾的媳妇。她经常不打招呼就擅自来部队寻找老黑，好像去的是她二姨家。开始的时候老黑还住集体宿舍，媳妇来后住宿不方便，老黑只有找年轻军官借住，老黑媳妇就认为借住的房子是他们自己的了，颐指气使地指挥老黑做这做那，老黑劝她回去，她就和老黑吵闹，不顾部队的组织纪律，摔盆砸碗，扯着嗓门骂老黑的父母，侮辱老黑的祖上。那时候我们经常晚上玩牌，缺人手了就去老黑那里叫他，老黑的媳妇于是连我们也骂，因为是山西土话，具体内容我们也不能妄下结论，但从她的怒气和变形的脸庞，我们知道她是在诅咒我们。

媳妇的举止让老黑面子扫地，老黑也只有背后叹气。战友们说老黑怕老婆，不敢对她施以拳脚，老黑则反击说对这种婆娘暴力是徒劳的，只能怨自己倒霉，大部分人对老黑的这种回答疑惑不解。

倒了霉的老黑屋漏偏逢连阴雨，想要一个孩子，却迟迟不见孩子诞生前的征兆。为此老黑常常鬼鬼祟祟地去协和医院咨询，枸杞子、核桃仁、肉苁蓉、韭菜子等壮阳药吃了不少，最终的结果是老黑满面红光，一天到晚火气冲天，在单位动不动就骂人，有时候还动手打一些老实人；而老黑的老婆则面色枯萎，像颠簸了五天五夜刚下火车。大家暗地断言一定是老黑媳妇月经不调，妇科有问题，但最终原因老黑一直没有对外公布。1998 年夏天，老黑从山西老家领养了一个女儿，婴儿健壮白皙，眉眼不是很好看，大家又开玩笑说是老黑的私生子，老黑就骂大伙的娘，估计老黑爷爷的初时梦想也破灭了。

老黑是个粗人，不仅不知道自己的生日，连字也识不了几个，虽然比我们大很多，但一些机灵人也经常开老黑的玩笑，老黑急了就破口大骂。也许是家境贫寒的缘故，老黑比较小气，我们一起吃饭的时候他很少付账，大家都不是很有涵养，有时就有人讥讽老黑几句，老黑往往会沉默许久。一次老黑对我一个人说，他都快四十了，老婆也没工作，复员回大同后还要买房子……老黑说这番话的目的自然是为他的公共饭局不出钱做解释，但我周围多是年纪轻轻就离家在外闯世界的人，性格比较粗犷，不能善解人意，虽然知道老黑拖家带口，有时还是难免为利益上的过节为难老黑。不过有一点是大家公认的，老黑是个不惜力的人，谁家有什么活计一般都是老黑干得多。有一次我搬家，老黑一个人把冰箱给背上了四楼，我心里很过意不去。

老黑还是个缺乏心计的人，我们经常嘲笑他给那位领导人家开了三年车竟没有提干，他自己说起这事也愤愤不平，还自欺欺人地说那时候忘了还有这些烦心事。我了解，很多在领导人身边工作的秘书、司机日子过得都很称心，自己私人的事情也处理得很好，如果老黑那时在这些方面动点心思，他会有一个好前程的。

1999 年军队裁员，因为老黑超年龄服役，部队要求他复员。老黑老家大同的企业多不景气，老黑的文化程度又很低，他回家托关系想进公检法部门，但最终也没能如愿，部队将老黑的关系转到当地民政部门。

临走的时候，我们一起吃了顿饭，饭后老黑第一次拉着我的手严肃地说别再拖了，找个合适的结婚吧，体谅一下老人的苦衷。因为是粗人，我们以前在一起都是插科打诨，没有什么正经话，这还是我唯一一次听到老黑的动容之语。

我再次见到老黑是今年夏天。他回大同后分配在铁路局下面的一个维修段，工作地点离大同市有三十多里。老黑月工资 600 元，在市里租了一间平房，老婆每天在家照顾孩子，做饭，老黑骑自行车去维修段上班，工作内容是沿着铁路走下去，查看路况，具体走多远，不是很清楚。

　　老黑比在北京的时候更黑了，皮肤显得幽亮，没有穿袜子，脚上是一双灰尘仆仆的布鞋，蓝色的短裤也油迹斑斑，模糊了原始的颜色。席间老黑很高兴，兴致勃勃地喝酒，最后吐了，说下次来北京给我们带一只羊腿。

　　老黑回去以后就再没有了音讯，我们有时见面也聊起老黑，说在一起的趣事。我至今也没有结婚。

见了老陶

4月19日中午，我正在家专心致志地发呆，骆驼给我打来电话，说他在通县，和一个叫老陶的朋友在一起，让我也过去聚聚。当时我除了发呆，实在没什么趣事要做，就答应了。

放下电话，我给一个哥们打电话——让他开车送我去通县。我还没有张口，哥们就说他刚做完痔疮手术，而且效果很糟，害得我只能把关爱和温暖作为我们通话的主题。

联系好张松和鸿致，我就上路了。路上又接到骆驼的短信，说老陶是奇人，一定要见个面。这天北京正刮着大风，狂风丝毫没有在意我去见的是奇人老陶，无耻地在我的身体上肆虐。

约好在国贸地铁站会合。进了站台，就搜寻到了张松和鸿致，我们三个中年人像幼时的小伙伴春游一样，向通县进发了。

地铁在四惠站由地下驶到地上，阳光被狂风撕扯的碎片在树上斑驳着，让我还有些不适应。我们下了地铁，转乘开往通县的小火车，继续着去见老陶的路程。

到了北苑站，我们下了车，在车站出口处等骆驼。这时，鸿致问张松是否认识老陶，张松说："认识。是个疯子。"张松说这番话的时候语气淡定，就像长者面对宿命。

等了一会儿，骆驼的老吉普奔驰而来。上了车，骆驼把几页纸递给我，说是老陶的作品。我看到这样一首打油诗：

大运河，帝王河
宗庙社稷之所托

大运河，金银河
禄蠹贪官之邃窦

大运河，故事河
波谲云诡之言说

大运河，大运河
载舟覆舟之大河

江南自古富贵乡
运河因之南北长
江山易得不易守
逐鹿后必逐膏粱

运筹运智运漕粮

斗衡斗坝都廒仓

腥风血雨催天老

存劣汰优寓沧桑

以谐韵文字感叹大运河，沧桑悲慨，直接掀开历史的底牌。唐人"劝君莫话封侯事，一将功成万骨枯"，元代张养浩的"兴，百姓苦；亡，百姓苦"都与其类似，看来老陶身上的风霜还不少。另外几首也与之类似，感叹世事，刺谏风俗，言语粗辣，表明老陶是个有胆之人，只是文字上不够驯雅。

还有几首诗，颇有些孤独者的悲凉，录其一：

鹰失鸟伴高飞意

梅无花侣傲寒心

情丝岂能牵强系

独到之处且独行

后两句耐人寻味，似乎是情到深处的孤独，又有英雄情怀的端倪。

汽车像人生一样七拐八拐的，在一家名为"仁和"美容美发的门脸房前停了下来。骆驼说这是老陶的产业。进了门，见一瘦小老头规矩地坐在椅子上，着蓝色中山装，头上安放着一顶圆边深灰色礼帽，圆眼镜。21世纪了，这样的形象，若不是老陶，整个地球都会震惊。

听了骆驼的介绍，老陶与我们寒暄，他的声带比较细，且尖利。同我握手后，他重重地拍了一下我的肩膀，喝道："这位君仪表堂堂，像个法国人！""法"字他读去声，很多老北京人是这样念的。他对我的评判很是令我诧异，随着肉体的沉重，我愈来愈觉得自己相貌粗俗了，不知他何来这种断语。

对鸿致的评论也是如此。他说："这位姑娘像舒婷。"当我表示异议时，老陶又说，鸿致的相貌像舒婷的心灵。

随后老陶就安排人给骆驼、张松、鸿致理发。我坐在那里和老陶聊天，席间还有一位郄姓中年人，是老陶的朋友，经商，研究李卓吾。李卓吾是明末异端思想家，离经叛道，把当时正统的孔孟程朱思想骂了个狗血喷头，出家后还留着胡须，喝酒吃肉。晚年他到通县投奔友人，自杀后墓地就在通县。以商人身份被青睐的李卓吾，想来也是心存玄远的人。

茶几旁边蹲着一箱罐装啤酒，老陶反复劝说我们喝一点解解渴。我因为一天也没吃饭，加之对啤酒无兴趣，就谢绝了。老陶对每个人都说上两句，常常都是结论性的语言，不容对方回应。他说骆驼的诗狗屁不是，下一句话的主题马上又转移别人身上了，所以骆驼只能默许。

理发结束，老陶指出该吃酒了。后来我注意到，老陶是把喝酒称为吃酒的。

老陶家就在马路对面，进门后头一件事就是参观他的藏酒。在阳台上，垛着一箱箱的二锅头。骆驼介绍，老陶从酒厂拉回50箱60度的二锅头，这些酒市面上根本见不到，是同仁堂药店用来泡药的酒。我算了一下，每箱 24 瓶，共有一千多瓶，老陶每天喝两瓶也得喝近三年，看来老陶的确是把吃酒当作吃饭了。注视这些酒，我耳边突然传来海啸的声音。

我注意到，老陶家的沙发上铺着褥子，上面还有床凌乱的被子，我问老陶缘由，老陶答："你想啊，这人喝了酒身体该有多沉呀。怎么也得有四五吨呐，哪能挪动啊。必须在哪儿喝就在哪儿睡。"骆驼提供的版本是，老陶已多年没有和夫人同床了，一直都是睡在沙发上。据说前些年老陶还突然"蒸发"了，朋友们几年没有他的音讯。有一天一个朋友在街上邂逅了他，抓了老陶的现形，老陶这才返回世间。原来老陶一直隐居在家中的另一处房子内，不与俗世任何瓜葛。至于个中原因，老陶没有向外界透露，估计老陶自己也不能解释。

从老陶家带上酒，我们就去外面吃酒去了。路上老陶语重心长地慨叹，这是我们最后一次吃酒了。骆驼补充说，老陶每次和人吃酒，都会说这是最后一次的。

席间基本上是我和老陶对话，说点历史。老陶个子不高，面容清癯，双目似深夜山巅的闪电，让我想到日本的东条英机，坐在我旁边的郯先生则说老陶像梁漱溟。

老陶名陶家楷，1942 年生于沈阳，1948 年来京，祖辈曾是东北军的将领，父亲为教师，后受迫害而死，母亲自杀。老陶说的一句话我印象非常深刻，他说，"文革"时要求背诵毛主席语录，他死活也不背。我想这句话可以作为老陶命运和他精神状态的最好注脚。法国人福柯写过一本名为《疯癫与文明》的书，认为疯癫是文明的产物。中国历来是个求同的国家，"文革"尤甚。以老陶豪放自由的个性，在那个时期自然会罹受惨烈挤压。不能趋同，只有选择死亡和疯癫。

郄先生跟我介绍，老陶与北岛是好友。北岛在其《失败之书》中，专有一章是讲老陶的。回到家后，我在网上查到此书，读到其中的《怪人家楷》一节。

"我至今还记得他当年的模样：个儿不高但结实，头发蓬乱，眼镜腿缠着胶布，笑起来嘴角朝下，似乎随时都能转成号哭。他爹惨死于'文化大革命'中，……自打我们认识，他已经是个酒鬼了，借酒浇愁，动不动酒后大哭一场。他管喝酒叫吃酒，可见其量。吃醉了，除了上天无所不能。当年跟人打赌，他光着脚头顶鞋袜，正步穿过王府井。"这是北岛记忆里老陶在"文革"时期的情状。

关于疯癫的原因，《怪人家楷》中说："家楷愤世嫉俗，但满脑袋糊涂思想，尤其吃过酒，更是谬论连篇。我想是恨毁了他。社会的压力过大，必怪人多，其内心世界苦不堪言。很多人受不了——疯了。得亏有酒，救家楷于水深火热之中。"

人的疯癫，多为社会和政治两种原因所致。老陶在保全个人意志力存在的前提下，以疯癫的形式对抗这个世界，在我看来已经是十分万幸了。

在酒桌上，老陶还给我念了他近期的一副对联：

国泰民安紧扃锁 家家安上铁栅栏

莺歌燕舞放风筝 处处牵引真牢笼

这倒真是愤世嫉俗了。

对于老陶的感情生活，《怪人家楷》中说："他单身多年，直到 70 年代末找到小骆，那真是他的福分。小骆通县人，纯朴宽容，否则怎么受得了家楷？他们结婚前不久，家楷来找我，声称他自己配不上小骆，极力劝我当新郎。气得我暴跳如雷，差点儿把他赶出家门。我岂能夺人之美，再说这种事哪有先人后己的？我越是生气，他越是哈哈大笑。"

看到这里，我也哈哈大笑，这样的事情，只有老陶做得出来。吃酒的时候，老陶介绍说，他年轻时很好色，许多姑娘钟情于他，不过他都对得住她们。只有一个美丽姑娘，他始乱终弃，现在悔恨万分。他说他已经准备好了一百万，正满世界找这个姑娘，一旦找到，他就将这一百万双膝跪着奉与那姑娘。可惜的是，姑娘至今也没找到。

"文革"结束后，老陶就发达了。骆驼讲，20 世纪 80 年代，老陶制作裤子的技术执了通县的牛耳，后来进军到北京城里，老陶当了一家服装公司的顾问。

现在，老陶家的生意由夫人打理，老陶闲在家中，专职吃酒，骂娘。那天晚上吃酒时，粗口也滔滔不绝地从老陶嘴里倾泻出来，老陶把我也骂了，因为喝多了，具体骂什么我都遗忘了。

老驴也有春天

我至今也不知道老驴到底叫什么，只知道这个绰号。

我与老驴并不认识，因为老驴是我弟弟的大学同学，有时去我弟弟宿舍，会看到他的身影，别人叫他老驴，我就把这个人和这个绰号联系起来。老驴的名字并非空穴来风——他的确长了张驴脸，从额头到下巴的距离漫长。

大学生多是意气风发不拘小节的，我发现只要老驴出现，同学们就"老驴""老驴"地发这两个音，以此来求得单调学习生活后的快感。估计老驴自己也明白，拒绝这个称谓只会招致更多的话题，所以老驴听到那些促狭者这样叫他时并不以为然，非常坦荡地接受这个与自己休戚相关的代号。

老驴是个慈厚的人，脸上总是荡漾着善良的微笑，别人开他的玩笑他也是眯眯地笑着，不觉得这是别人占了他的便宜。老驴家乡在黑龙江，东北人言语上与生俱来就带着幽默，所以那时候听到老驴的声音我心里就会发笑。

我和老驴接触是在 1993 年，当时我在清华北门外的大石村赁屋而居。房东家有个很大的院子，我住北房中的一间，搬到这里 3 个多月后，老驴也在这里租了一间南房。这时候老驴已经毕业了，我弟弟还在读研究生。听我弟弟讲老驴分配在一家显像管公司工作，单位没有房子，所以他就到清华附近租房子住，一方面可以和大学同窗在一起消除寂寞，一方面可以吃学校食堂，免去做饭负担。

因为我弟弟这一中间环节，我和老驴也算是认识了，见面时打个招呼，点头微笑一下，然后擦肩而过。我们从来没有多说什么，仅仅通过面部友好的表情交流，知道对方是谁而已。不过老驴的故事，我弟弟倒是给我发布了一些，他告诉我老驴身体非常不好，患过肝炎，为了养护自己的身体维持生命，老驴发明了一种解除疲劳的方法——哼哼。如果劳累了，老驴就躺在床上，蜷缩着身子，喉咙里嘤嘤地发出哼哼声，老驴宣称，这种哼哼解除疲劳法非常有效，经常不厌其烦地劝说大家试一试。当然，二十几岁的风华青年，自然是不会踢完足球后躺在床上哼哼的，大家把老驴信奉的养生圭臬视为笑谈。不过我观察，老驴还真是像一个年迈的长者一样，饮食起居有条不紊。他每天睡得很早，晚上八点就提着两个暖瓶去学校水房打水，回来后洗漱，九点半老驴室内的光明就消失了。当时我们那个院子住的都是学生，年轻人的精力每天都汹涌澎湃，尤其是晚上，或在室内读书，或和朋友喝酒，或与女友纠缠，总之都要过了夜里十二点才能安歇，而此时老驴可能已哼哼完毕，在梦乡神游了。

读书时候我喜欢罗大佑的歌，罗氏有一首歌叫《野百合也有春天》，其中有这样的歌词："你可知道我爱你想你怨你念你深情永不变，难道你不会回头想想昨日的誓言，就算你留恋开放在水中娇艳的水仙，别忘了寂寞的山谷的角落里野百合也有春天。"因为太熟悉的缘故，我把这首歌词进行了一番演绎，每当听到周围哪个人恋爱了，我就叫嚷某某也有春天了，后来周围很多人也跟着这样说，我们还让进入春天的人请我们吃饭。那时系里有些女生长得难看，男生常常咬牙切齿地说她们千古奇丑！一旦哪个千古奇丑的女子恋爱，我们就忿忿地喊："某某也有春天！"似乎是她们有了春天，春天就不美丽了。

和老驴为邻一段时间后，老驴的身边有了一位长发披肩的女子，长得如夏天的修竹，清纯可人。我弟弟告诉我女子是清华教授的孩子，经他们老师中介和老驴结识。听完介绍，我笑着对我家兄弟说："老驴也有春天啦？！"我弟弟先是惊愕，继而也笑道："当然啦！人家老驴怎么就不能有春天？！"

进入春天的老驴，日子自然是繁花似锦，五彩缤纷的，经常是下班后和姑娘一起谈笑，然后一起吃饭，一起漫步于校园温馨的角落，姑娘多挽着老驴的胳膊，老驴则心花怒放。这种场合老驴与我相遇常常有些不好意思，脸上友善的笑容又添了几丝羞赧。我暗暗为老驴高兴，觉得这样的人早就该进入春天了。天道应该酬善，老驴人那么好，身子骨又不佳，自然得有个好姑娘在身边。

我与老驴打的唯一一次交道是冬天的一个晚上，突然停电了，我没有准备蜡烛，看老驴的屋里闪着烛光就过去敲门借蜡烛。老驴正在看书，听了我的来意后解释说他也就这一根了，脸上又出现了难为情的笑意，似乎没有蜡烛是他的过错。我连忙说声没关系，回到了屋子。外面太冷，我懒得出去买，就躺在屋里听收音机。过了一会儿传来敲门声，我开门一看是老驴，他说刚才去学校打水，顺便买了蜡烛，送一支给我。老驴的这一举动弄得我挺过意不去，连忙说感谢，老驴没说什么，狭长苍白的脸上依旧是带着善意的笑容，悄无声息地回去了。

后来我因为工作关系搬走了，老驴继续在这里居住。再后来断断续续地听我弟弟讲，老驴的单位散伙了，老驴的女友出国后和老驴分手了，老驴北京的单位不能提供住房，老驴回老家了，这些关于老驴的消息听了都让人心里发紧，因为老驴不是那种意气风发张扬肆虐的人，他衰弱的身躯能否支撑漫长坚硬的生活呢？

很多年没有老驴的音讯了，太阳下山明天还得爬上来，阳光照在脸上，皱纹也有一面是阳光不能普及的。去年在湖北爬武当山，下山后三十几岁的身体累得几乎散架，晚上在床上莫名其妙地想到老驴，想到他用哼哼解除疲劳的办法，我也马上侧卧哼哼起来，约有3分钟后，奇迹还真是出现了，酸痛疲乏的身躯马上舒泰多了。人遇有不顺心的事容易叹息，叹息的目的无非是为了将心中的困厄之气倾吐出来，看来老驴的哼哼法还真是管用。

那个晚上，我又想到老驴也有春天的笑谈，不知老驴现在有没有春天……

徒唤奈何

2003 年 4 月 23 日下午，《重庆青年报》有会，周继光从住处来到报社所在的新华社重庆分社大楼，刚进大门，他就晕倒在地，浑身抽搐。保安将他抱至大厅的沙发上，然后通知报社的人，人们迅速把他送到最近的医院——他已经离开人世了，时间是 2003 年 4 月 23 日下午 13 点 40 分左右。

似乎是一阵风儿把他的灵魂吹到了天国……

一

4 月 25 日上午 10 点，电话声将我从睡眠中唤醒，电话是远在大连的刘斌打来的。

在北大读书时，32 楼 310 宿舍的格局是这样的：东边一张上下床，西边两张上下床。东边上下床的上铺住的是来自湖北麻城的董志谋，下铺是来自湖北应山的曹道君；西边靠窗的上下床上铺是来自大连的刘斌，下铺是来自四川大竹的周继光；靠门的上下床上铺是来自山东龙口的我，下铺是来自四川大竹的黄立新。1984 年 8 月至 1988 年 7 月，我们六个人在这里共同度过了我们的大学时光。或许是因为这一时期奠定了以后我们思想的缘故，不管我们身在何地，每忆及此，我们都会生出绵绵无尽的感慨。

刘斌的这个电话是问候我的。进入 4 月，非典型性肺炎像一个蒙面的武林高手出现在北京，而这个城市的每一位百姓，都成了他的敌人，我们除了诚惶诚恐地严加戒备，别无他途。政府说这是人类面临的一场突发灾难。

刘斌在电话中反复叮嘱我一定注意身体的安全，这是我 4 月 25 日接到的第一个电话。随后是我父母、弟弟的，我叔叔的，我舅舅家哥哥的，我姐姐的，山东老友张越的。还有很多人给我发来手机短信，关怀着我，这让多少年一直独身生活的我很温暖，因为以前温暖都是干旱季节的零星雨点，没想到今天泛滥滂沱了。

下午 17 点 40 分，我接到我们宿舍在成都工作的黄立新的电话，他告诉我——周继光去世了，4 月 23 日下午，脑溢血，他的中学同学正在重庆帮助料理后事。就这些。

魂魄似乎一下子脱离了我的肉体，悲伤也同福尔马林药水在浸泡我的身躯，我不知所措。好像有一股力量在对我说这不是真的，而我自己却很果决地劝说对方这就是真的。

我给在北京的范伟打电话，我泣不成声。

我给广州的董志谋打电话，他正在合肥。我不敢把这个消息告诉他，我只对他说你要多保重啊，明天回广州后我给你电话。

我四顾茫然，我不敢想象我从没见过面的周继光的妈妈和他的三个妹妹现在会是什么样子，她们是他的唯一亲人，他是这个家庭的唯一男人。

二

我和老周是一直都有联系的，近几年我们几乎每周都通电话。有时我都想，我们俩简直就是互为镜子，如果不知道自己什么样，看看对方就知道了。

2003年实在是不幸的一年。

2月中旬从山东回来，很快就传来在广州的曹道君患胃癌的消息。我先后给重庆的周继光、大连的刘斌、成都的黄立新、熊宏电话，告知老曹的病情，大家纷纷捐款。其间周继光多次和我联络，我们也谈及现在这个年龄所遭遇的困惑。

3月30日，我起程去广州，31日下午到，住董志谋处。当天下午我和老董去肿瘤医院看老曹，此时老曹已经做了手术，准备第一次化疗。

4月1日老曹开始化疗，从4月2日我一直白天陪，直至4月6日上午结束。这中间我曾和老周通过一次电话，说了一下老曹的近况，并告诉他我在广州的新电话号码。当时他刚回老家大竹给父亲扫墓回来，向我说了说家里的情况。因为广州"非典"盛行，老周还让我注意身体。在广州，老曹、老董和我也多次谈起周继光。

我本来是想在广州工作的，远在国外的父母被舆论蒙蔽，以广州疫情为由勒令我回京。

4月18日我回到北京，北京此时完全弥漫在"非典"的恐怖之中。同学张忠说我追随"非典"的踪迹，哪里有"非典"我去哪儿。

这种恐慌气氛也感染了我，我除了去超市，就待在家里。

回来的当天晚上我给老周打了电话。我们俩通话有个约定，鉴于我时下的困顿境遇，一般是电话接通后，老周把电话挂断，然后给我打回来。可那天晚上电话通后出现的是语音提示，让我使用全球通寻呼业务，给老周留言。我知道老周很懒惰，经常电话费已经打光了，他也不去交，非要再过两三天才去，所以这个时候他的电话是停机的。

我当时并没有在意，隔一天还是给他一个电话，但都是语音提示，让我使用全球通业务，给他留言。

直至等来这个噩耗。

三

4月25日晚上于我是茫然和悲伤的。我不能回忆，我感觉头部的血管在阻塞，在麻木，在疼痛，周继光生命最后一刻的瞬间在我身上拉长了，我在慢慢体会老周走进死亡的痛苦，我也希望这种痛苦纠缠我，因为这种痛苦就发生在老周的身上。

晚上北大杜若明打来电话，当我说及老周的不幸，老杜竟疑惑是不是弄错了，随即是长久的叹息，然后我们挂了电话。

随后张忠打来电话，我实在不知道说什么了，我都不想把这个消息再传递给别人。

晚上大约21点的时候，黄立新再次打来电话，说周继光的中学同学张林以及现在的同事都想联络上我，因为他们知道我是周继光最好的朋友，黄立新告诉了我一个电话号码。

我从抽屉里找出一张纸来，记黄立新讲的那个电话号码。当我把号码记下后，我意外发现这张纸上竟录有古诗《箜篌引》，"公莫渡河，公竟渡河。堕河而死，当奈公何。"我感叹这首古诗和周继光的死亡是否存在一种默契。

我按照这个号码打过去，知道这个电话是周继光在成都的女友张珂的。她正在重庆为周继光守灵。张珂哽咽地给我介绍了周继光去世的经过，并告诉我周继光身边的人一直都在找我，但没能联系上。张珂还告诉我周继光的追悼会明天上午10点举行，我都不敢听下去了，我知道追悼会结束就会火化，也就是说明天上午10点以后老周将是另外一个世界的人了。我简直不能接受这个事实，我含着泪对张珂说请你在周继光面前把我的心意表达好，张珂说我会替你上香的，我就把电话挂了。

我给航空公司电话，询问第二天上午去重庆的航班，对方说有8点多的，到重庆的飞行时间是两个小时四十分钟。

我知道我已经不能参加周继光的遗体告别仪式了，我不能在周继光去天国的路上为他送行，而我是他精神上最亲密的朋友。每次接到他的电话时，他的第一句话就是"老门呵"。这个声音将只能是回忆了。即使我参加了他的遗体告别仪式，我也一定会昏死过去的，我一定会昏死过去的，因为我的兄弟走了。我真想跪下，跪在周继光的面前，老天有灵，你就睁眼看看我们，看看我泪流满面，看看你绝望的妈妈。

老周，现在我真希望我的泪能流到你的心上，如果你感到我的悲伤，你就活过来吧！你知道多少人希望你活着。

这个晚上我一直想我是应该跪着的，我要为周继光守灵。

张珂的电话挂了不久，周继光以前的青年报同事王光东给我打来电话。2001年五六月间，我曾在老周处住了将近两个月，和他的很多同事熟悉。王光东就是那个时候认识的，后来王光东回成都工作，他是得到老周的消息后来重庆的。

王光东也给我介绍了周继光去世当天的情况。我对老周4月23日下午发生的事情似乎历历在目。

这个晚上我一会儿头脑一片空白，一会儿伤心欲绝。我想象了4月26日上午老周追悼会上的每一个细节。

四

周继光1984年考入北京大学中文系汉语专业，1988年毕业。

80年代北大中文系男生都住在32楼的3楼和4楼，当时310宿舍住的是汉语和古典文献两个专业的人。周继光、董志谋、黄立新是汉语专业的；刘斌、曹道君和我是古典文献专业的。虽然不属于同一个班，但我们宿舍的团结与亲和却是非常令人羡慕的。那时每逢五一、十一和元旦，学校都要免费提供一顿午餐，别的宿舍多是个人自己吃，我们宿舍则再准备些酒和副食，大家一起暴吃一顿，这顿饭也经常吸引别的宿舍的人参加。

这种场合一般都由老周领衔，因为他是喝酒抽烟的高手，而且为人豪爽酒脱，有了酒以后就激动，此时往往妙语连珠，让大家神往仰慕。人类学家张光直在研究印第安文明后，曾得出一个结论，认为酒与烟草是建立人与上帝联系的唯一通道，此论或许有道理。世事无常，人们往往会在冥冥中发出一些天问，不过有些是永远不会有答案的。酒和烟草可以让人的神经脱离固有的思维，这也许就是理论反复斥责烟酒的危害，而现实中人们一直垂青它们的缘由吧。

不过能喝酒是需要先天有些本事的，古人说"痛饮酒，熟读《离骚》，便可称名士"。老周可以痛饮酒，以我和他的交往看，他喝一斤高度白酒是不会有什么问题的。1989年夏天，1990夏天以及2001年的夏天，我们都曾一起把酒畅谈，我喝六七两以后就会身体不适，而他这时候依然能继续喝下去，并且谈笑风生，说古论今。这个时候他还常常嘲笑我，似乎此时他已经进入了自由王国。1990年夏天老周自成都来北京出差，我俩在建国门内贡院头条四川驻京办附近的一个餐馆里，喝二锅头，吃涮羊肉。从晚上八点开始，一直吃到夜里十一点饭馆打烊。我们和饭馆交涉，把桌椅和火锅搬到门口路边，继续喝酒聊天，后来喝了多少酒，吃了多少肉我们都不记得了。半夜我们趴在桌子上睡着了，清晨的太阳和早起的人声唤起了我们，我们俩这才知道我们在马路边的桌子上睡了。醒了以后我们匆匆说了两句，然后他回驻京办睡觉，我乘出租回自己宿舍睡觉。

老周不光有酒量，关键是酒成为他生命中的重要部分。"三日不饮酒，觉形神不复相亲。"他的智慧似乎是从酒中烟里源源不断奔涌出来的。我记得很清楚，他在一个同学的毕业留言册上用钢笔画了一个酒盅，一根袅袅上升的香烟，以此表达他的世界观。2001年我在重庆的时候，老周每天要抽两包当地产的"龙凤呈祥"烟。烟成了他每天手里的道具，缺了它，他的生命就不再精彩。《重庆青年报》的总编辑龚建平先生曾特许他晚饭可以喝酒，龚先生是有名的报人，对下属要求比较严厉，但在重庆的日子里，我能感觉到他对周继光特别的关爱。当时周继光的工作时间是从下午四点至子夜一二点，晚饭后编辑们一般都马上投入工作，唯独周继光可以独自优哉游哉地喝酒，然后晃晃悠悠地投入工作。工作时的老周非常专注，盯着编辑送来的报纸大样，眼睛有些红，烟一根接一根地抽，长发有时耷拉下来，遮住他的脸庞，他的精神也完全与世俗世界隔绝。

老周英年辞世，以我看有下述原因：

一是长期不间断的夜班生活。自2000年夏季老周自成都到重庆工作后，一直都是每天下午两三点钟左右到办公室，看当日新闻和稿件，开编前会，确定版面，六点回宿舍吃饭，饭后继续工作至夜里两点。这种长期的、高强度的新闻生活必然让他符合自然规律的生物钟失去平衡，导致机体各项功能的紊乱。

二是老周自己不良的生活习惯。他不仅晚饭喝酒，常常夜里下班后还外出喝酒。喝完酒后一天的工作疲劳就都来了，而吃的很多东西却没有消化，这时候就睡觉自然要加重脏腑的负担。据我所知，老周一般是清晨五点左右入睡，中午一点左右起床，洗把脸随便吃点东西就又上班，周而往复，日日如此，这种颠倒的生活方式对身体是十分不利的。周继光的父亲是突发脑溢血去世的，按理说他应该明白心脑血管疾病的遗传危害，或许他还太年轻，根本不会想到病魔会这么迅速地吞噬他。4月27日晚上张珂在给我的电话中曾提到，周继光在去世前和别人的聚会上，就表示过自己喝酒很不舒服，抽烟身体也难受。如果这个时候能去医院做个检查是断断不会发生不幸的，可惜他没有。

第三就是他没有结婚，这么多年都是他一个人打理自己的生活。老周有名士风范，不拘小节，对个人生活方面向来不屑顾及，完全依据个人情绪来对待生活，这种生活方式在我周围很多人身上存在，而这是极危险的。

五

周继光出生于 1966 年 7 月 8 日。因为我们宿舍比较亲和的缘故，我对每个人的情况都比较了解，诸如我知道董志谋老家在湖北麻城白果镇望花山乡大畈村，多少年后我提及老董都很惊讶。对周继光也一样，我知道他父亲40岁的时候才有的他，他爸爸比他妈妈大10岁，他爸爸曾参加志愿军到过朝鲜，他妈妈家成分不好，所以结婚很晚。

从大学以及毕业后我们俩的交谈中，我知道他爸爸对他非常喜爱，他告诉我他放假回家可以和他爸爸对饮。这对来自孔孟之道重镇山东的我来说，当时是非常惊诧的，因为在山东，父子之间的界线异常森严。周继光还告诉我，小时候他们去河里游泳，班里的女生发现后就抱着他们的衣服到周家揭发告状。周继光的爸爸听罢女生的状告后，当即对她们的义举进行了怒斥，说我的儿子不用你们管。然后周爸爸就拿着周继光的衣服来到河边，以行动表示了对自己儿子的支持。老周谈这件事的时候我对他爸爸的行为真是心仪神往。

我和周继光、范伟的交往很多。因为我们互称老周、老范、老门，所以我们就称对方的父亲老老周、老老范、老老门。每逢我们见面，我们都会先问候一下老老周、老老范、老老门的身体如何，我们对对方的父母情况都很了解和关心。

周继光有三个妹妹，一个叫周继辉，一个叫周小兰，一个叫周小玲。这三个名字也是老周在聊天时告诉我的，每次谈起她们，我都会感觉到他的关爱之情。三个妹妹们很尊重老周，有什么大事都要和他商量。前几年三姐妹做副食品批发，生意很红火。去年又买断了"雕"牌洗涤用品和"康师傅"食品在大竹的代理权，她们还买了新楼房，这些消息都是周继光在电话里告诉我的，我听了非常高兴。得知老周不幸的消息时，我唯一感到庆幸的是，三姐妹的生活是自立的，否则，老周在九泉之下也是不能安宁的。但是，毕竟三个妹妹今后只能自己承受生活的担子了，那个呵护她们的大哥已经走了，走时距离37周岁生日还有76天。

六

1984年，周继光以四川省达县地区文科第三名的成绩考入北大。

老周就读的大竹中学是四川省重点中学，在中学时，他成绩一直居全校第一。难能可贵的是，老周在中学时文理科成绩都非常优秀。

关于他在家乡的生活，我了解不多。他家是大竹县城的，小学、中学都在县城就读。在中学时，他结交了三个好朋友——张林、刘兴明、吴愚。张林读的是北航，刘兴明读的是成都电讯工程学院，吴愚读的是重庆大学。我和张林见过很多次，是一个豪爽人。刘兴明在周继光读大学期间的一个暑假也来过北京。据周继光讲，他们在中学时被称为"四条汉子"，从这些方面看老周是个重情意、喜交游的人。他们的友谊也一直持续至今，2001年5月我和周继光到成都时，也和张林见了面。

周继光在中学时的一件趣事后来总被我们津津乐道。老周的父母个子都不高，所以他们希望孩子不要遗传自己的基因。刚进入初中，奇迹就发生了，老周身高达到了1米64。周家沸腾了，他们感到从前的烦恼是多余的，他们的担忧没有在自己的孩子身上发生。为了对儿子现有成绩加以巩固和激励，周家人决定称周继光为"大汉"！他们也坚信，他们的儿子会成为一条响当当的汉子。不过"大汉"的称呼只保持了两年就取消了。初一时，班里上操老周体面地排在后面。初二时，老周在队列的位置就快到中间了。到了初三，老师就要求周继光排在前列了。从此，周家也羞于称周继光为"大汉"了。

　　老周在大学时曾绘声绘色地给我们讲述了他的"大汉"经历，后来几个熟悉的人就以"大汉"代指老周。虽然老周的身高一直没摆脱1米64，可他的性格倒的确称得上"大汉"。每到寒暑假后从四川归来，老周就会带回很多腊肠、松花蛋、罐头等食品。这些食品放在老周床下的一个纸盒子里，宿舍里的人都可以去拿来吃。老周好喝酒，他常用腊肠松花蛋佐酒。这时候他就会让大家和他一起分享这些食品。学生时代的人都饥肠辘辘，有吃的东西往往一转眼就消失了，所以老周从家里带的东西虽然很多，但六个饕餮男人还是会在最短的时间内把它们给消灭了。

　　我们几个好友都是不很在意钱的人，尤其周继光、范伟和我，因为独身的缘故，常常因为计划不虞而在钱的方面捉襟见肘。不过大家总能体谅对方难处，适时地互有馈赠。1993年夏天，我闲居在家，一天突然接到周继光寄来的 500 元汇款。当时在北京一个普通人的生活费每月不过 150 元左右，老周的行为让我很温暖。不过我们之间从来不提这些事情，似乎这种事情从来没有发生过，即使见面大家也从不说及。2001 年我去重庆，在老周处住了将近两个月，其间的所有费用，以及我去三峡的费用，都是老周出的。我去重庆之前，老周就跟我说，到他那里所有的费用由他承担。说这番话的时候老周显得轻描淡写，似乎根本不成为什么事情，我明白老周的真实意图是怕我心里有负担。

昨天晚上，我在梦中和周继光、龚建平三个人喝酒，当年在重庆的时候我们也经常一起喝酒，梦中的我们都很高兴，酒喝完了周继光还让我去拿酒，我清楚地记得我在一个方柜子里取出一瓶金色包装的酒。梦醒后我发现自己丝毫也没有哀伤的情绪，这是老周辞世六天后我第一次梦见他，时间是 4 月 29 日夜里。

七

1988 年毕业，周继光分配到海南人民广播电台。到海南后，老周难以适应热带气候，就辞去这份工作回到四川。

老周准备在成都工作，按照大学生分配规定，老周需要北大的派遣，所以老周又回到北京。

我记得老周是 1988 年 12 月底自成都坐火车来京的，当时我参加讲师团在通县永乐店中学教书。接到老周来北京的消息后，我回到北京，住在军事科学院一个同乡处。我估计老周在成都的日子一定是艰难的，所以我让同乡在单位要了一辆车我们一起去接老周。

那天火车晚点了，我在站台上焦灼地等着他。列车进站后，我就发现老周也在急切地寻找我。

老周是从车窗跳出来和我见面的，我们紧紧拥抱。北京已经是冬天了，老周只穿了一件外套，在寒冷中显得很单薄。不知为什么，从那一天起，大学时期健壮激昂的周继光消失了，以后的老周总有些单薄，甚至憔悴，让人怜惜。这种印象范伟也曾经对我说过。1998年北大校庆，2001年在重庆，2002年到北京开会，老周都给人些许疲顿的样子，似乎他需要休息。不过这种感觉从精神上是看不出来的，需要细心观察。

回北京后老周就频繁地往来中文系、学生处、分配办公室等地，因为牵扯的都是严肃的事情，我这个什么都不在乎的人永远也没弄清他在忙什么，总之就是问讯交涉等待。我从通县回来就和他在一起，抽烟喝酒，回忆往事，幻想未来美好生活。

春节之前，问题还没有解决，他回四川过年，我回山东过年。

1989年夏天，老周又回到北京，继续办他的分配事宜，我俩又在一起待了3个多月。

到了9月，老周的事情解决了，他将去四川省国土局工作。

老周走的那天晚上北京下雨，从他班主任郭锐老师住的

21 楼宿舍出来，我发现天气有些冷，就把我身上穿的蓝色运动服脱了给他。我送他去 332 车站，快到校门口时，我不小心踩到一个凹处，右脚灌进了泥水，当时我俩一同感叹真倒霉，然后是他独自坐车去北京站，我独自一人在这个城市游荡。

写到这里我不由得想起这些年我们共同的经历——总是在奔波中度过，似乎对现状一直不满。想想这也许是我们的精神导致这样的现状。2003 年 4 月在广州时读董志谋的一本小说，名字叫《面朝大海》，小说名字源自海子的诗《面朝大海 春暖花开》，"从明天起，做一个幸福的人 / 喂马，劈柴，周游世界 / 从明天起，关心粮食和蔬菜 / 我有一所房子，面朝大海，春暖花开"。老董的这部小说让我很感慨，他也是一个内心世界十分丰富的人，也许他厌倦了精神的奔波，才以这句诗作他的小说名字吧。海子也是北大毕业的，他 1989 年在山海关自杀，这是一个具有天才幻想能力的人。不过如果了解他的出身和家境，就会觉得他是没有资格自杀的，海子是个懦弱的人，他的自杀很可耻。

八

周继光自 1989 年一直在四川省国土局国土研究所工作，在这里他认识了叫张珂的姑娘，时间是 1994 年，他们的关系延续到他生命的最后。

1999 年，周继光到《蜀报》工作，《蜀报》的总编辑龚建平是中国报业的风云人物，后来《蜀报》因故停办，龚先生应《重庆青年报》邀请，出任总编辑，周继光追随，到重庆工作。

老周没有和我说过为什么要去报纸工作，不过以我的猜测，他在三十岁以后做出这个决定，一定是与个人事业有关。老周是学语言学的，他的这种出身自然使得他在以前的单位难以身居主流，虽然老周并不是对功名汲汲以求的人，但他的张扬性格必然要对自己的生命价值时刻关怀，并且这种关怀是终极的，所以他会在而立之年以后选择新闻工作。

老周是个极其聪明的人，我的好友中聪明人居多数，大家一起闲谈往往是智慧之火漫天遍野，让人心旷神怡。以博闻强记论，老周是强梁，可与杜若明为双璧。读过的书基本是过目不忘，有时我们谈到掌故，出现疑惑时基本以老周的决断为准，这些也都是反复实践后大家的共识。

老周的聪慧也属于剑走偏锋，往往见他人所未见，识他人所未识。虽然是读书人，可他丝毫没有知识分子的清流自负。有一次我俩闲聊，我说我很奇怪，四川这个地方山清水秀，可除了成都平原，其他地方并不适于人居住，像川东地区，山高路险，向老天讨生活太不容易，为什么还创造了那么辉煌的文明呢？老周轻描淡写地答复了我的问题，他说他们四川人"胸中有丘壑"。

有一次《重庆青年报》组织市民讨论重庆这个临江城市是否需要节水，一时间议论纷纷，一篇《最后一滴水是我们的眼泪》的文章招来读者的称道，老周告诉我文章题目是他出的。

他的聪明多数表现得很机智，善作急就章，所以他去报社工作我们都觉得很合适。

老周在新闻方面的进步也是很快的。他2000年9月到《重庆青年报》，由编辑到新闻部主任，总编室副主任，主任，2002年初任编委，这在新闻从业人员中是绝少见的。伏久者必飞高，无奈"天妒周郎，巴蜀空留青云志"（李培德语），我们只能在"人固不可以无年"的慨叹中，为一个英才的早逝扼腕。

九

"圣人忘情，最下不及情。情之所钟，正在我辈。"周继光的早逝给他的很多朋友带来"灭性"的痛苦，以至于很多人都不能相信，不能触碰。钟子期死，伯牙毁琴。"微斯人，吾谁与归？"很多好好活着的道理我都知道，但这种生命的脆弱又使我茫然。"中心藏之，何日忘之。"所谓达观在撕心裂肺的情感面前显得多么虚妄。这，或许就是活着。

关于老周，我有很多话说。

日子在一天天过去，我把这些文字祭奠在老周灵前。

惟伏尚飨。

相忘于江湖

我和老马结识，缘于风靡全国的"诈金花"赌博游戏。1996年，我的一个老友在颐和园附近开了一家餐厅。因为有饭吃的缘故，很多熟人常常啸聚于此。酒足饭饱之后，大家的娱乐活动就是诈金花。这种三张牌的赌博非常简单易学，且惊心动魄，很快我就被这种游戏吸引得夜以继日，废寝忘食。也就在这个时期，我结识了老马。

老马名马万山，据说是他生活的那个地区的"老大"。所谓老大，就是手下有一批无所事事、好勇斗狠的喽啰，他们以自己的方式攫取生活的资本。不过老马这个老大和影视里面的老大实在是距离悬殊，我常常疑惑老马手下的弟兄是不是搞错了，怎么会把这么个肃穆庄严的名头，赐封给了无德无识吆三喝六的老马。在我看到的港台影片中，老大们多是一脸肃穆、一诺千金、一往无前的江湖英雄，而老马给我的印象，充其量也不过是个市井里的鸡鸣狗盗之徒。

老马身高1米70左右，人比较消瘦，皮肤白净，嘴唇单薄，两个凹陷的小眼儿总是滴溜溜地闪现难以琢磨的笑意。老马站没站相，坐没坐相，唯一显得另类的，是一年四季光秃秃的头颅，像寒冬北风肆虐后的柏油路。老马的嘴除了睡觉很少闲着，每次玩牌，他都是念念有词地絮叨着，如同黄豆在翻滚。只要赢了，老马就哼《唱支山歌给党听》，旋律不是很准。有时候别人烦了，就呵斥他——老马！别哼哼了！你这种人还给党唱歌，尽给党丢脸！听到这样的话，老马也不气恼，依旧吟唱着，还把声调提高了八度。

说老马给党丢脸还真是确有其事。20世纪80年代，老马是香山公园管理处的木工，单位分房子，老马没有分上，这让他很气愤，就找书记理论。老马是粗人，说话没有逻辑，只能用一些脏话把他的不满情绪表述出来，至于急需住房的理由，老马则不能阐释清楚。书记是个有身份的人，岂能容忍木工老马的污言秽语，因此断言怒斥了老马的无赖行径。要房子未遂，老马内心充满了怒火，在一次单位召开的党员会议上，非党员老马鬼鬼祟祟地出现在会场外面。此时的老马三十多岁，手里握着一杆单筒猎枪。

会议室里，书记站在台上，富于条理地宣讲着大事。他没有注意到，会议室的窗外，老马双手端着猎枪，紧张专注地盯着猎枪的准星，准星的目标是书记慷慨激昂的脸。此时，老马的内心充斥着书记命归西天后的喜悦。"砰"的一声！子弹向书记飞奔。子弹的炸响让与会的党员同志出现了喧哗，老马则夹着尾巴仓皇逃窜。

枪击事件的结果，只是把书记的鸭舌帽打飞了。书记先前滔滔不绝的脸变得苍白，他的革命身躯却秋毫无损。不到三十分钟，老马被反剪双手，缉拿归案。后悔自己枪法不准已然来不及了，老马因故意伤害罪被判处有期徒刑四年。书记脸上露出胜利的微笑。

十几年前，老马因为袭击书记进了监狱，十几年后老马要唱支山歌给党听，大家就认为老马恬不知耻，何况老马的声音并不悦耳。

据说，老马出狱后，就在香山一带鱼肉乡里。苦难常常成为亲历者炫耀的资本。因为老马进过监狱，普通百姓怕老马把他四年监狱吃的苦头发泄在他们身上，所以对老马的欺凌多是隐忍，并不和老马一般见识。他们觉得，忤逆老马除了再让他返回监狱以外，对他们本身不会有什么益处。于是，老马的生活就过得有滋有味起来。有一次，我带着几个熟人去爬香山，下山后，老马在一个餐馆为我们设宴。席间，餐馆老板对老马很是恭敬，三番五次进来咨询吃得是否满意。饭后我们要结账，老马把脸一绷，说在我的地盘吃点饭算什么。我是个读书人，阅世不多，当时还真被这个场面镇住了。看来以前小觑老马只是以貌取人而已。

老马的媳妇小刘比老马小 12 岁，相貌美艳。老马很疼爱自己的老婆，我们玩牌常常是不分白昼黑夜，夜间小刘打来电话，老马粗鲁的语调顿时就变得温驯起来，给人极其恩爱的感觉。

关于老马和小刘的故事，也极富传奇。老马在公园当木工的时候，小刘接母亲的班，在公园做清洁工。老马因为不务正业，好人家的女子都不嫁给他。清洁女工小刘的婀娜身姿自然吸引得木工老马夜不能寐，辗转反侧。在一个雨后的下午，木工老马以自己的方式向他心仪的清洁工小刘表达了他的爱，与袭击书记不同，这一次老马得逞了。

因为老马错别字也不识几个，我无法知晓他们之间的爱情细节，只是通过一些行为证明老马是关爱小刘的。每次饭后，老马都要叫上一份饭菜，打包给小刘带回去。眼下这个年代，能有这份感情已经实属不易，至于老马是不是个正经人，只能另当别论了。

……

我和老马并不是什么深交，但老马的这两个故事却一直盘踞在我心里，勾起我的遐想。自古以来，总有一些笔记野史记载的怪诞故事引人入胜，发生在老马身上的故事，也可以说是现世的"子不语"吧。